O REGIME

ANTES DE SEREM DEIXADOS PARA TRÁS®

O AVANÇO DO MAL

O REGIME

ANTES DE SEREM DEIXADOS PARA TRÁS®

TIM LAHAYE

JERRY B. JENKINS

UNITED PRESS

um selo editorial hagnos

Tradução
Neyd Siqueira
Revisão
Josemar de Souza Pinto
João Guimarães

Diagramação
Atis Design

Editor
Juan Carlos Martinez

Coordenador de Produção
Mauro W. Terrengui

1ª edição - Março 2007
Reimpressão - Novembro 2011

Impressão e acabamento
Imprensa da Fé

Editora Hagnos
Av. Jacinto Júlio, 27
04815-160 - São Paulo - SP -Tel/Fax: (11) 5668-5668
hagnos@hagnos.com.br - www.hagnos.com.br

Dados Internacionais de Catalogação na Publicação (CIP)
(Câmara Brasileira do Livro, SP, Brasil)

LaHaye, Tim
O regime: o mal avança, antes de serem deixados para trás /
Tim LaHaye, Jerry B. Jenkins. -- [Tradução Neyd Siqueira]. --
São Paulo : Hagnos, 2007.

Título original: The regime.

ISBN 978-85-243-0359-3

1. Ficção norte-americana I. Jenkins, Jerry B.
II. Título.

07-0322 CDD-813

Índices para catálogo sistemático:
1. Ficção : Literatura norte-americana 813

À memória do
dr. Arthur Petters,
mestre fiel da Palavra profética,
que está agora experimentando a esperança
abençoada
que ensinou tão bem.

Agradecemos a
John Perrodin e Kari Dunaway
as pesquisas
e a
David Allen
as consultas técnicas especializadas.

PERSONAGENS

Nicolae Carpathia, 24, multilíngüe, magnata de importação/exportação em Bucareste, Romênia

Viviana Ivinisova (Viv Ivins), espiritualista russa, tia adotiva de Carpathia

Reiche Planchette, diretor regional da Sociedade Luciferiana da Romênia

Irene Steele, esposa de Rayford Steele, recém-convertida a Cristo

Rayford Steele, 33, piloto da Pan-Continental Airlines

Jonathan Stonagal, banqueiro e financista internacional norte-americano

Prólogo

EXTRAÍDO DE *O NASCIMENTO*

Aos 21 anos, Nicolae Carpathia tinha quase terminado a faculdade e dirigia um império de importação/exportação com Reiche Planchette constando de sua folha de pagamento.

Carpathia aparecia na capa de todas as revistas de negócios da Europa e, embora não tivesse chegado ainda à capa da *Time* ou da *Global Weekly*, isso não devia estar longe.

Ele morava em uma mansão nos subúrbios de Bucareste, a menos de oitocentos metros do lugar onde seus pais biológicos foram assassinados havia alguns anos. Viv Ivins se instalara no andar superior e cuidava dos assuntos pessoais dele. Ela supervisionava os camareiros, motoristas, empregados domésticos e jardineiros. Todas as necessidades de Carpathia eram atendidas.

Nicolae estava em meio a dois projetos: empregando clandestinamente um grupo de facilitadores profissionais que asseguraríam que os competidores que não quisessem colaborar tivessem o mesmo destino de seu pai e sua mãe, e cercando-se de políticos astutos. Seu próximo alvo era o governo. Em primeiro lugar, seria eleito para o parlamento romeno. A meta seguinte era a presidência. Depois a Europa. O objetivo final: o mundo.

Ainda não existia esta posição: líder do mundo. Contudo, quando ele subisse, haveria. Tinha certeza disso...

[Três anos mais tarde] Nicolae Carpathia foi acordado de um sono profundo. Pelo menos pensou que fora acordado. É possível que estivesse ainda sonhando. Não houvera ruído, nem luz. Seus olhos simplesmente se abriram.

Como era seu costume quando um sonho parecia real demais, ele pôs a mão por baixo do pijama de seda e beliscou-se com força. Estava acordado. Plenamente alerta. Sentou-se no quarto escuro e espiou pela janela.

O que era aquilo? Um homem sentado no telhado? Não era possível subir até lá sem uma escada. Mais 25cm e a figura teria chegado ao nível da tia Viv. Nicolae estava disposto a dirigir as coisas para aquele lado. Se a figura tinha um motivo maligno, seria melhor ela do que ele e teria tempo para escapar.

A figura, porém, não se movia. Segurando o fôlego, Nicolae saiu devagar da cama, abriu silenciosamente a gaveta do criado-mudo e tirou uma enorme pistola Glock. Enquanto se aproximava devagar da janela, a figura voltou-se para olhá-lo, e Nicolae ficou gelado, embora não houvesse luz no quarto nem meios de a figura vê-lo.

Ele colocou o revólver ao nível dos olhos, com as mãos tremendo. Antes que pudesse apertar o gatilho, a figura levantou um dedo e sacudiu a cabeça, como se dissesse que ele não precisava daquilo — Não estou aqui para fazer-lhe mal. — Nicolae ouviu, mas não audivelmente. — Abaixe a arma.

Nicolae pôs a Glock na cama e ficou olhando. As batidas de seu coração ficaram lentas, mas ele não sabia o que fazer. Abrir a janela? Convidar a figura para entrar? No instante seguinte, foi transportado para fora, ainda de pijamas, e agora ele e a figura, um homem, se achavam numa terra deserta. Nicolae ficou tenso com os grunhidos e uivos de animais. Beliscou-se de novo. Aquilo era real.

A figura estava envolta da cabeça aos pés em um manto preto com capuz e tinha as mãos e os pés ocultos.

— Espere aqui — disse o homem. — Volto em quarenta dias.

— Não posso sobreviver neste lugar. O que vou comer?

— Não vai comer.

— Onde vou ficar? Não há abrigo!

— Quarenta dias.

— Espere! Meu pessoal...

— Seu pessoal será informado. — E com isso a figura desapareceu.

Nicolae desejou que o tempo passasse tão depressa quanto ele se movera do quarto para aquele local. Mas não foi assim. Percebeu cada minuto arrastado, o calor do dia, o frio da noite. Nicolae se acostumara aos confortos da vida. Não estava habituado à fome, ao medo, à escuridão. Poderia ter tentado voltar para casa, se tivesse idéia de que direção tomar. Tudo que via era o nada de todos os lados.

Depois de vários dias, Nicolae pensou que iria enlouquecer. Ele tentou marcar o tempo no chão com uma vareta todas as manhãs. Seu cabelo e barba cresceram; seu pijama rasgou. Temia estar morrendo. Vezes sem conta, gritou pela figura, finalmente ficou berrando como um maníaco durante horas.

— Vou morrer de fome!

Nicolae perdeu a noção do tempo. Não tinha certeza de ter perdido um dia ou dois, ou acrescentado marcas demais. No fim de um mês, se achava em posição fetal, com os ossos protuberantes, os dentes opacos. Ele balançava o corpo e chorava, desejando morrer.

Horas e dias se passaram muito além dos quarenta dias para ele, até que se desesperou de vir a ser resgatado.

Dormia durante longos períodos, acordava sentindo-se miserável, tremendo, totalmente entregue ao seu destino. Tivera uma vida boa, disse a si mesmo. Aos 24 anos, já era um dos mais promissores e reverenciados homens do mundo. Não merecia aquilo que estava acontecendo.

Depois de muito tempo, o homem encapuzado finalmente apareceu. Nicolae tentou conseguir forças para atacar, argumentar, mas o espírito levantou outra vez um dedo e sacudiu a cabeça.

— Você é o escolhido? — perguntou a figura.

Nicolae assentiu, ainda crendo que era.

— Olhe à sua volta. Pão.

— Nada senão pedras — falou Nicolae em voz rouca, amaldiçoando o homem.

— Se você é quem diz que é, mande estas pedras se transformarem em pão.

— Está zombando de mim.

O espírito não se moveu ou falou.

— Está bem! — gritou Nicolae. — Pedras, transformem-se em pão! — As pedras ao seu redor imediatamente se tornaram douradas, acastanhadas e quentes. Ele caiu de joelhos e levantou uma até o nariz com as duas mãos. Colocou-a na boca e começou a devorá-la. — Sou um deus! — exclamou com a boca cheia.

— Você é deus? — disse o espírito.

De repente, Nicolae achou-se no alto do templo em Jerusalém, com o pão ainda quente nas mãos.

— Eu sou — disse ele. — Eu sou quem sou.

— Se é, atire-se daqui para baixo, e será resgatado.

Trêmulo, abatido, descalço e com as roupas de seda rasgadas, Nicolae sentiu-se cheio de pão e de si mesmo. Ele sorriu e atirou-se da torre do templo. Arremessando-se na direção do monte rochoso do templo, não perdeu a fé em si mesmo ou na promessa do espírito. A cinqüenta metros do solo, começou a flutuar, caindo em pé como um gato.

Nicolae e o espírito se acharam repentinamente no alto de uma montanha, descalços na neve. O ar estava gelado e rarefeito. O peito de Nicolae arfava, lutando para inalar oxigênio suficiente para mantê-lo vivo.

— Daqui você pode ver todos os reinos do mundo.

— Sim, eu os vejo todos — disse Nicolae.

— Eles serão seus, desde que se ajoelhe e me adore, a mim, seu mestre.

Nicolae caiu de joelhos diante do espírito.

— Meu senhor e meu deus — disse.

Quando abriu os olhos, Nicolae estava de volta em sua cama. O fato de a experiência ter sido real era demonstrado pelo mau cheiro que seu corpo exalava e as roupas sujas e andrajosas. Ele saiu da cama aos tropeções e percebeu uma folha de papel sob a porta. Era a letra fluente de Viv Ivins.

Chuveiro, mude de roupa e desça, amado. Barbeiro, manicura, massagista e cozinheiro estão aqui ao seu dispor.

UM

O Bentley branco deslizou por baixo da cobertura da varanda da propriedade mais extensa da Romênia. Do vestíbulo de pé-direito duplo, Nicolae Carpathia espiou por entre as cortinas, enquanto o motorista e um segurança saíam rapidamente do veículo.

O motorista postou-se ao lado da sua porta. O guarda dirigiu-se apressado para a porta dos fundos do lado oposto, aguardando Carpathia. Nicolae sabia que os dois carregavam Uzis compactas debaixo do uniforme.

A aproximação do carro havia disparado um sinal de código no interior da casa e levara uma das empregadas correndo para a porta. Ela andou mais lentamente e depois parou ao ver Nicolae na janela.

— Já sei, Gabriela — disse ele sem se voltar, vendo-a no reflexo fazer uma mesura e bater em retirada.

Teve de admitir que era pouco característico da parte dele ficar esperando impaciente para sair. No geral, sua equipe doméstica tinha de ir procurá-lo em seu escritório, na biblioteca ou em outro lugar. O programa dele era o único que importava.

Naquele dia, porém, Nicolae estava ansioso. Passara um dia e uma noite inteiros depois da sua provação — quarenta dias jejuando num deserto que lhe deveriam ter custado pelo menos uns dez quilos. De fato, ao achar-se de volta ao seu leito, com o pijama de seda em farrapos, parecia-lhe poder ver cada costela, cada saliência óssea.

Nicolae reunira sua equipe doméstica e o pessoal do negócio de importação/exportação e fizera que o pusessem a par de tudo. Enquanto isso, foi realizando aos poucos pequenas refeições durante o dia. Para sua surpresa, seu corpo pareceu engordar e fortalecer-se como se não tivesse feito jejum. No fim do dia, sentira-se novamente normal. Era como se a carne tivesse voltado ao seu esqueleto.

Se nunca antes se sentira como um homem predestinado, Nicolae tinha essa certeza naquela manhã. Além do que sempre parecera sua acuidade mental sobre-humana, depois do encontro no deserto ele cria agora possuir uma missão. Humilhara-se, se dedicara a um ente maior do que ele mesmo, submetera-se ao espírito-guia supremo, que prometera a Nicolae o mundo em troca da sua devoção. Um prêmio muito grande por um preço tão baixo.

Seus conselheiros humanos provaram ser ineptos, ingênuos, fracos. Reiche Planchette tinha o dobro da idade de Nicolae, sendo todavia facilmente intimidado. Sua tia adotiva, Viv Ivins, era imensamente útil e valiosa, mas demasiado sonhadora e servil para ser levada a sério como conselheira. Não que ela não tentasse. Os funcionários sabiam que ela era a sua porta-voz e, portanto, a respeitavam; não precisavam saber que ele mal a ouvia.

Não foi Planchette ou Ivins quem sugeriu o seu curso de ação naquele dia. Ao contrário, foi o seu espírito-guia. Nicolae sentia-se quase embriagado com o privilégio de passar por cima da cabeça de outros seres humanos e comunicar-se diretamente com o mundo dos espíritos. Ele não determinara ainda, desde que esse exercício tinha apenas 24 horas, se o ente a quem orara era o mesmo que fora ao deserto em sua companhia. Isso não importava. Ele tinha acesso ao que parecia poder ilimitado, um mar de recursos. Tudo que Nicolae queria era saber o que esperavam dele. Já tinha conhecimento do que se tornara seu direito: nada menos do que todos os reinos do mundo.

O capitão de aviões pesados, Rayford Steele, da Pan-Con Airlines, parecia diferente, pelo menos em sua própria opinião. Ao deixar o centro de aviação O'Hare bem depois da meia-noite, dirigindo-se para sua casa em Mt. Prospect, imaginou se as pessoas poderiam ver em seu rosto o que sentia tão profundamente. O embaraço de ter de voltar de Chicago em outro avião da Pan-Con, em vez de pilotar seu próprio aparelho, era um dos fatores. A praxe de licenciar temporariamente um piloto quando um quase acidente era investigado tanto pela Pan-Con quanto pelo Comitê de Segurança de Transportes Nacionais era bastante comum.

O que abalara Rayford, no entanto, fora naturalmente seu esbarrão com a morte. Odiava lembrar-se, mas não bater em um jato no chão por centímetros era algo que recusava afastar-se de sua mente. Todos os *ses* e *por ques* giravam até quase enlouquecê-lo. Em especial, após ter relatado o acontecido durante horas no Aeroporto Internacional de Los Angeles.

Ele havia orado ao acreditar que iria morrer e não podia esquecer isso agora. Rayford fora sincero. Fizera algumas promessas. Tinha pelo menos de conversar com Irene a respeito.

Sua esposa era uma mulher criteriosa, não podia negar isso. Muito leal e amorosa, Irene parecia conhecê-lo melhor do que ele mesmo. Embora tivessem tido brigas e desentendimentos, ele sentia que o casamento deles era sólido — apesar de ter quase se desviado certa vez em uma festa de Natal a que ela não compareceu.

Ele nunca considerara Deus seriamente, mesmo na infância quando seus pais o levavam à igreja todos os domingos. Era apenas algo que eles faziam. O mesmo acontecia hoje. Irene era mais piedosa. Mais interessada, pelo menos. Rayford não se importava de perder um domingo por causa do trabalho. Algumas vezes, encontrava desculpas até quando estava de folga. Mas Irene estava decidida a levar os filhos e, embora tivesse aparentemente aprendido a não importunar Rayford, ela não podia esconder seus sentimentos quando ele a fazia ir sozinha.

Irene o esperava na porta quando chegou.

As crianças dormiam.

— Vá espiá-los — disse ela —, mas não os acorde.

— Está bem, mas depois temos de conversar.

— Já percebi — respondeu ela. — Algo com que devo me preocupar?

— Não. Só preciso lhe contar uma coisa.

— Bom dia, senhor — disse o guarda-costas, abrindo a porta do carro de Nicolae. — Como está o homem de negócios mais bem-sucedido da Europa esta manhã?

— Entediado — respondeu Nicolae.

Essa era a sua resposta típica, mas ela soava mal até aos seus ouvidos naquele dia. Podia estar tudo, menos entediado. Costumava dizer isso para indicar que ainda não se sentia satisfeito com suas prodigiosas realizações. Havia tantas coisas mais no horizonte, tantas outras batalhas para travar e vencer.

Mas ter o mundo a seus pés e saber disso sem qualquer sombra de dúvida? Nicolae Carpathia estava tudo, menos entediado. Entorpecido com o segredo seria mais verdadeiro.

A única razão de não ter chamado o médico para ir a sua casa era que a clínica tinha todo o equipamento necessário para a avaliação física completa que ele ambicionava.

Até então, o espírito não revelara nenhuma data para a sua ascensão, mas toda a sua vida tivera isso como meta. Nicolae supusera que teria de fazer isso por sua própria conta, e talvez pudesse ter feito. Contudo, com esses novos recursos, que probabilidade alguém poderia ter?

Rayford contou a Irene tudo sobre seu novo primeiro oficial, a luz de óleo do motor, o registro de manutenção que mostrava aparas de metal, a aparente inocuidade de tudo aquilo e como ele se sentira inteiramente confiante de que poderia pousar o avião em Los Angeles com toda a segurança.

Não houvera problemas, mesmo ao perder um motor. Isso não era comum, mas ele já voara nessas condições antes. O problema era o tempo — não podendo enxergar até que atravessaram um conjunto de nuvens baixas, prontos para o pouso — combinado com a falta de comunicação com um jato no solo que pensou ter recebido autorização para decolar.

— Tive de parar e dar a volta — disse Rayford. — Ainda não posso acreditar que não bati naquele avião. É provável que tivéssemos perdido todos a bordo nos dois aviões.

Irene ficou ali sentada sacudindo a cabeça.

— Oro pela sua segurança, você sabe.

— Olhe, funcionou desta vez. Eu também orei.

Ele respirou fundo como se fosse falar, mas hesitou.

— Fiz isso — disse ele. — Fiz tudo que sabia, mas tinha certeza de que iríamos colidir e me vi clamando, na frente desse sujeito novo, "Deus, me ajude!".

— E ele ajudou, Rafe.

— Deve ter ajudado. As promessas, porém, foram silenciosas. Você acha que ainda valem?

Ela sorriu.

— As promessas? O que você prometeu?

— Igreja todos os domingos e orar todos os dias.

Irene abraçou-o e riu.

— E você uma flecha que voa em linha reta e cumpre todos os seus compromissos. — Ela o soltou e voltou a sentar-se. — Posso ver que está abalado e exausto, mas tenho também algo a lhe dizer. Talvez deixe para amanhã quando estiver disposto.

— Continuo um tanto eufórico. Vou ouvir agora.

As enfermeiras e até alguns dos enfermeiros pareciam incapazes de desviar os olhos de Nicolae Carpathia enquanto ele se encaminhava para o vestiário da clínica. Estava acostumado com isso. Muitas pessoas lhe diziam como era atraente, tendo a aparência de um ídolo de cinema. Ele estava menos preocupado com isso agora do que em saber como o jejum de quarenta dias no deserto afetara sua saúde.

— Conte-me — disse o médico enquanto preparava um teste de estresse — o que tornou este exame tão urgente.

— Eu me perdi esquiando, e meu pessoal não me encontrou durante quarenta dias.

— Não soube disso. Seria provável que ganhasse as manchetes.

Nicolae sorriu.

— Eu não queria que meus competidores ficassem assim tão encorajados. Meu pessoal não anunciaria a minha morte senão meses depois de ela ter ocorrido.

O médico mediu-o e pesou-o.

— Tem um problema com mentiras, sr. Carpathia?

— Eu? Não. Por quê?

— O que comeu enquanto ficou perdido?

— Pouca coisa.

— O quê?

— Praticamente nada.

— Por favor. Nada de pequenos animais, plantas, bagas, outras frutas?

Nicolae levantou as duas mãos.

— Dou minha palavra, não comi nada. Não me lembro sequer de ter bebido água.

— Um homem não pode viver sem água. Comida talvez, por algum tempo, mas não água. Você deve ter recebido hidratação de alguma fonte.

— Talvez. Como pode fazer idéia, depois de algum tempo comecei a delirar. De fato, fiquei surpreso ao descobrir que estive lá por apenas quarenta dias. Pareciam meses.

— Ficaria surpreso ao saber que só emagreceu um quilo e meio desde que o vi no ano passado?

— Sim, é surpreendente.

— Não combina também com sua história, senhor.

— Não posso enganar a ciência, não é?

— Não, não pode. E se apenas se passaram 24 horas depois de ter jejuado quarenta dias ao ar livre, eu não o submeteria a todos estes testes físicos hoje. Mas seu pulso em repouso está tão baixo quanto o de um corredor de maratonas, e...

— Já corri maratonas.

— Com certeza; porém não se exercitou durante sua provação.

— Claro que não.

— Sua respiração parece normal. Assim como sua pressão sangüínea. Açúcar. Tudo.

— Então acione essa esteira.

Irene sentia-se nervosa. Esperava que depois do que Rayford passara, ele se mostrasse receptivo ao que acontecera com ela. Não queria, porém, supor. Começou a conversa com calma.

— Já contei a você sobre a Jackie, aquela moça do parque...

— A fanática religiosa que chama você de Olho, claro.

— Ela não é uma fanática religiosa, Rafe.

Ele encolheu os ombros.

— Você a descreveu mais ou menos assim. Tentando levá-la à igreja, sempre falando de Jesus como seu Salvador pessoal, esse tipo de coisa. Ela me faz lembrar de um amigo odioso que eu tinha quando era criança.

Os ombros de Irene afundaram.

— Esqueça.

— Não. Sinto muito, querida. Continue. Só estava dizendo que sei sobre quem você falava.

— Se você acha que ela é fanática, talvez não goste do que aconteceu.

— Você não disse que iríamos visitar a igreja dela, não é? Por favor, isso não.

— Não. De fato, a verdade, Rafe, é que ela quase me encostou na parede. Chegou a um ponto que eu não queria mais ouvir. Ela disse que sua igreja estava cheia de cristãos nascidos de novo tentando levar outras pessoas para o céu.

Rayford ficou em pé.

— É justamente isso. Elas deveriam preocupar-se com a sua própria entrada no céu e deixar que cuidemos de nós mesmos.

— Porém, não, são nascidos de novo...

— O que isso significa, afinal de contas?

— Que já estão dentro. Ela diz que o seu pastor ensina diretamente da Bíblia.

— Parece tedioso.

— E queria saber se a nossa igreja ensinava sobre a salvação.

— Salvação? É claro que sim. Não é mesmo, Irene? Quero dizer, não é isso que toda igreja ensina? As pessoas se reúnem, cantam, adoram, ajudam outras, aprendem como ser alguém melhor, e isso faz de você um indivíduo bom. Sei que tenho sido negligente, mas agora fiz essas promessas e, portanto, calculo que você não precisa mais se preocupar comigo, tampouco eu.

Irene sabia que as coisas não seriam assim tão fáceis.

— Eu não disse que iríamos à igreja dela.

— Mas?

— Bem, ela começou a mudar um pouco de tom. Deve ter ficado evidente que eu me sentia desconfortável com a conversa. Ela então não insistiu mais no assunto.

— Que alívio!

— Falou sobre tudo, menos isso, durante vários dias, Rafe. E eu francamente comecei a sentir falta.

— Está brincando? Toda aquela pressão?

— O fato é, querido, que nosso pastor não ensina direto da Bíblia, e não falamos sobre a salvação. Tudo isso é aparentemente sabido e tomado como certo, não sendo discutido.

— Esse é o tipo de lugar para mim.

— De qualquer modo, ela disse que se importava comigo e a última coisa que desejava era ofender-me ou afastar-me. Deu-me então uma brochura e pediu-me que pensasse sobre ela.

— Já vi algumas. Estranhas.

— Esta não era.

— Uh-oh.

DOIS

Nicolae sentiu-se revigorado com o teste de estresse, o qual, conforme pôde ver, impressionou o médico. Ao que parecia, o homem tinha algo a dizer, mas estava aparentemente deixando para falar depois que todos os resultados chegassem. Por enquanto, enviou seu paciente para a ala oftalmológica.

Além de todos os testes típicos, uma auxiliar jovem supervisionou o exame de Nicolae. Ela abaixou o desajeitado aparelho até os olhos dele e o fez olhar através de dois orifícios enquanto projetava a tabela na parede. Esta continha oito linhas com letras cada vez menores de cima para baixo.

— Qual a menor linha que você consegue ler? — disse ela.

Nicolae tirou o aparelho dos olhos e voltou-se para encará-la.

— Pelos orifícios — falou a moça. — Vou experimentar lentes de graus diferentes em um momento.

— Não há necessidade — replicou ele. Sem olhar para a parede, Nicolae recitou a tabela inteira de cima a baixo e depois acrescentou: — Não deve ser copiada sem permissão. Todos os direitos reservados.

— Onde está isso?

— Depois da última linha.

Ela foi até a parede e espremeu os olhos.

— Essa letra não pode ser maior do que quatro pontos. É um truque. Você deve ser da empresa que fabrica as tabelas.

— Asseguro-lhe que não.

— Como faz isso?

— É um dom, minha jovem.

Ela fitou-o, desconfiada.

— Estou achando difícil crer nisso. Você não tinha visto esta tabela antes?

— Eu teria lembrado.

— Não tenho dúvidas. Você compreende que, além de memorizar 56 letras em perfeita ordem e, numa questão de segundos, ser capaz de ler todas as linhas coloca sua visão em cerca de 20-10. Ler essa linha de *copyright* coloca você em cerca de 2-5. Isso significa que você consegue ler a 62 cm de distância o que a pessoa normal pode ler a quinze centímetros de distância.

— Verdade? — Carpathia deu-lhe o seu mais cativante sorriso e pôde ver o seu efeito.

Jovem e solteira, ela estivera olhando para ele. Sua visão periférica era também boa. Havia, porém, algo estranho com as mulheres. Embora ele apreciasse a beleza e fosse atraído por corpos flexíveis, não desejava um relacionamento real. A verdade era que, além da sua habilidade de satisfazê-lo fisicamente, as mulheres o aborreciam. Não havia dúvidas quanto à sua preferência sexual, mas em todos os outros aspectos ele achava os homens muito mais fascinantes. Nicolae gostava de analisar os homens, lê-los, avaliá-los, decidir se eram dignos de respeito ou desdém, deferência ou condescendência. As mulheres, por outro lado, eram objetos de brinquedo.

Embora supusesse que aquela jovem estivesse madura para ser colhida, ele tinha pouca necessidade de buscar esse tipo de prazer. Já tivera sua escolha de mulheres de qualquer classe socioeconômica ou idade. E jamais as queria mais de uma vez.

Aquilo era muito estranho. Rayford estava sentado, de madrugada, no sofá, na frente de Irene, com a cabeça nas mãos. Uma coisa fora reconhecer que ele talvez tivesse necessitado da ajuda do Todo-poderoso em face da morte — e continuava decidido a cumprir sua parte do acordo. Mas a história dela? Oh!, por favor...

— Então você foi salva?

— Ainda não sei ao certo como chamar isso, Rayford. Fiquei convencida, posso afirmar. A brochura e todas as coisas que Jackie estivera falando — mesmo quando fazia bastante pressão — tudo isso me levou a examinar a Bíblia. Você se lembra que temos uma?

— Alguém nos deu uma em nosso casamento, não foi?

— Você está brincando, certo?

— Não. Sei que temos uma. Onde conseguimos?

— Não posso acreditar que você esqueceu.

— Pode me processar, Irene, mas diga.

— Você comprou-a para mim em nosso primeiro aniversário.

— Comprei. Comprei, não é?

Ela assentiu.

— Li bastante o Novo Testamento, Rafe. Ele pode deixar a gente confusa em alguns pontos, mas neste assunto é bastante claro.

— Este assunto?

— A salvação.

— Temos de falar sobre isso? — Ele sentiu que a magoara.

— É apenas a coisa mais importante que já aconteceu comigo, Rayford. Pensei, especialmente de acordo com o que você acabou de passar...

— Eu orei, e Deus me ajudou, Irene. Não estou pronto para tornar-me um Pulador Santo* e dançar nas passagens entre os bancos da igreja. A próxima coisa que posso esperar será talvez falar em línguas, ser curado ou algo assim.

Ela fitou-o.

— Como passamos de uma coisa para outra tão diferente?

— Você está parecendo um tanto severa, isso é tudo — disse ele. — Sou cristão. Creio em Deus. Vou freqüentar mais a igreja sempre que estiver na cidade e vou orar. Está bem?

Ela concordou.

— É um começo — disse, entregando a brochura a ele. — Quer ler isto e pensar a respeito?

Ele ignorou o gesto.

— Há mais coisas, Rafe. Devemos reconhecer que somos pecadores e não podemos achegar-nos a Deus por conta própria. Temos...

— Está vendo? É sobre isso que estou falando. Nada que eu diga ou faça é suficiente. Temos de nos tornar extremistas? Quer ficar conhecida como fundamentalista? Guerras são travadas por causa desse assunto, Irene. Os ataques terroristas são considerados como tendo sua base nisso.

— O quê?

— Qual a diferença entre um cristão zeloso e um terrorista zeloso que acredita que Deus ou Alá ou quem quer que seja tenha mandado pôr bombas em prédios ou assassinar pessoas?

— Rafe!

— Diga, qual a diferença?

— Por um lado, você já ouviu falar de um ataque terrorista feito por um cristão nascido de novo, afirmando que Deus ordenou que ele fizesse isso?

— Você já ouviu falar das Cruzadas?

---

* [NT] Membro de uma seita pentecostal marcada pelo entusiasmo frenético expresso durante os cultos.

— As Cruzadas? Rayford, vamos! Isso seria comparar os verdadeiros cristãos a Hitler ou à Ku Klux Klan.

— As pessoas vão pensar isso de você, Irene.

— Você está cansado. Precisa dormir um pouco, e podemos falar mais a respeito disso outra hora.

Ele ficou em pé.

— Tem razão. Devo dormir um pouco. Mas temos de falar mais sobre esse assunto?

— É importante para mim.

— Estou vendo. Gostaria que fosse um pouco menos importante para você. Não pode envolver-se com algo — qualquer coisa — sem que isso a consuma? Lembra-se da sua fase Tupperware?

— Ganhei algum dinheiro.

— Claro que sim. Você era um sonho Tupperware. Vai virar freira agora?

— Rayford, nós não somos nem católicos.

— Uma santa então?

— Vá dormir.

No final do dia, o médico sentou-se à frente de Nicolae, aparentemente estudando-o. O jovem mal podia esperar os elogios sobre a sua forma física e queria que o médico começasse logo. Tinha lugares aonde ir, pessoas a ver.

— Fazemos testes em todo mundo aqui — disse o médico. — Homens e mulheres de todas as idades, formas e tamanhos. É aqui que nossos atletas olímpicos são examinados. Você deveria ver os números produzidos por maratonistas, velocistas, decatletas.

— Devo ver?

— Sim, porque os seus ultrapassam todos eles. Levou muito tempo para levá-lo ao índice cardíaco necessário para o teste de estresse, e você o manteve duas vezes mais tempo do que qualquer outro até agora. Seu tempo de recuperação foi minúsculo, significando que seu sistema cardiovascular está fora das tabelas.

— Você tem a força de alguém duas vezes o seu tamanho. Fui também informado de sua acuidade visual. A propósito, a jovem quer saber se você é solteiro.

— Não estou interessado.

— E se eu disser indisponível?

— Melhor ainda.

— Sr. Carpathia, o que vai fazer com este seu corpo sobre-humano?

— O que o senhor sugere que eu faça com ele, doutor?

— Participe das Olimpíadas ou seja um atleta profissional.

Nicolae sacudiu a mão rejeitando a idéia.

— Não há desafio. Participei de uma corrida de mil e quinhentos metros em educação física na faculdade que me daria a medalha de bronze nas Olimpíadas e eu nunca havia corrido antes, nunca competira em uma equipe de trilha ...

— Impossível.

— Duvida de mim?

— Depois de hoje? Não. Só estou dizendo...

— Sofri todo tipo de pressão para isso. Um treinador me experimentou em vários eventos. Eu podia dar saltos de altura, de vara, atirar discos, fazer corrida de obstáculos.

— Por que não continuou então?

— Qual o desafio?

— Pela glória da Romênia não basta?

Nicolae sentou-se. O médico falava sério? Na verdade, fazer algo em benefício de seu país jamais passara pela sua cabeça. Era uma idéia estranha. Ele se beneficiaria também da visibilidade, mas ter de dividir a glória com uma nação? Não fazia sentido.

— E testes de QI? — perguntou o médico.

— Já fiz todos.

— Como se saiu.

— Sem problemas.

— Quer dizer?

— Exceto que os resultados foram atrasados enquanto eles ponderavam a implausibilidade de minhas notas. Fiquei contente por ter aparentemente quebrado alguns recordes.

— Penso que não lembra dos testes a que se submeteu?

— Será que lembro? — disse Nicolae, sorrindo. Ele pegou um bloco de papel na mesa do médico e tirou uma caneta do bolso. — Eu não só lembro, mas quatro anos depois posso ainda reproduzi-los. Todos eles. Cada pergunta e cada resposta de múltipla escolha. Não vou desperdiçar nosso tempo fazendo todos, mas eis um exemplo.

Nicolae escreveu furiosamente, reproduzindo com perfeição três perguntas consecutivas na parte de cognição espacial, inclusive cinco desenhos complicados. No final, ele escreveu o nome do teste, a empresa que o produzira e a linha de *copyright* inteira.

O médico apertou os lábios e sacudiu a cabeça enquanto lia. — Conheço a sua reputação como empresário, sr. Carpathia. Mas você tem muito mais a oferecer. Compreendo que isto está fora de minha área como seu médico, perdoe-me então se estou cruzando a linha. Mas você não tem quaisquer alvos elevados, qualquer plano para beneficiar a humanidade, para melhorar o mundo?

— Na verdade, tenho — respondeu Nicolae. — Planejo dominá-lo.

O médico caiu na risada.

— E tem igualmente senso de humor! Vou ficar esperando por você na capa do *Global Weekly* um desses dias.

Nicolae não estava rindo.

Rayford ocupou-se com Chloe e Raymie naquele fim de semana para evitar qualquer conversa desconfortável com Irene. Ela parecia positivamente serena, para não mencionar sua ansiedade em ir à igreja. Para horror dele, Irene colocara a Bíblia debaixo do braço.

— Eles projetam o versículo na tela — disse ele no carro.

— Eu sei, mas a Jackie disse que o melhor ruído na igreja dela é o som das páginas sendo viradas quando anunciam a passagem...

— Graças a Deus, não vamos à igreja dela.

— Isso é blasfêmia, Rayford. Usar o nome de Deus para...

— Eu estava falando sério. Sou grato a Ele por estarmos indo à nossa própria igreja, mas você vai ser a única com uma Bíblia.

— Eu deveria ficar embaraçada por levar a Bíblia à igreja?

— Só acho que é um pouco demais, isso é tudo.

Irene geralmente se preocupava com a opinião das outras pessoas. Ela poderia do mesmo jeito transportar uma placa anunciando que o fim do mundo se aproximava.

— Temos apenas um, algumas vezes dois versículos na tela durante o sermão inteiro — disse ela. — Deste modo, posso pelo menos estudá-los no contexto.

— Esse não é o trabalho do pastor? — perguntou Rayford. — Colocar a passagem no contexto?

Como prometera em seu acidente aéreo, Rayford tentou orar diariamente. Quando esquecia, lembrava a si mesmo no final do dia. Agradecia a Deus Sua proteção e pedia-Lhe que cuidasse de Irene e dos filhos. Que o tornasse um homem melhor. Ele não tinha certeza de que isso seria possível, não que quisesse se gabar. Mas estava tendo sucesso em sua vida, e a maioria das pessoas o considerava um sujeito legal.

Fazia o que sempre quisera fazer. Tinha tudo que sempre esperara ter. Sua mulher era ótima e ficaria ainda melhor quando passasse essa fase super-religiosa. E, obviamente, Rayford amava os filhos.

Acima de tudo, ele estava cumprindo sua promessa a Deus e ali se achava na igreja. Isso não era novo, exceto que só ele e Irene sabiam que pretendia que fosse o primeiro de muitos domingos em que faria o mesmo.

TRÊS

Por mais que sentisse repulsa por Reiche Planchette, Nicolae não podia negar que o homem era leal à causa luciferiana e tinha claramente conexões com o mundo dos espíritos.

Em seu íntimo, o homem mais moço pretendia usurpar a influência do mais velho nas regiões infernais, e Nicolae cria firmemente que esse dia chegaria. Talvez até já tivesse chegado. Embora pagasse a Reiche o mínimo que podia, Nicolae o instalou como parte do seu gabinete. Um dia teria prazer em demonstrar que superara o homem mais velho em todos os empreendimentos — particularmente no espiritual —, mas, enquanto isso, precisava tirar proveito do que Planchette tinha a oferecer.

Em uma reunião com sua cúpula, inclusive Planchette e a "tia" Viv, no enorme salão de conferências em sua casa, Nicolae fez uma descrição do seu laudo médico e se aqueceu nos sorrisos de admiração deles.

— Com toda a humildade — disse — sinto-me como se estivesse no alto de um grande precipício com vistas ilimitadas diante de mim. Maximizei meus dons físicos e mentais e me acho pronto para usá-los em benefício da humanidade.

Ele ficou surpreso ao ver Viv levantar a mão. Não podia apenas ouvir? Ele a ignorou. Tinha planos, estratégias, idéias. Na tela às suas costas, em breve mostraria os pontos altos de um projeto que preparara na noite anterior, resumindo suas próximas e grandes conquistas.

Quando seus comentários chegaram mais perto do *show* da mídia, Viv levantou a mão outra vez.

— O que foi? — perguntou Nicolae, sem esconder sua irritação.

— Eu só queria dizer que isto é algo que sua falecida mãe e eu conversamos e sonhamos. Era evidente desde pequeno que você...

— Perdoe-me, tia Viv, mas você certamente é quem mais compreende quão pouca influência minha mãe teve em meu desenvolvimento.

— Oh!, não estou dizendo que você não seja um homem que se fez por esforço próprio. Só quero...

— Ela teve até menos influência em meu caráter e habilidades do que você.

— Menos do que eu? O que está querendo dizer...?

— Se me dão licença. — Usando esboços, tabelas e gráficos projetados na tela, Nicolae expôs seu plano de dez anos.

— Lembrem-se, naturalmente, que posso estar subestimando meus dotes para a população e, portanto, isto poderia ser facilmente acelerado.

Nicolae expôs um programa em que ganharia admissão tanto nas escolas do Exército quanto nas da Força Aérea como uma combinação de aluno de meio período e professor adjunto de negócios.

— Esse cargo porventura existe? — indagou Reiche Planchette.

— Não que eu saiba — disse Nicolae. — Você considera isso um obstáculo?

— Não, senhor — replicou Planchette. — Um desafio, é claro.

— Ótimo. Então essa será a sua tarefa. Faça que aconteça. Se eu tiver de doar uma arma de guerra ou duas, que assim seja.

— Posso saber seu propósito final, Nicolae? — perguntou Planchette. — A fim de que fiquemos todos informados?

Carpathia fitou Planchete, fechou os olhos e suspirou.

— Você está certamente supondo que meu plano tem um alvo abrangente.

— Claro.

— Então ouça e vai aprender.

Na hora em que a família Steele voltou para casa depois do culto, Rayford já estava vacilando nos compromissos que assumira com Deus durante a sua crise. Se pudesse apenas arrastar-se para fora da cama nas manhãs de domingo e sentar-se durante o culto, ótimo. Mas agüentar Irene e sua reação a tudo — isso talvez não conseguisse suportar.

— O reverendo Bohrer é uma pessoa maravilhosa, sem dúvida — disse ela sentando-se à mesa do almoço. — Você realmente prestou atenção, Rafe?

— Eu tentei, mas o vento produzido pelo virar das páginas daquelas enormes Bíblias sufocou metade das palavras dele.

— Muito engraçado. Mas foi justamente isso. Ele estava conferindo o texto. Sabe o que significa?

— Eu também fiz a faculdade, Irene.

— Ele só usou dois versículos, mas, em vez de nos dizer o que significavam baseado em seu próprio estudo cuidadoso, procurou fazê-los ajustar ao *seu* ponto de vista, que não era assim tão profundo.

— Vamos então assar o pastor no almoço?

— Não estou dizendo nada a você que não diria a ele. De fato, talvez devêssemos convidá-lo e à esposa para almoçarem conosco no próximo domingo, e assim poderei falar com ele sobre isso.

Rayford inclinou a cabeça para o peito.

— Eu preferia ser esquartejado.

— Não quer falar sobre esse assunto?

— Não quero nem pensar sobre ele. Achei que o sermão foi excelente hoje, querida. Senti-me edificado, encorajado.

— De verdade?

— Sim!

— Isso deve ter sido fácil, Rafe. Edificar e encorajar você.

Rayford encolheu os ombros e sacudiu a cabeça.

— Seja amável com todos e viva em paz. Ponto final.

— Profundo.

— Ele precisa ser profundo todas as semanas? O que você espera?

— Até você poderia ter transmitido essa mensagem, Rayford. E eu também. É errado esperar algum alimento sólido de um pastor, algo da Bíblia que eu não entenderia de outra forma? Jackie disse que o seu pastor estudou as línguas originais da Bíblia no seminário e, embora não sobrecarregue as pessoas com elas, tenta explicar o que as coisas significam no hebraico ou no grego.

— Parece um barril de risadas.

— Não quero que me façam apenas sentir bem, Rayford. Quero ser desafiada, ensinada. Quero crescer em minha fé.

Rayford mordeu a língua.

— O que foi, Rafe? O que você tem em mente?

Ele terminou de comer e empurrou a cadeira para trás.

— Não quero me aprofundar tanto nisso, Irene. Você não pode deixar essa parte para os profissionais, os ministros, os obreiros de tempo integral? Vamos à igreja para adorar, ter comunhão com os outros membros e nos restaurar espiritualmente. Não vou ser um missionário, um zelote, ou um evangelista. E espero que você também não seja.

— Enquanto estou estudando a arte da guerra — disse Nicolae —, quero expandir o negócio.

— Expandir? — perguntou Planchette, e Viv também pareceu surpresa. — Quão maior podemos... isto é...você pode ficar?

— Oh, muito! — respondeu Nicolae. — Nunca devemos pensar que chegamos. Esse negócio deve crescer em pelo menos 20% ao ano ou ser considerado um fracasso.

— Mas temos lucros e estaremos equilibrados se tivermos um crescimento positivo durante dois ou três anos.

— Crescimento positivo é algo contraditório, Reiche — disse Nicolae. — E como você pode dizer isso com a inflação do jeito que está? Os mercados do Ocidente reabriram, e a única maneira de tirar algum proveito é tomar emprestado cem milhões e começar a negociar.

— Cem milhões? — disse Viv.

— É preciso pensar grande — afirmou Nicolae. — Se eu não acreditasse que poderia transformar essa quantia em um lucro de pelo menos 20%, não sonharia em fazê-lo.

— O sr. Stonagal tem sido um grande apoio — interrompeu Planchette. — Contudo, cem milhões?

— Não proponho irmos a Stonagal com isso. Eu colocaria parte da empresa como colateral e faria tudo mediante um banco europeu.

Carpathia não pôde deixar de observar o ceticismo no rosto de toda a equipe. No entanto, não se preocupou. Isso era só combustível. Ele gostava tanto de surpreendê-los e impressioná-los quanto de convencê-los. Estariam se curvando e fazendo mesuras daqui a um ano.

— Meus conselheiros políticos disseram que o caminho mais rápido para a Câmara dos Deputados seria por meio do Partido Social Democrático. O Partido Maior ou o Partido Liberal é menos atraente, e os Democratas Húngaros estão fora de questão. Eu, porém, insistiria em concorrer como independente.

— Os independentes geralmente não vencem — disse Viv. — Você tem certeza de que esse é o melhor caminho para o Adunarea Deputatilor?

— Vou concorrer como pacifista.

Isto teve o efeito desejado. Todos olharam uns para os outros, franzindo a testa, e depois novamente para ele.

— Um pacifista — disse Planchette. — Então por que o treinamento militar?

— Para ser uma dicotomia, uma charada; para explicar-me. Quanto mais as pessoas ficarem imaginando a seu respeito, tanto mais você ganha espaço na imprensa. Vou ser um especialista militar que decidiu que a guerra é inútil e sem esperança. A onda do futuro é a paz. O que poderia ser mais popular do que isso?

— Você sabe que seu principal benfeitor está profundamente envolvido em armamentos.

— Você acha que eu trabalho para o sr. Stonagal ou sirvo a ele? O que tenho de fazer para que você abandone essa idéia?

— Creio que acabou de fazê-lo — replicou Planchette.

— A Jackie me convidou para reuniões semanais, estudos bíblicos — disse Irene.

— Isso talvez me dê o que preciso.

— Esse é um meio muito transparente para fazer você refletir sobre trocar de igreja — afirmou Rayford.

— Oh!, não penso que a Jackie tenha segundas intenções — respondeu ela.

Rayford ficou em pé e começou a tirar a mesa.

— Olhe, eu acho que sim. Se ir a pequenas reuniões como essas impedirem você de queixar-se da nossa igreja, fique à vontade. Mas quero deixar claro desde já: eu não pretendo mudar. Gosto de onde estamos e prometi que continuaria indo, e vou. Mas a nenhum outro lugar, e nada de reuniões extras.

QUATRO

A marca da Carpathian International Trading na bolsa de valores era cuidada por um homenzinho moreno chamado apenas de Ion. A caminho do Banco Intercontinental em Bucareste, Nicolae teve a impressão de que Ion nunca estivera antes em um Bentley.

Com a pasta no colo e arquivos que não cabiam dentro dela precariamente por cima, Ion olhava para todos os lados, menos para o chefe. Os botões de seu terno mal ajustado estavam abotoados de alto a baixo.

— Você tem certeza de que eu preciso ir junto, Ion?

— Oh!, sim, senhor — disse ele. — Seria fácil me barrarem. Porém, tendo de enfrentá-lo em pessoa, acho que vão ficar impressionados.

— Você pode provar que meu negócio é mais do que uma boa garantia?

— Claro que sim. Na verdade, o senhor irá provavelmente ter de depositar apenas uma parte.

— Você fala inglês, Ion?

— Não muito, senhor.

— Você sabe, em inglês seu nome não é pronunciado I-on, mas Ai-on . Um termo atômico. Quando o americano quer que algo seja vigiado, ele "mantém o olho fixado nele", o que parece o mesmo.* Este é o papel que você vai representar hoje. Desde que obtenhamos o financiamento, é claro.

O jogo de palavras ficou definitivamente perdido para Ion.

— Recebi meu nome do dramaturgo romeno Ionesco. — Ele se ocupou examinando resumos de arquivos que dissera ter terminado tarde na véspera.

Ao chegarem ao banco e Ion abrir a porta, ele bateu-a no segurança que estava tentando abri-la para ele. A seguir, não sabia se esperava por Nicolae ou se devia simplesmente entrar no banco e perguntar pelo funcionário com quem marcara a entrevista.

Nicolae alcançou-o, e ficou claro que a reunião seria com vários figurões.

Depois dos cumprimentos, o diretor de empréstimos disse:

— Sr. Carpathia, temos naturalmente a sua descrição, mas talvez queira que examinemos juntos seus planos, caso decidamos apoiar sua empresa com cem milhões.

Jackie e Irene estavam sentadas no parque, vigiando os filhos enquanto conversavam. Irene sentiu que Jackie mal podia conter-se.

— Se você recebeu Cristo, Irene — disse ela —, deve participar de uma igreja que crê na Bíblia e ensina a Bíblia, a qual a ajudará a crescer.

— Eu sei, e a sua parece ótima. Mas Rayford está totalmente contra. Sinto-me inclinada a ir de qualquer jeito.

* [NT] Em inglês, I-on é "manter o olho em alguma coisa".

— Não aconselho isso — disse Jackie. — Não é bom afastá-lo. O que dizer de um de nossos estudos bíblicos semanais?

— Ele disse que aprova, se isso me impedir de mudar de igreja, mas sei que vai ficar aborrecido.

— Já sei! — falou Jackie. — Uma vez por semana, você leva o Raymie a minha casa na hora da sesta e faço Brianna dormir ao mesmo tempo. Então posso ensinar você com uma fórmula simples que a nossa igreja usa individualmente e com pequenos grupos o tempo todo.

Irene sorriu.

— Há lição de casa?

— Claro que sim. — Jackie esboçou um plano que faria Irene ler pelo menos um capítulo do Novo Testamento a cada dia e manter um diário do que aprendera. Deveria ler também um dos livros bem curtos do Novo Testamento a cada dia — como 1João ou Filipenses. Você também prepara uma lista de dez pessoas com quem se preocupa e ora por elas. A seguir, ficamos juntas a cada semana e fazemos uma recapitulação.

Irene só podia imaginar como tudo isso soaria para Rayford. Talvez não contasse a ele até a hora certa. O plano era perfeito para ela.

Nicolae gostou de falar à diretoria do banco.

— Quero tirar proveito do globalismo — disse ele. — Quero comprar, vender e negociar ao toque de um botão. Estou particularmente curioso com a nova tecnologia eletrônica originada nos Estados Unidos e quero fazer contatos para trazer as comunicações orais-celulares para a Europa. Já ouviram falar disso?

— Onde implantam sensores em seus dentes? — disse um executivo.

— Isso mesmo. Você ouve as vibrações e tons diretamente na boca e ouvido interno e ninguém mais pode ouvi-los. Está varrendo os Estados Unidos, e pretendo monopolizar o mercado aqui. Ion pode mostrar-lhes em questão de minutos que minha empresa vale bem mais do que o que estou querendo.

As coisas saíram relativamente fáceis. Ion mostrou-se nervoso, mas eficiente. O banco concordou que o tempo era essencial. Eles prepararam documentos descrevendo o programa de pagamentos e reembolsos do dinheiro, e Nicolae partiu com a garantia de que o primeiro quinto da quantia estaria em sua conta empresarial no final do dia seguinte.

Cameron Williams, 21, se achava no velho Salão Nassau no *campus* da Universidade de Princeton em Nova Jersey, folheando preguiçosamente a revista *Global Weekley* enquanto esperava a namorada. Ela morava numa casa de estudantes a alguns blocos para o sul, mas insistira em encontrar-se com ele ali. Seu dormitório ficava ao norte.

Cameron lia a *Global Weekly* sempre que tinha oportunidade. Seu sonho era conseguir um lugar ali antes de deixar Princeton; sua meta final era trabalhar para a revista. A *Time* e a *Newsweek* seriam boas também, mas ele considerava a GW o máximo.

Um artigo curto na seção de Pessoas chamou sua atenção. Um piloto da Pan-Con Airlines estava sendo elogiado por evitar um acidente em Los Angeles, salvando certamente a vida de centenas de passageiros a bordo do seu avião e de outro pousado no chão. O capitão Rayford Steele passara de suspeito de procedimento inadequado à condição de herói quando a companhia aérea e o Comitê de Segurança de Transportes Nacionais concluíram suas investigações. O avião tinha aparentemente sido considerado seguro antes da decolagem, um problema sem importância fora resolvido, e o capitão seguira o protocolo. Porém, depois de perder um motor e enfrentar visibilidade limitada, ele tivera de manobrar o avião e evitar um desastre.

Cameron olhou o relógio e atirou a revista em uma mesa. Ficou em pé e examinou sua cabeleira loira em um espelho. Sentia falta de Tucson, mas a Ivy League* era o lugar certo para estar se desejasse uma carreira no jornalismo de frente. Princeton era conhecida pela ênfase em arquitetura, engenharia e ciência, mas sua abordagem preceptoral, apoiando o estudo pessoal e o individualismo, ajustava-se perfeitamente a Cameron. O estudo de jornalismo em artes liberais viria a ser um ponto de partida para a carreira que desejava.

Cameron Williams não queria apenas ler sobre heróis. Nem sequer desejava ser um deles. Só queria escrever sobre eles.

Alguma coisa acontecia com Rayford, e ele não estava conseguindo entender. Depois de três semanas consecutivas, quando ficou de folga aos domingos e pôde ir à igreja com Irene e os filhos, passou a sentir-se inquieto, desconfortável.

Sentia-se jovem demais para uma crise da meia-idade, e, todavia, as marcas estavam todas ali. Era como se tivesse se estabelecido na vida que sonhara e agora questionava se isso era tudo que existia. Tinha uma esposa atraente, até vivaz, uma filha loura e esperta que o fazia lembrar de si mesmo, e um filho jovem, em quem colocara muitos sonhos. A casa deles era bonita, e possuía dois carros que não precisaram se esforçar muito para comprá-los.

* [NT] Liga da Hera, formada por oito principais universidades dos Estados Unidos que dão a seus alunos e ex-alunos uma posição algo superior à de outras universidades.

Rayford até desfrutara um breve período de celebridade. Sua conduta heróica na LAX — embora não parecesse assim no momento; medidas desesperadas seriam um título melhor — havia conseguido para ele um comentário nos três maiores noticiários semanais, aparições em dois programas de notícias da TV de Chicago, uma entrevista em um dos programas matutinos da rede e um chamado para ir a Washington com seu chefe Earl Halliday. Eles tiveram uma audiência com nada menos que o presidente da Pan-Con, Leonard Gustafson.

Rayford até pensara que a secretária de Earl estava brincando quando o avisou do convite.

— Está bem, Francine, e eu sou o coelhinho da Páscoa.

Era, porém, verdade, e ele gostou da viagem com Earl, como passageiros da primeira classe, e o privilégio de conhecer o lendário Gustafson. O presidente era mais baixo que Rayford — a maioria dos homens era — e ainda mais magro do que o delgado Earl; mas, por ser um ex-militar, Gustafson tinha um porte que impunha respeito.

Rayford sempre fora um pouco escoteiro — formal, cortês, moderado em seus apetites. Achou então estranho que tanto Gustafson quanto Halliday não achassem nada de errado tomar um gole de uísque no escritório do primeiro no meio da tarde. De outro lado, ele não queria parecer grosseiro ao rejeitar a bebida oferecida.

— Você pode imaginar — disse finalmente o presidente — que não posso me sentar com cada piloto que faz o que foi treinado para fazer.

— Concordo, francamente estava imaginando o por que de tanta agitação — disse Rayford.

— É justamente isso — afirmou Gustafson. — Se você tivesse se deleitado com a atenção, eu permitiria que as coisas parassem nesse ponto. Essa teria sido a sua recompensa; sabe o que quero dizer? Mas a Pan-Con procura exemplos, homens e mulheres que temos orgulho em ver usando as nossas asas. Seu feito foi extraordinário. Não único, mas não obstante especial. Sua maneira de lidar com as coisas foi exemplar. Você não transformou o fato em algo que não era. E o que disse no programa *Today*, sobre ser a coisa que qualquer piloto treinado teria de tentar, foi o ponto alto. Portanto, parabéns, e fique sabendo que coloquei seu nome na lista como substituto na *Força Aérea Um* e *Força Aérea Dois*.

— Senhor?

— Como sabe, nós ocasionalmente temos de dar referências quando há necessidade de atender ao presidente ou ao vice-presidente. Tais oportunidades são raras, porque o emprego de tempo integral sempre vai para um piloto militar, e há vários pilotos à sua frente na lista de substitutos. Contudo, muita coisa faz parte da recomendação. Até a aparência do homem. Como ele usa o uniforme, como se comporta, como lida com a imprensa. Pode haver cem homens mais qualificados do que você em nossa equipe em todo o país, mas seu pequeno contato com a notoriedade tornou-o visível. Portanto, bom para você.

Rayford ficou lisonjeado, é claro. Ele não esperava que nada se materializasse da conversa sobre a *Força Aérea Um*, visto que a substituição era na maior parte honorária e por haver vários à sua frente. Começou, no entanto, a pensar se uma grande honra como essa deveria ser um alvo em sua carreira. Ele nunca sonhara mais alto do que o lugar em que se sentava havia poucos dias — o lugar do piloto de um 747. Não conseguia, entretanto, afastar a sensação de que alguma coisa o incomodava. Teria parado cedo demais, alcançado seus alvos, realizado seus sonhos?

No vôo de volta, como já bebera um pouco no escritório de Gustafson, Rayford surpreendeu-se e imaginou se percebera um olhar diferente da parte de Halliday quando aceitou mais algumas doses de bebida alcoólica.

— Que bom que você é só um passageiro — disse Earl.

Rayford riu um pouco alto demais.

— Não se preocupe, você me conhece.

— Pensei que conhecia.

— Vamos, Earl. Estamos comemorando, não é?

Rayford nunca fora na verdade um beberrão. Raras vezes se embriagou, mesmo no campo de golfe, bebendo cervejas durante quatro ou cinco horas no sábado e tão logo podia sair de casa depois da igreja aos domingos.

Esse talvez fosse o seu problema. Ele se sentia culpado por deixar Irene e os filhos na maior parte dos fins de semana em que estava em casa. Dizia, porém, a si mesmo — e a ela quando mencionava — que merecia ter um tempo só seu. Trabalhava duro. Seu emprego era altamente estressante.

Tantas doses em uma só tarde, coisa a que não estava acostumado, fizeram Rayford adormecer profundamente, perdendo até o jantar — geralmente muito bom na primeira classe.

— Não faz mal — disse Halliday mais tarde. — Eu precisava da sua manteiga e da sua sobremesa.

— Não costumo fazer isso — respondeu Rayford. — Tenho geralmente o sono leve a ponto de odores me despertarem, especialmente comida quente debaixo do meu nariz.

Ainda meio lento, Rayford já estava bem distante de sua última bebida confiou em si mesmo para dirigir até sua casa. Aquele era o dia em que Irene se encontrava com Jackie. As duas se viam quase todos os dias, mas aquele era o oficial, o dia de estudo, seu pequeno grupo de aprendizado e prestação de contas. Bem no fundo, Rayford desejava ter um amigo como a amiga de Irene. Mesmo assim, temia seus relatos de tudo que acontecera.

Naqueles dias, surgira uma luz nos olhos de Irene, um brilho de que ele se ressentia e invejava. Rayford decidiu que iria apenas sentar-se e escutar, pois teria de fazer as duas coisas de qualquer modo. Não estava, porém, preparado para o relato daquele dia.

— Jackie tinha algo a fazer hoje — disse Irene no jantar. — Ela me deu então uma tarefa prática. — Irene fez uma pausa como se esperando que Rayford perguntasse o que isso significava.

Ele não iria morder a isca. Bastava estar olhando para ela sem mostrar o seu tédio.

— Eu deveria escolher alguém em minha lista de oração e fazer algo específico por essa pessoa hoje.

Ela vai dizer que me escolheu. O que será que fez por mim?

— Escolhi seus pais.

— Minha mãe e meu pai?

— Isso mesmo. Seus pais, Rayford.

Ela conseguira a sua atenção.

— Sim, sei, mas o quê? O que fez?

— Fui visitá-los.

— Em Belvidere?

— Onde mais, querido? Eles não saem muito, não é?

— Você dirigiu até Belvidere?

— Não, fui de helicóptero. Obrigada por providenciar um.

— Não seja tão ríspida, Irene. Você foi mesmo a Belvidere, em um dia de semana, sem mim, para ver *meus* pais?

— Pensei que iria gostar.

— Gostar? Estou... sem fala. Confuso. Francamente, não sabia que você se importava. Tanto assim, quero dizer.

— Sabe de uma coisa, Rayford? Eu nunca me importei tanto assim antes. Eles eram seus pais e gostava deles, mas seu pai não tem estado conosco mentalmente há anos, e sua mãe está quase na mesma condição. Desde que comecei a orar por eles, no entanto, eu...

— O que você ora por eles? Não acho que vão ser curados de Alzheimer.

— Não, sei disso. Oro pela alma deles. Oro para que tenham momentos de lucidez e, quando isso acontecer, alguém esteja lá para interagir com eles. Oro para que tenham mais dias melhores do que piores, que Deus os conforte, que tenham paz e segurança e que o pessoal da casa de repouso seja bondoso com eles.

Rayford não sabia o que dizer. Ficou comovido. Profundamente tocado, na verdade.

— Obrigado, Irene — disse, surpreso por ter a voz embargada. — Essa foi uma coisa muito boa que fez para mim. Por meus pais.

Ela não dissera que era para ele, mas por seus pais. Eles eram o objeto de suas orações. Entretanto, fora também um presente para ele. A idéia de sua mulher levá-lo ao aeroporto, acompanhar Chloe à escola, preparar Raymie para sair e fazer aquela viagem... isso estava bem acima e além do razoável.

CINCO

Chegara o dia, e Nicolae estava pronto. Ele levantara cedo e fizera uma corrida difícil, suada, de oito quilômetros, além de uma vigorosa meia hora no remador e levantamento de pesos. No chuveiro, ensaiara seu tom e mal podia esperar para chegar ao telefone. Teve de aguardar até a metade da tarde para permitir que seu alvo nos Estados Unidos começasse o dia de trabalho. Nicolae preencheu então a manhã verificando a equipe e se informando de tudo.

Quando chegou a hora marcada, ele esfregou as mãos, sentou-se com os pés na mesa, lembrou-se de tudo que sabia sobre a sua presa e o produto, pôs os fones de ouvido e ligou para o executivo da Corona Technologies em Nova Orleans, Louisiana.

Nicolae falava francês fluente e até usava um pouco de cajun, impressionando o homem.

— Jimmy! — começou. — Como estão as coisas no *Bayou** hoje?

---

* [NT] Região pantanosa no sul dos Estados Unidos.

— Não poderiam estar melhores, sr. Carpathia — disse James Corona Jr. — Acabei de fechar a minha maior venda até hoje.

— Você vai poder quebrar esse recorde em alguns momentos se chegarmos a um acordo. Este será o seu dia de sorte.

— Já é, meu amigo. Mas vai ser difícil para você superar um negócio de cento e um milhões de dólares.

Nicolae gelou. Cento e um? Quais as probabilidades? Ele escondeu sua irritação e procurou acalmar-se.

— Em que posso ajudá-lo? — disse Corona.

Frustrado, mas decidido a não demonstrar, Nicolae delineou seu plano de comprar *hardware* e autorização suficientes para amarrar os mercados romenos primeiro e depois tornar-se o distribuidor exclusivo da tecnologia oral-celular Corona em toda a Europa.

Completo silêncio foi a resposta de Corona.

— Isso faz a sua outra venda agora parecer insignificante, não é? — disse Nicolae, subitamente receoso.

— Não.

— De verdade? Você deve estar num rolo, Jimmy.

— Numa montanha-russa dá uma idéia melhor, Nicolae.

— Como?

— Não posso vender para você.

Nicolae tirou os pés da mesa e levantou.

— Está brincando.

— Não estou. Gostaria de estar.

— Por quê?

-- Seu território foi tomado.

— Por quem?

— Você sabe que não tenho liberdade para revelar.

— Diga-me quem, Jimmy, ou nunca mais vamos fazer qualquer negócio.

— Você é um amigo, Nicolae, e um cliente especial, mas não posso violar as leis do comércio desse jeito.

— Você sabe que vou descobrir em breve.

— Não duvido e ótimo para você.

— O que mais você tem, Jimmy? — disse Nicolae, passando para o inglês agora.

— Não entendo.

— O que está no horizonte? Dê-me algo cortante, algo que sirva para quebrar as costas de meu concorrente.

— Mas você disse que nunca mais faria negócios comigo.

— Você quer o dinheiro ou não? Tenho cem milhões para queimar. E acrescento outros dois se necessário.

— É esse o problema, Nicolae. O risco seria muito grande. Trata-se de algo que eu nem sequer sonhei em oferecer a alguém. É muito embrionário.

— Tente oferecer-me.

— Estamos apenas no estágio de desenvolvimento.

— Poderia então usar cem milhões. Cem mais dois.

— Poderíamos mesmo. Mas eu não faria isso com você, Nicolae.

— Eu insisto. Pelo menos me diga o que é. — Carpathia estava andando de lá para cá agora, olhando pelas janelas de vidro para os Cárpatos, as montanhas que levavam o seu nome.

— Tecnologia celular-solar.

— Conte mais.

— Isto é confidencial.

— Pode confiar em mim. Acabei de receber um chute de um competidor anônimo, Jimmy. Sou o que você chamaria de comprador motivado.

— *Investidor* é mais correto. Se comprar um produto, é responsabilidade sua fazer que ele tenha sucesso. Se investir nisso, nos tornamos parceiros, e nós dois podemos perder tudo.

— Ótimo. Entendi. O que é tecnologia celular-solar?

— Justamente isso. Lançamos satélites particulares a uma distância suficiente da Terra, de modo que o sol chega até eles vinte e quatro horas por dia, permitindo que retransmitam energia e sinais uns para os outros, e eles fornecem energia para seus equipamentos eletrônicos gratuitamente.

— Aceito.

— Nicolae, você está reagindo emocionalmente. Ainda não fiz uma coleta de preços sobre isso, não conversei com nossos maiorais, não...

— O dinheiro vai para outra parte se você deixar isso escorregar entre os seus dedos, Jimmy. Diga que me aceita.

— Está bem, está bem, aceito. Volto a falar com você o mais breve possível com os detalhes. Você sabe, é claro, que as garantias nisto são zero. Não temos idéia do que vai acontecer, se vai funcionar, se vai haver um mercado para ele — nada.

— Se fizer o que diz que vai fazer, haverá mercado — disse Nicolae. — E se não houver, criarei um.

Irene sempre fora uma dona-de-casa criativa, exigente, mas, depois que contara ao marido sobre seu novo interesse e cuidado pelos pais dele, Rayford começou a perceber mais e mais coisas em casa que o impressionaram. Como qualquer outra mãe de filhos pequenos, Irene se mostrava muitas vezes estressada, impaciente e nada avessa a levantar a voz para os filhos e para ele. Não via agora nada disso.

Não que ela fosse perfeita, pois não era. No entanto, pedia rapidamente desculpas, compensava as explosões, sublimava os sentimentos feridos, quebrava e acalmava as tensões. Ele não podia negar. Ela estava se tornando de fato uma pessoa diferente.

Isso teve um efeito estranho em Rayford. De um lado, sentia-se atraído por ela como nos primeiros tempos em que se conheceram. De outro lado, ficar perto demais dela o amedrontava. Era como se ela fosse um espelho de sua própria alma, e ele não gostava do que via ali.

Rayford sempre considerara um dom saber como cuidar de si mesmo. Ele não se julgava egocêntrico. Os homens verdadeiros chamavam isto de ambição e dinamismo. Ninguém dava nada a ninguém nesta vida. Você tinha de tomar o que queria, tornar-se dono do seu próprio destino, capitão da sua alma. Ele ganhara tudo que possuía, inclusive tempo para si mesmo. Estava na hora de fazer alguma coisa por Rayford.

Quando seus amigos quiseram jogar golfe nas manhãs de domingo, em vez de nas tardes de sábado, ele disse a Irene que iria pedir aos líderes da igreja que considerassem a possibilidade de implementar algo semelhante ao que era conhecido entre seus amigos católicos como "Missa dos Pescadores".

— Um culto no sábado à noite — disse ele. — Uma porção de igrejas faz isso.

Surgiu como uma forma de atender aos homens que iam pescar antes da alvorada aos domingos. Acho que isso indica que podem acomodar também os golfistas.

— Não penso assim — respondeu Irene. — Você sabe quanto tempo foi necessário para carpetar o novo vestíbulo com todas aquelas reuniões de comissões. Levaria meses para isso que você está propondo e exigiria o referendo da congregação.

— Enquanto isso, talvez eu tenha de perder alguns domingos.

— Realmente, Rayford!

— Não olhe para mim desse jeito, Irene. Não prometi a *você* que iria à igreja todos os domingos.

— Não, mas prometeu a Alguém, e se eu fosse você ficaria mais preocupado com o que Ele pensa a respeito.

— Acho que Deus compreende. E Ele ajuda aqueles que se ajudam.

— Verdade? Suponho que você não possa apoiar isso em alguma passagem bíblica.

— Está em alguma parte da Bíblia.

— Não, não está. Eu tentei a mesma coisa com a Jackie, e ela me pegou. Parece bom. Parece até fazer sentido. Mas não está na Bíblia. Você sabe de uma coisa, Rafe? Eu apoiaria sua freqüência aos sábados à noite e ficaria até feliz em ver você ir ao campo de golfe de madrugada no dia seguinte.

Ele parou e olhou, surpreso, para ela.

— Qual a armadilha?

— Pequena como é, a Nova Esperança tem um culto nas noites de sábado.

— Esqueça.

— Pensei que queria a minha bênção.

— Não preciso da sua bênção, Irene.

— Minha permissão então?

— Seria melhor que eu também não precisasse disso.

Essas palavras a magoaram, mas naquele momento Rayford não se importava.

— Não devo ter de perguntar à minha mulher se posso sair e jogar.

A briguinha deles incomodou Irene durante horas. Rayford podia ser tão frustrante. Todavia, medir forças com ele, trocar zombaria por zombaria, seria a maneira de alcançá-lo? Ela temia que não.

SEIS

Nicolae Carpathia foi consumido pela idéia de descobrir quem era seu concorrente na Corona Technologies. Tinha um palpite, é claro. Quando Reiche Planchette apareceu para informar sobre a sua tarefa de incluir Nicolae nas academias militares da Romênia num papel híbrido, Nicolae mudou de assunto.

— Você queria uma posição de aluno civil e instrutor adjunto — começou Planchette. — Talvez se interesse em saber...

— Alguém está vazando informação de algum lugar, Reiche, e eu quero saber quem.

— Vazando, senhor?

— De dentro da Carpathian Trading ou da Intercontinental.

— Oh!, duvido que o banco arriscasse isso, Nicolae. Odeio também pensar que você enfrente traição interna.

— Esse tipo de ingenuidade vai resultar em mais do mesmo, Reiche. Vamos descobrir se ele tem uma opinião sobre alguém presente na reunião do banco outro dia.

— Ion?

— Sim, Ion!

— Olhe, tive a impressão de que ele nos deixou.

Carpathia inclinou a cabeça.

— Deixou? Sem meu conhecimento? Impossível.

— Na verdade, tenho certeza. Ele aceitou uma posição similar em uma empresa na Moldávia.

— Não pode ser! Sem aviso? Sem ninguém me informar?

— Apenas supus que, se eu sabia, você também soubesse. O Departamento de Recursos Humanos não deveria manter você informado?

— Aparentemente não, Reiche. Quando Ion saiu?

— Há alguns dias.

— Não houve uma separação, eu espero. Quero dizer, sem dar aviso. Surpreendente. Diga-me que ele não foi trabalhar para um concorrente.

— Oh!, foi exatamente o que fez, Nicolae. Sinto muito que você não tenha sido informado. Eu teria contado se soubesse...

— Deveria ter feito isso!

— ... que você tinha sido deixado fora do protocolo normal. A partir de agora, vou diligenciar para que seja informado de qualquer eventualidade.

— Não Tismaneanu. Diga que Ion não foi trabalhar para o Emil.

— Isso mesmo, senhor. Foi exatamente para lá que ele foi.

Nicolae ficou em pé e bateu com o punho na mesa.

— Tismaneanu Tech é propriedade de um escroque, e todos sabem disso. Emil mora aqui para poder servir na Adunarea Deputatilor. Todavia, todos sabem que ele mora realmente em um apartamento em Galati, deste lado da fronteira de sua sede na Moldávia

Planchette ficou ali sentado, concordando solenemente com a cabeça, o que apenas enfureceu ainda mais Carpathia. Se Reiche sabia disso tudo, por que não tomou alguma providência? Por que o próprio Nicolae não fizera isso?

— Olhe, estou contente por ele morar aqui. Sabe por quê?

— Diga-me, Nicolae.

— Porque também moro aqui.

Reiche pareceu não entender. Que estupidez para um homem tão reverenciado nos círculos espirituais.

— Ele está ambicionando um terceiro mandato como deputado no parlamento — disse Nicolae. — Será que gostaria de ser fragorosamente derrotado por um recém-chegado?

— Você não está dizendo...

— É claro que estou dizendo! Espere um pouco. — Nicolae telefonou para a Corona Technologies nos Estados Unidos.

— Jimmy — disse finalmente. — Fala Nicolae Carpathia. Está bem. Descobri que Tismaneanu conseguiu o contrato com você para a Europa.

— Você não ouviu isso de mim, Nicolae.

Carpathia olhou para Planchette e levantou o punho.

— Não, você está livre. No entanto, preciso saber se eles têm apenas o negócio do celular-oral e não estão interessados no celular-solar.

— Correto. Não disse a ninguém senão a você sobre este último. Para falar francamente, o meu pessoal está entusiasmado com a sua confiança em nós.

Irene estava mais do que curiosa. Sentia-se desesperada para saber.

— Jackie, pessoas com demência ou mesmo Alzheimer completa podem tornar-se crentes?

— Em um momento de lucidez, quem sabe? Teria de ser evidentemente uma obra de Deus em mais do que um aspecto. Seria necessário que estivessem com a mente clara o suficiente para entender o que alguém dissesse, e esse alguém precisaria estar lá na hora certa. O paciente necessitaria também ser receptivo.

— Você pode imaginar então pelo que estou orando, Jackie.

— É claro. Até que ponto a sra. Steele chegou?

— Ela é a mais promissora. Há pouca dúvida de que seja Alzheimer, mas por enquanto tem apenas perdas curtas de memória, embora viva em bastante confusão. Está começando a ficar agitada.

— E o sr. Steele?

— Quase perdido para nós. Não se encontra presente a maior parte do tempo; no entanto, em vez de mostrar-se alheio como muitos de seus companheiros de clínica, ele parece perturbado. É como se soubesse que deveria se lembrar de coisas, expressar coisas, tudo isso; mas não consegue.

— Não está em paz então.

— De modo algum.

Carpathia levou Planchette para uma sacada acima da sua varanda. O vento soprava em um céu sem nuvens, e o Sol iluminava os picos das montanhas no horizonte.

— Nunca perguntei como você cuidou de meus pais, Reiche.

— Foi prudente da sua parte. Essa acabou sendo uma das tarefas mais desagradáveis que já tive, e não quero falar mais dela.

— Preciso de você outra vez, Reiche.

— Por favor, não. Emil Tismaneanu tem ampla proteção, diferente de você.

— Vou derrotar Emil politicamente. Contudo, um exemplo deve ser feito de Ion.

— Ion? Você não pode estar falando sério.

— Pense, homem. Posso viver com deslealdade até certo ponto. Um homem quer seguir em frente, encontrar um emprego melhor, não deseja me enfrentar, tudo bem. Talvez algum dia eu o chame de volta. Se você pensa, porém, que essa foi a extensão do que Ion fez comigo, você é um *prostovan* com tanta *naivitate* que devo questionar sua inteligência. Ion é um traidor, Reiche. Se o deixasse sair livre depois de me fazer perder um negócio de cem milhões de dólares, eu seria visto como um fraco, um capacho.

— Todavia, se algo acontecer com Ion, você se tornará o suspeito imediato.

— Não fui suspeito na morte de meus pais.

— Você mal saíra da infância, e aquele foi um trabalho muito dispendioso, muito profissional. Como já disse, não quero recordá-lo.

— *Estamos* recordando, Reiche. Ion vai ser tratado de um modo que pareça claramente um acidente. Ninguém vai suspeitar de mim. Você fará acontecer.

Reiche afastou-se, contemplando a distância.

— Se for assim tão bem-feito, como isso protegerá a sua reputação? Um acidente infeliz ocorre com um homem que aparentemente o prejudicou. Será visto como coincidência, carma na melhor das hipóteses.

— Os que precisarem saber saberão. Ou pelo menos ficarão imaginando. Isso poderia até desencorajar Emil de competir comigo.

Irene não podia ficar mais espantada se sua sogra dissesse ter sido uma contorcionista em uma vida anterior. Depois de alguns episódios típicos de esquecer onde estava ou qual o caminho de volta para o seu quarto, ela perguntou a que horas era o almoço.

— Acabamos de sair de lá, mamãe — disse Irene. — Você gostou da salada de repolho. Lembra?

— Claro! Isso foi hoje?

Tinha sido dez minutos antes.

— Mamãe, você costuma orar?

— Claro que sim. Oro todos os dias. Sou cristã, você sabe.

Sei que pensa que é, Irene queria dizer. Mas a mulher era frágil.

— Eu me preocupo tanto com meu marido. Acho que ele não conhece realmente o Senhor.

— Você acha?

— Não como eu conheço. Meu filho também.

— Do que está falando?

— Jesus tem de estar no seu coração — disse ela, parecendo tanto uma menininha que Irene ficou perplexa.

— E como Jesus entra em seu coração?

— Não fisicamente — disse a idosa senhora. — É apenas uma expressão.

— Compreendo.

— Descobri isso na Bíblia. Nossa igreja nunca falava a respeito. Que somos todos pecadores e separados de Deus. Que Jesus morreu pelos nossos pecados. Quero dizer, ouvíamos muito isso, mas parecia referir-se ao mundo inteiro. Ele morreu pelo mundo inteiro, mas você precisa recebê-lo pessoalmente. Tenho um versículo favorito.

— Tem?

— Oh!, qual é mesmo a referência?

— Eu não sei, mamãe. Qual é?

— Gosto quando você me chama de mamãe. Não sou sua mãe, sou?

— Você é minha sogra.

— Você é a esposa de Rayford. Estive no seu casamento.

— É verdade.

— Quando vai nos dar netos?

Irene tirou fotos e a fez lembrar-se de Chloe e Raymie.

— É claro que lembro.

— E seu versículo favorito qual é?

— Não consigo pensar no endereço.

Irene nunca ouvira esse termo para uma referência bíblica.

— Diga então só as palavras.

-- "Mas, a todos quantos o receberam, deu-lhes o poder de serem feitos filhos de Deus, a saber, aos que crêem no seu nome."

— Eu creio no seu nome, Chloe.

— Eu sou Irene.

— Eu creio no seu nome, Irene.

Irene mal podia falar. Que presente!

— Todos param depois de Romanos 3.23 — disse a sra. Steele, surpreendendo novamente Irene.

— Esse endereço você lembra.

A idosa mulher sacudiu a cabeça.

— Eles precisam ler o versículo seguinte também.

— Lembra-se dele?

— É claro. De ambos. "Pois todos pecaram e carecem da glória de Deus." Mas esta é a melhor parte: "[...] sendo justificados gratuitamente, por sua graça, mediante a redenção que há em Cristo Jesus".

— Isso é lindo, mamãe.

— É mesmo. João 1.12.

— Como?

— Esse é o endereço do primeiro, Chloe.

— Irene.

— Irene.

SETE

Ion morreu na zona rural da Modávia, quando os freios de seu carro falharam e ele bateu primeiro em um caminhão de gás e depois em um carroção puxado por cavalos.

Nicolae compareceu ao sepultamento, enviou um buquê enorme de flores e tentou consolar a viúva angustiada, que claramente não queria o consolo dele. Todavia, ele a enterneceu ao sussurrar que estava estabelecendo um fundo para seu filho único, um garoto de 16 anos, para que suas despesas da faculdade fossem cobertas. Ela o abraçou, e, sobre o seu ombro, Nicolae fitou Tismaneanu.

Tismaneanu tinha o dobro da idade de Carpathia e comportava-se como o empresário e político bem-sucedido que era. Nicolae desculpou-se com a viúva e foi ao encontro de Tismaneanu para um aperto de mãos embaraçoso.

— Obrigado por me informar antes de saquear minhas fileiras — sussurrou Nicolae.

— Saquear? — Tismaneanu respondeu baixinho, com um sorriso.

— Não é como se eu roubasse alguém do seu gabinete. Eu não faria isso sem o seu conhecimento. No momento em que Ion ficou disponível, supus que você soubesse que ele não estava feliz.

— Pouca coisa acontece sem que eu saiba — disse Nicolae. — Quero, porém, assegurar-lhe que, se um dia quiser um de seus empregados, você vai ser o primeiro a saber.

— Não se preocupe. Ninguém que trabalha para mim desejaria trabalhar para você.

— Talvez queiram quando eu for deputado por Bucareste.

Emil deu um passo para trás e levantou uma sobrancelha. — Isto é um anúncio?

— Para você aparentemente é.

— Sua mãe é uma cristã nascida de novo, Rayford — disse Irene.

Ele fechou os olhos e esfregou o rosto.

— Não diga. Como você?

— Isso mesmo. Como eu.

— Estou então cercado.

— Está. Poderia muito bem desistir e aceitar. — Irene sorriu, tentando manter a conversa leve.

— De modo algum.

— Rafe, estou só brincando. Não faça disso uma competição em que você acha que estaria perdendo se decidisse fazer a coisa certa.

— Quer dizer orar a Jesus e dizer que quero ser como você.

— Não gosto nem um pouco quando você se mostra sarcástico neste assunto. Você sabe quanto significa para mim.

— Claro que sei. E você deveria saber a esta altura como isso me aborrece.

— Não deveria. Sua mãe mostrou-se tão...

— Quer dizer que não estava brincando sobre minha mãe?

— Não. Ela foi muito clara e...

— Minha mãe está demente, Irene. Com Alzheimer no horizonte. Metade do tempo, ela não sabe quem é ou onde se encontra. Como pode dar valor a qualquer coisa que diga?

— Por que ela citou versículos e sabia o endereço deles.

— O endereço?

Irene explicou.

— Ela está tirando lembranças da infância ao acaso — disse Rayford. — Não sabe o que está dizendo, aquilo em que acredita, nem mesmo do que se lembra. Seu cérebro é como uma *juke-box*, e o braço seletor entra em seus bancos da memória para uma fatia disso e outra daquilo, reunindo-as em uma confusão que às vezes parece fazer sentido. Estou surpreso por você dar qualquer crédito a ela.

— Você deveria ouvi-la.

— Isso não é justo. Você sabe como tenho andado ocupado.

— Não estou comentando sobre os seus hábitos de visita, Rafe. Só estou dizendo que deveria ouvir o que ela diz e concluir por si mesmo. Sei que há horários de visita todos os dias da semana, até mesmo nos seus dias de folga e nos sábados e domingos.

— Quando estou jogando golfe, não é?

— Ela gostaria muito de ver você..

— Obrigado por essa viagem de culpa.

— Se a carapuça serve...

Rayford saiu furioso da sala.

Irene censurou-se. Deveria haver um meio melhor de se comunicar com ele.

Nicolae estava intrigado e também confuso.

— A academia naval tem um homem em uma posição similar à que você está querendo — afirmou Reiche Planchette.

— Academia naval? Eu disse Exército e Aeronáutica.

— Supus que estivesse interessado nos três.

— Realmente, Reiche. Qual a importância da Marinha em um país praticamente sem acesso ao mar?

— Importante o suficiente para ter uma academia naval. Em todo caso, não terá de freqüentá-la se não quiser. No entanto, foi aí que encontrei o cenário que descreveu.

— Gostaria de ter as três academias em meu currículo quando me candidatar a deputado. Eles têm então uma combinação de aluno civil e instrutor?

— Por assim dizer — Planchette pegou suas anotações. — Um italiano na metade dos 40 anos, com experiência em religião, ensina aos cadetes diplomacia internacional, protocolo e distinções religiosas entre os vários grupos de povos. O nome é Leonardo Fortunato.

— Fortunato — disse Nicolae. — Isto o torna um *norocos* — homem de sorte — ou um oportunista?

Reiche encolheu os ombros.

— Não conheci o homem.

— Vá conhecê-lo. Investigue e veja se acha que seria proveitoso encontrar-me com ele. Use também o seu precedente para conseguir uma posição similar para mim em uma, em duas, ou nas três academias.

Irene achou mais difícil conversar com o sr. Steele. Ele parecia olhar através dela e depois, a cada poucos minutos, a descobria novamente.

— Meu filho é piloto — disse ele pela quarta vez, respirando pesadamente pelo nariz e olhando em volta de toda a sala.

— Eu sei, e você tem orgulho de Rayford. Lembra-se de que sou mulher dele?

— Eu gostaria de um copo de água, jovem senhora. Por favor.

— Acabei de trazê-lo. Aqui está.

Ele suspirou e sacudiu a cabeça, claramente embaraçado.

— Obrigado. — Ali sentado, olhava para ela com uma carranca.

— Lembra-se dos seus netos?

Ele encolheu os ombros e depois assentiu, claramente sem compreender.

— Minha mulher morreu.

— Não, não morreu. Ela está aqui também. Vem vê-lo mais tarde.

— Ela tem netos?

— É claro, os mesmos que você. — Irene mostrou-lhe as fotografias.

Ele apontou para Raymie.

— Rayford — disse.

— Rayford Jr. — afirmou ela.

— Ele vai ser piloto.

— Talvez. Seria divertido, não é?

— Meu filho é um piloto.

OITO

Nicolae não precisava saber tudo que acontecia por trás das cortinas a fim de obter um convite para ensinar como adjunto em cada uma das três academias militares romenas. Tudo que sabia era que isso seria ótimo em seu currículo e que, ao adotar uma posição pacifista, teria mais credibilidade do que nunca.

O fato de Reiche Planchette informar que Nicolae teria de fazer uma doação para uma cadeira em cada uma das academias pareceu-lhe estranho. Não tinha conhecimento de doações particulares para instituições governamentais; todavia, de outro lado, Planchette tornara claro que esses arranjos deveriam ficar fora dos livros. Custara a Nicolae apenas alguns milhões no total; um preço baixo, concluiu ele, para assegurar-lhe o futuro.

— Você tem liberdade para freqüentar as aulas que quiser, quando quiser, em qualquer das três instituições e está convidado para falar sobre relações de negócios e internacionais numa data que se ajuste à sua agenda.

— Ótimo trabalho, Reiche — disse Nicolae, sentindo-se subitamente magnânimo. O rosto de Planchette registrou surpresa. Os elogios de Nicolae ao homem eram admitidamente raros.

— É verdade, Planchette. Apreciei muito.

Planchette curvou-se de leve.

— Uma honra, servi-lo, senhor.

Carpathia o estudou. Que vitória passiva, cortante. Extrair emoção de um homem mais velho, um ex-mentor, com um elogio. Isso deveria atingir Planchette como uma lâmina, cortando fundo, humilhando mais efetivamente do que uma reprimenda, do que lembrar abertamente a ele como haviam trocado tão completamente de lugar.

— Agora, então, Reiche. Esse italiano que mencionou.

Planchette tirou um dossiê de sua pasta.

— Fiz algum trabalho sobre o passado dele, Nicolae. Uma excelente linhagem.

— Fale.

Reiche folheou sua pilha de papéis.

— Um sujeito impressionante. Ambiente variado, eclético. Começou seus estudos especializando-se em religião. Católico. Deixou a Igreja por alguma razão. Parece dedicar-se à teosofia. Serviu no Exército, recebendo muitas medalhas, sempre por serviços prestados aos superiores. Parece saber como levar o homem acima dele a ser apreciado.

— Você sabe que o governo italiano é um modelo para o nosso. Duas casas de parlamento com duas câmaras: o *Senato della Republica* (Senado), e a *Camera dei Deputati* (Câmara dos Deputados). Uma coisa interessante aqui. Fortunato foi eleito primeiro para o Senado e serviu durante cinco anos. Depois, apesar da sua popularidade, *preferiu* candidatar-se ao cargo inferior, o de deputado, e teve dois mandatos de cinco anos ali.

— O que você acha disso, Reiche?

— Difícil de saber. Talvez a atitude de servo outra vez? Gosta de elevar outros por alguma razão.

— Estranho.

— Desde então, o homem começou seu próprio negócio; viajou pelo mundo como consultor e conselheiro de chefes de

Estado; treinou políticos; preparou partidos políticos; ensinou diplomacia, protocolo, e — quando permitido — uma coisa que chama de "sensibilidades religiosas".

— Gostaria de conhecê-lo. Providencie meu cargo de professor. Arranje as coisas, está bem, Reiche?

Rayford começou a temer voltar para casa. Oh!, os filhos eram ótimos, embora um tanto cansativos. Chloe, 12, era tão parecida com Rayford que ele tinha até medo. Percebia tudo, e ele a ouvia muitas vezes usando os mesmos argumentos com a mãe que Rayford usava. Esperta e articulada, gostava muito de ciências, e era uma pessoa do tipo "quero-a-prova". Se você não pudesse provar, seria melhor não se envolver com ela.

Rayford observava que Irene estava naturalmente preocupada com a alma de Chloe. Não tinha necessidade disso, concluiu ele. Chloe não era pior do que ninguém e melhor do que a maioria. Oh!, talvez ela pudesse ser um pouco mais bondosa com seu irmão de quatro anos, que naturalmente *amava* tudo que dizia respeito à Escola Bíblica Dominical e à igreja.

Essa era outra coisa. Agora que Raymie *tinha* de ir não só à igreja, mas também à Escola Bíblica Dominical, todos precisavam ir.

Rayford e Chloe resistiam o mais possível, e no geral a família chegava ao culto com o rosto vermelho e sem falar uns com os outros, conquanto estampando nos lábios seu sorriso de domingo. Rayford não conseguira nada com os líderes em relação a uma reunião no sábado semelhante à Missa dos Pescadores. Portanto, em alguns domingos havia uma disputa com Irene sobre sua ida à igreja (*e* à Escola Bíblica Dominical) ou jogar golfe.

Ele estava cansado de perder essa batalha e logo chegaria o dia em que teria de confrontá-la por causa disso. Rayford estava cansado das provocações do restante do seu grupo de quatro. Não achava graça em ser acusado de ser dominado pela mulher ou, pior ainda, derrotado. O fato era que sua promessa em relação à igreja fora feita a Deus, e não a Irene, e ele não iria mais aceitar imposições. Podia adorar tão bem a Deus na natureza quanto em um banco frio e duro. Talvez, no primeiro caso, de forma até melhor. Acima de tudo, a vida era dele e iria fazer com ela o que quisesse. Ele não dizia a Irene o que ela devia fazer, e preferia ser enforcado a permitir que ela fizesse isso com ele.

Não havia ninguém mais em sua vida, e ele nunca tinha considerado o divórcio. Ao imaginar, porém, o confronto com Irene, tinha de pensar em sua conclusão em potencial. Se chegassem a um impasse, quais seriam as suas opções? Iria deixá-la? Podia fazer isso? Não o desejava, mas também não queria continuar a viver desse modo.

Embora não estivesse procurando, havia outros peixes no mar. Rayford não era cego para os olhares que as mulheres lhe lançavam, suas atenções e sorrisos.

Tinha colegas que tiraram proveito de quase todos os membros de sua equipe de vôo. Não duvidava de que pudesse fazer o mesmo, se quisesse.

Esse não era, no entanto, o ponto. Só precisava de uma pequena mudança no equilíbrio do poder em sua casa. Ele não só queria fazer o que desejava, como sentia-se também, no papel de único provedor, com o direito de ter tempo para si e não queria mais ser desconsiderado nessa questão.

Como tantas coisas podiam estar indo bem em sua vida enquanto seu casamento parecia ter estagnado? Irene orava por Rayford todos os dias, principalmente pela sua salvação. Todavia, ultimamente, estivera pedindo a Deus paciência e compreensão. Ela e Rayford tinham se tornado estranhos, embaraçados, seres alienígenas que pareciam girar em órbitas diferentes. Não estavam sequer unidos em relação aos filhos.

Irene mantinha rédea curta em Chloe e Raymie, embora Raymie não precisasse muito disso. Chloe testava a mãe, na maior parte verbalmente, aparentemente o tempo todo. Tudo tinha de ser defendido ou explicado; caso contrário, ela podia fazer Irene se sentir a mulher mais ignorante do planeta.

Rayford, de outro lado, estava bastante distante dos filhos. Quando se achava em casa, queria que ficassem quietos. Passava algum tempo com eles e era bom com os dois quando fazia isso, mas no geral desistia depois de meia hora.

Irene começou a reunir coragem e a fazer uma lista para um confronto. As coisas não estavam realmente funcionando entre eles.

Leonardo Fortunato aceitou o convite de Nicolae — por intermédio de Reiche Planchette, é claro — para um jantar tarde da noite, em uma quinta-feira, com a tia Viv e Reiche, na propriedade de Nicolae. Desta vez, ele escolheu o Bentley preto para buscar o convidado, que deveria ser entregue na porta da frente às 22 horas.

Ficou combinado que Viv e Reiche esperariam na sala de visitas e chamariam Nicolae logo que Fortunato chegasse. Quando Nicolae desceu de seu estúdio, usando seu paletó clássico mais formal, Reiche havia apresentado o sr. Fortunato à sra. Ivins.

Fortunato — Por favor me chame de Leon — era bem moreno e forte, usando um terno feito sob medida, mas não dispendioso, e gravata. Ele fez Nicolae se lembrar de um guarda-costas em um filme ruim. Aparentava ter mais do que sua idade, embora seu cabelo permanecesse grosso e preto. Isso, talvez, em razão de sua papada. Seus olhos escuros deixavam entrever certo cansaço da vida, mas Nicolae pensou ter detectado também timidez, apesar da educação diversificada do homem.

Fortunato presenteou Nicolae com uma garrafa de um caro vinho italiano, insistindo em que o experimentasse em outra ocasião.

— Você, sem dúvida, já escolheu uma para esta noite.

— Mais de uma, na verdade — disse Nicolae, agradecendo.

Os quatro se sentaram para uma refeição formal em uma pequena mesa quadrada.

Fortunato desculpou-se imediatamente por não falar romeno.

— Isso tornou difícil ensinar aqui, mas faço o que posso.

— Acontece que o italiano não é uma das línguas que domino — disse Nicolae.

— Portanto, vamos escolher, digamos, o inglês, e ver se dá certo, está bem?

Enquanto os empregados serviam, Fortunato falou num sussurro a Planchette.

— Quantas línguas ele fala?

— Nove.

— Nove? Mal posso acreditar!

— Várias delas — afirmou Nicolae — são bem próximas do italiano, e eu poderia fazer o meu melhor.

— Inglês está ótimo — disse Leon. — E o que temos aqui?

— Oh!, apenas uma pequena *delicatete* — um pouco de *fruct.*

— Uma iguaria de frutas?

— Veja, você fala italiano, inglês e romeno!

Eles passaram longo tempo deleitando-se com uma refeição variada; a seguir, Nicolae despediu-se de Viv e Reiche e levou o sr. Fortunato a uma ante-sala separada que olhava para as montanhas. Uma lareira rugia no aposento.

Nicolae fez servir charutos cubanos.

— Faça-me o favor de escolher este — disse ele apontando para um dos mais grossos na caixa.

— Com prazer — disse Fortunato.

Nicolae escolheu outro igual. Ele cortou as extremidades e acendeu os dois charutos.

Depois de uma tragada longa e lenta, Fortunato pareceu saboreá-la antes de exalar devagar.

— Posso morrer agora — disse, rindo levemente. — Obrigado pela noite maravilhosa. Você tem um lugar magnífico, tudo perfeito.

— A noite é ainda uma criança, não concorda?

Fortunato encolheu os ombros e sorriu, como se estivesse pronto para qualquer coisa.

— Pensei que poderíamos conversar um pouco mais — disse Nicolae. — Mas não quero ser um anfitrião inconveniente.

— Tenho todo o tempo que quiser, senhor — replicou Leon.

Rayford não sabia o que pensar quando Irene informou-o de seu plano para a próxima vez que ele voltasse de uma viagem longa. Ela arranjara para Jackie ficar com as crianças e reservara um quarto num hotel local. Isso não era novidade, mas, quando fizera a mesma coisa antes, tinha sido no Dia dos Namorados, em seu aniversário de casamento, ou no aniversário de Rayford. Desta vez, não havia um motivo especial.

Durante o vôo e as horas de folga, Rayford tentou chegar a uma conclusão do que se tratava. Embora sua vida amorosa recente deixasse algo a desejar, não tinha sido assim tão má. Ela estava cansada, estressada, trabalhando demais. Ele estava distante, não inteiramente feliz, claramente com alguma coisa não resolvida em sua mente.

Quem sabe era um teste. Talvez ela fosse perguntar-lhe se permanecera fiel. Dava graças por isso. Não precisava de culpa além de tudo que ela tentara induzir nele com seus olhares, linguagem corporal e comentários sobre sua atitude paterna, suas responsabilidades para com os pais e seus compromissos nos domingos que deterioravam cada vez mais.

Rayford decidiu levar sua lista com ele. Talvez não fosse justo atacá-la de surpresa, fazer um confronto com a esposa, quando se tratava de uma festa planejada por ela.

Havia evidentemente alguma coisa em sua mente. Ele gostaria de deixá-la à vontade, mas em algum ponto, se o tempo e a atmosfera fossem adequados, iria mostrar aquela lista.

O fato de ela ter planejado aquilo em um hotel, claramente com romance como parte do encontro, significava que ela não estava totalmente em pé de guerra. Ele também não estaria. Chegara, porém, a hora de ser honesto. Seria franco com a esposa, dizendo que não a traíra, mas que também tinha boas razões para a distância emocional entre eles. O fato é que a situação era tanto falha dela quanto dele, e Irene teria de enfrentar as circunstâncias e lidar com elas.

— Vou arrumar a sua mala, querido — ela dissera. — Você nem precisa sair do carro, a não ser que queira. Estarei pronta para sair, e podemos ir direto para o hotel no momento em que você chegar à porta. O que acha?

— Suspeito.

— Que bom que disse isso com um sorriso. — Não pode haver nada de errado com uma mulher que queira seduzir o marido, não é?

— Vou quebrar a cabeça para achar a resposta.

NOVE

Nicolae Carpathia não pôde deixar de se impressionar com a dicotomia de Leonardo Fortunato. Durante a refeição, ele ouvira o homem, mas não o vira na verdade. Nicolae estava sempre mais preocupado com sua própria aparência do que com a dos outros.

Agora, tentando conhecê-lo melhor, ele o examinou com mais cuidado.

Fortunato era provavelmente doze centímetros mais baixo do que Nicolae, sendo porém tão forte e compacto que parecia uma massa sólida. Carpathia não perdia os pequenos detalhes. O terno, escuro e conservador, era claramente barato, todavia feito sob medida. Punhos franceses com abotoaduras de diamante surgindo das mangas. Fortunato usava dois anéis em uma das mãos, e um, na outra.

Sua gravata era iridescente e parecia pulsar, mesmo à luz fraca da ante-sala.

Quando cruzou as pernas — uma façanha nada insignificante — meias que combinavam com o terno mostraram um fio vermelho que quase combinava com a gravata. Nicolae decidiu que aquele era um homem que tinha de lutar contra o exagero.

Uma brisa suave soprou, e Carpathia aproximou-se do fogo. Fortunato fez o oposto. Ele não só se afastou, como perguntou ao anfitrião se podia tirar o casaco.

— De modo algum. — Nicolae estalou os dedos e chamou: — Peter!

Um criado apareceu.

— Oh!, só vou colocá-lo nas costas da cadeira, se não se importar — disse Fortunato.

— Eu me importo — respondeu Nicolae. — Peter, pendure, por favor, o casaco do sr. Fortunato e traga um paletó de casa para ele.

Peter voltou logo com um paletó cor-de-vinho, de feltro e cetim, e pendurou-o no braço de um divã perto de Fortunato.

Leon inclinou-se na direção de Carpathia, estendendo os pés e descansando os cotovelos nos joelhos. Sob a luz fraca, Nicolae percebeu manchas de suor sob os braços do homem. Nervoso ou realmente com muito calor? Ele não tocou no paletó caseiro.

Os dois conversaram durante horas, e por volta das três horas Carpathia começou a sentir um elo estranho. Fortunato parecia saber muito sobre tudo. De fato, parecia saber tudo sobre tudo. Se Nicolae tivesse tamanha riqueza de experiência e exposição, acreditava que havia muito teria sido um dos homens mais reverenciados no mundo.

— Preciso fazer-lhe algumas perguntas, sr. Fortunato, e peço que não se ofenda.

— À vontade.

— Como conseguiu permanecer tão anônimo? Por que nunca ouvi falar de você antes?

Fortunato sorriu como se Carpathia não pudesse ter-lhe feito um elogio maior.

— Isso, meu amigo, é deliberado. Gosto de pensar em mim como um fazedor de reis.

Nicolae recostou-se. *Um fazedor de reis?*

— Você se satisfaz em dar a outros as ferramentas que precisam para sobressair-se?

— Isso mesmo. Nem eu mesmo sei a razão. Nem sequer a compreendo. Muitos me perguntaram por que não sou um líder, por que não procuro os holofotes. Não sei, mas vou contar-lhe isto: minha vida é um chamado. Não posso lhe dizer que os céus se abriram e uma luz apareceu, ou que ouvi vozes. Tudo que sei é que me sinto vivo quando meu trabalho nos bastidores resulta na elevação de alguém que descobri, alguém que admiro e em quem confio. Em ocasiões assim, quando meu candidato ganha ou meu cliente é promovido, não poderia me sentir mais realizado se fosse rei do mundo.

— Fascinante.

— Obrigado, sr. Carpathia. Na verdade, me fascina.

Nicolae pediu a Peter que levasse a caixa de charutos e escolheu um menor, mais suave.

— Sr. Fortunato.

Leonardo declinou.

Carpathia acendeu o charuto.

— Diga-me se o retiver por tempo demasiado.

— Não, sou uma ave noturna, e quem não gosta de falar de si mesmo?

Nicolae sorriu.

— Estou curioso sobre os seus antecedentes espirituais. O sr. Planchette me disse que foi criado católico e estudou para o sacerdócio.

— Fui especialista em religião em uma universidade católica, não muito distante do Vaticano, mas não creio que tivesse jamais sido material para o sacerdócio. Amava a Igreja e toda a sua pompa, mas não era suficientemente humilde.

— Não era suficientemente humilde?

— Sou um homem transparente, sr. Carpathia. Vou contar-lhe a verdade. O que mais me atraía em minha religião herdada era a formalidade e o esplendor. Nunca me senti perto de Cristo, o objeto da adoração da Igreja. Muitos de meus companheiros de classe e colegas sentiam isso, e eu os respeitava e invejava. Eu sabia, entretanto, por que me sentia também falho neste ponto.

— Queria ser papa.

Fortunato levantou a cabeça e gargalhou.

— Quase. Quase. Eu queria ser Jesus!

Carpathia acompanhou o seu riso.

— Nós faríamos um bom par, sr. Fortunato. Eu quero ser deus!

Os dois homens riram juntos.

— Quer dar uma volta, sr. Carpathia? Sinto que sou um convidado rude por sugerir isso, mas gostaria de me levantar e movimentar-me um pouco.

— Claro que sim, mas devemos deixar de lado as formalidades. Tenho certeza de que vamos ser amigos, e seria bom usarmos nossos prenomes. Concorda?

Fortunato estendeu o braço e apertou a mão de Carpathia, ficando em pé e puxando o homem mais jovem da cadeira.

— Quer que o Peter traga o paletó do seu terno, ou prefere o caseiro?

— Para falar francamente, Nicolae, estou ótimo. Gosto de sentir uma brisa estimulante em mangas de camisa.

— Como queira.

Rayford Steele não era um homem que olhava os dentes de um cavalo dado. Irene reservara a suíte de lua-de-mel no melhor hotel local, e eles jantaram tarde, servidos no terraço. Algumas horas depois, estavam deitados, conversando no escuro.

Ele não conseguia livrar-se do sentimento de que tudo não passava de um plano. Irene usara todas as suas artes a fim de amaciá-lo para algo. Não sabia o quê. Mas tinha uma idéia. À meia-noite, ele desejou que a mulher falasse claramente. Todavia, ela continuava com lembranças, reminiscências de como se conheceram, namoraram, noivaram e casaram. Haviam mudado e tido filhos.

Era divertido lembrar e sentir nostalgia pelos anos que pareciam tão recentes e voaram tão depressa. Rayford percebeu que Irene estava chegando ao verdadeiro assunto, à verdadeira razão para aquela escapada, quando ela falou um tanto melancólica a respeito de Chloe.

— Estou preocupada com ela, Rafe. É muito parecida com você... Não quero dizer isso num sentido negativo, mas ela só tem 12 anos. Sempre esperei que nossos filhos permanecessem amorosos mais tempo do que a maioria. Amorosa não a descreve mais, não é?

— Não. Mas descreve o Raymie — disse Rayford — isso *me* preocupa.

— Rafe, ele só tem quatro anos.

— Um quatro meigo demais.

— Ele deve ser meigo aos quatro anos. Não se preocupe; nenhum filho seu vai crescer meigo.

Rayford gostou do som dessas palavras.

— Vamos chegar ao Raymie. Precisamos, porém, falar de Chloe. Ela já é cética, desafia tudo, não acredita em nada.

— Não acredita como você, não é?

— Isso também. Uma criança da idade dela não deveria ter problemas em crer em Jesus e amá-Lo.

— A não ser que não queira fazer isso — disse Rayford.

— O que está insinuando?

— Bem, já que estamos falando no assunto, quero dizer que você quer, certo?

— Mais do que qualquer coisa.

— Era disso que eu tinha medo.

— Rafe, não fale assim.

— Está bem. Vamos só conversar. Porém, desde que você teve todo este trabalho, temos de ser francos.

— Podemos ser bondosos ao mesmo tempo?

— Claro. Vou tentar. Mas este é um ponto tão difícil para mim quanto é para você, Irene. Estivemos dançando em volta dele há meses e está na hora de pôr tudo na mesa.

Irene cruzou as mãos atrás da cabeça e suspirou.

— Fale.

— Na verdade, você não quer ouvir.

— Quero, sim. Só acho que já ouvi tudo antes.

— Ótimo. Então não vou ser repetitivo.

— Não, Rafe, por favor. Eu não deveria ter dito isso. Espero que me surpreenda com alguma nova percepção. Gostaria muito.

Ele virou-se para olhá-la e apoiou-se em um cotovelo.

— Chloe está bem com Deus, com a igreja e tudo o mais. Exatamente como eu. Nós simplesmente não estamos tão envolvidos quanto você. Você é a pessoa mais religiosa que conheço.

— Não é...

— Irene, ouça. — A voz de Rayford tinha uma ponta de aborrecimento que ele não se importou em revelar. — Se você se puser a falar que não se trata de religião, mas de Jesus, vou explodir. Eu sei disso, está bem? Eu sei. Você fala no assunto o tempo todo. Religião é nossa tentativa de alcançar Deus. Jesus é a tentativa de Deus para alcançar o homem. Já ouvi tantas vezes que são agora apenas palavras. É algo — perdoe-me — que uma pessoa religiosa diria! Você não percebe? Parece uma freira, uma santa, uma estudante da Bíblia, ou algo assim. Todos têm de ser tão religiosos quanto você, ou não nos qualificamos.

Pelo menos por uma vez, ele a silenciara e não estava tão certo de que fosse algo errado. Podia continuar agora e parecer mais razoável, pelo menos era o que esperava.

— Pense no marido que você poderia ter. Um abusador de mulheres. Um conquistador. Um bêbado. Alguém que *nunca* vai à igreja. Eu vou à igreja, Irene. Talvez não tanto quanto você pensa que devo, mas vou. Eu creio. Creio em Deus e até gosto de ouvir falar de Jesus. Só não quero ser um sujeito esquisito. Não quero que isso domine a minha vida, me faça ficar acanhado diante de meus amigos. Eles têm as suas crenças, e eu, a minha. Este é um país livre.

Rayford queria preencher o silêncio penoso com suas opiniões sobre quando ia ou deixava de ir à igreja e como planejava ir menos e jogar mais golfe, mas isso poderia esperar. Não queria forçar as coisas. Sabia que não estava dizendo o que Irene queria ouvir. De fato, aquele seria o pior pesadelo dela. Mas a idéia partira de Irene. Ela queria saber a posição dele, e isso ficara bem claro.

— Estávamos falando de Chloe — disse ela, baixinho.

— É mesmo? Está bem. O que há com ela?

— Chloe adora você. Você é o herói dela. Ela quer ser igualzinha a você.

— Isso é tão mau assim? Poderia ser pior. Você não gostaria que ela fosse um piloto bem-sucedido algum dia?

— Esse não é o ponto. Ela é uma aluna brilhante. Não vai encontrar problemas na escola. Você é um homem adulto. Tem o direito de tomar decisões por conta própria, mesmo que eu discorde. Mesmo que eu odeie as conseqüências. Ela, porém, tem 12 anos, Rafe. Desafiando a existência de Deus; dizendo não saber se a Bíblia é verdadeira, lutando para não ir à igreja e à Escola Bíblica Dominical todas as semanas. Ela critica a professora da Escola Bíblica Dominical, abaixa a cabeça, cruza os braços e fecha os olhos durante os sermões.

— Ela os ouve.

— Sei muito bem que ouve, porque os desmonta depois.

— Você também faz isso, Irene.

— Desisto. — Ela virou as costas para ele.

— Não faça isso. Pelo menos estamos conversando. Você quer mesmo que eu sinta que desistiu de mim?

Ela voltou-se novamente para ele.

— Não, não quero. Mas quero que encoraje Chloe a me dar uma oportunidade. Dar à Bíblia o benefício da dúvida. Mudar de atitude com respeito aos domingos.

Rayford sentou-se e pôs os pés para fora da cama.

— Não posso fazer isso.

— Oh, Rafe!

— Não posso, Irene. Tenho de ser verdadeiro comigo mesmo e fazer o que acho que é melhor. Você não vai intimidar sua filha numa decisão de vida tão importante. Não pode forçá-la a compartilhar a sua fé. Tem de chegar até ela por si mesma. Quero que sua fé se baseie em seu estudo e conclusões pessoais.

— Como as suas.

— Sim. Como as minhas! O que há de errado com elas?

— Você não tem nenhuma, Rayford. Vai à igreja como iria ao clube. Se fosse sincero em seu relacionamento com Deus, estudaria a Bíblia, iria a uma igreja que ensina e prega a Palavra. E iria certamente criar seus filhos do mesmo modo. Não, não quero dar a Chloe uma fé herdada. Quero vê-la mais aberta, mais decidida a aprender, mais maleável. Ela é jovem demais para ser tão rebelde, tão contra tudo.

— Ela não é uma rebelde, Irene. É uma criança boa, uma ótima aluna, nunca criou problemas. Pedi que você imaginasse o tipo de marido que poderia ter. Imagine o tipo de filha que poderia ter.

— Devo então ficar deslumbrada com meu marido e minha filha — apesar das suas relações inexistentes com Deus — por causa do que eles não são? Ora, Rayford, deixe-me dizer-lhe, estou tão deslumbrada que agradeço a Deus todos os dias você não ser como Hitler. Não é também maravilhoso que não seja um assassino em massa? Isso poderia de fato estragar um casamento.

— Agora é a minha vez de desistir — disse ele.

Depois disso, Irene saiu da cama e pôs o penhoar. Ela acendeu as luzes e sentou-se diante da televisão.

— Sabe, essa coisa que você disse sobre minha ida à igreja da mesma forma que vou ao clube?

— Um-hm — respondeu ela, sem olhar para o marido.

— Essa é uma das razões por que não quero mudar de igreja.

Ela voltou-se para fitá-lo, espantada.

— Você compreende que foi na igreja que conhecemos nosso médico, nosso dentista, nosso corretor de seguros e até o homem que deu meu nome para entrar como sócio no clube?

Irene tornou a olhar para a TV.

DEZ

Nicolae Carpathia e Leon Fortunato andaram e conversaram até de madrugada, parando para apreciar a beleza do nascer do sol romeno sobre os Cárpatos. Peter e um segurança permaneceram discretamente cerca de três metros de distância deles.

Os homens trocaram histórias de vida, sonhos, planos. Embora Nicolae não tivesse dito isso em palavras, deveria ter ficado claro para Fortunato que ele estava sendo avaliado para um papel no futuro de Carpathia.

Quanto mais conversavam, tanto mais específico Nicolae se tornou e tanto mais perguntas fez. Fortunato em breve pareceu um homem que estava se vendendo, mas ele foi sutil. Segundo Nicolae, era como se estivesse claro para ambos o que cada um desejava, mas nenhum deles pôs as cartas na mesa.

Finalmente voltaram à ante-sala, onde Leon colocou o paletó caseiro, e Peter levou pratos de frutas e torradas para eles.

— Não gosto de brincar de gato e rato — Nicolae falou afinal.

— Pensei isso.

— Você é o supremo fazedor de reis, Leon. E eu quero ser rei.

— Eu sei.

— Mesmo?

— Você não vai ficar certamente surpreso ao saber que fiz minha lição de casa antes de aceitar seu convite. Sua ascensão nos negócios tem sido meteórica. Sua inteligência já foi celebrada. Seus feitos físicos são lendários. Embora não tenha anunciado publicamente, está sendo divulgado que se acha inquieto, ansioso por expandir seus horizontes, ampliar seu negócio, aumentar sua influência. A política não pode estar muito distante.

— Permita-me perguntar-lhe algo, Leon. Até que ponto você iria para ajudar um homem a realizar seus sonhos?

Leon empurrou um pouco o prato e reclinou-se, cruzando os braços.

— Ah! — disse ele. — O verdadeiro teste.

— Estou apenas curioso.

— É mais do que isso, e você sabe. É o x do problema. Já disse que fiz minha lição de casa.

— Significando?

— Significando que tenho uma idéia de até onde você iria para alcançar os seus objetivos.

— Mesmo? Até onde?

— Vou protelar contando-lhe o que me levou a ser expulso da universidade católica.

Carpathia gostava demais dessas histórias.

— Eu disse a você que gostava do esplendor. Jamais esqueci o funeral de um papa e a eleição de outro e de tudo que acompanhava o acontecimento. O que é mais belo do que o vermelho, o vermelho das vestes de um cardeal? Ainda quando estudante, sempre tive negócios extras e, portanto, mais dinheiro que meus colegas de classe. Certa vez, cismei que desejava as roupas de um cardeal; nada conseguiu me dissuadir disso. Corri para a loja do Vaticano, mas tive de mentir para poder comprar o que queria. Fui informado de que precisava ter uma permissão oficial para comprar tais vestes e imediatamente inventei uma história de que era um presente para o meu bispo. Disse que tínhamos a mesma estatura e me alegrei quando as perguntas cessaram e começaram as medidas.

— Quando as roupas ficaram prontas e eu as experimentei diante do espelho de três lados, poderia ter ido direto para o céu. Tive de frear minhas emoções a fim de continuar o artifício e insistir em que o meu bispo ficaria tão entusiasmado quanto eu. Queria usá-las no caminho de volta ao meu dormitório, mas isso teria me desmascarado. Mal podia esperar para colocá-las de novo.

— Passei a usar as vestimentas em toda parte, como se fosse um traje habitual. Os colegas ficaram boquiabertos. O pessoal das séries superiores franziu a testa e zombou. Enganei um professor, dizendo-lhe que estava usando um traje alugado para um baile de máscaras. Ele não achou engraçado, mas também não imaginou que eu estivesse violando quaisquer regras. No dia seguinte, entretanto, ao entrar em minha segunda aula, as autoridades me aguardavam. Fui levado diante de um conselho administrativo, em que me censuraram. Fui repreendido e instruído a devolver os trajes na mesma hora.

— Tentei dizer ao conselho que meu verdadeiro motivo para usar o traje clerical era admiração genuína e respeito por ele. Não acreditaram. Disseram que minha dedicação pertencia a Cristo. Sabe, Nicolae, entendi tudo naquele momento. Embora não passasse de uma pândega — uma compulsão de possuir e usar as lindas vestes — eu não tinha uma devoção real a Cristo. Sabia que Ele era o objeto de adoração da Igreja, era tido como o Salvador do mundo, o Filho de Deus. Mas eu simplesmente não acreditava nisso.

— E então?

— Quando me viram, horas depois, ainda passeando no *campus* naquelas roupas, fui sumariamente expulso.

— E excomungado?

— Não. Houve uma ameaça, mas eu mesmo provoquei isso.

— Sozinho?

— Deixei simplesmente de ser católico. Nada de missa. Nada de oração. Nada de rosário. Nada de nada. Eu havia lido bastante sobre teosofia e, apesar de decidido a permanecer não religioso pelo resto da vida, concordo bastante com os seus princípios.

— E quais são eles em resumo?

Fortunato voltou-se e esticou as pernas, cruzando-as nos tornozelos.

— A beleza da teosofia, que não tem ainda duzentos anos, é que tudo basicamente é aceito por eles. Você pode introduzir sua própria religião na mistura, desde que concorde que tudo em que acredita a partir de então procede de seu estudo intelectual, e não de dogma ou tradição, nem de autoridades únicas. Cremos que todas as religiões fazem parte do esforço do homem de se relacionarem uns com os outros. E todos podem colaborar.

— Mas certamente deve haver algumas crenças comuns. Se não for assim, a teosofia se torna tudo e nada.

Fortunato assentiu.

— As crenças não são fixas, apenas um modo de observar a vida. Cremos em reencarnação, carma, mundos além do mundo físico, consciência em toda a matéria, evolução física, espiritual e mental, livre-arbítrio, responsabilidade pessoal, altruísmo, e no aperfeiçoamento supremo da natureza humana, da sociedade e da vida.

Parecia bobagem para Carpathia, mas ele não estava pronto a afirmar tal coisa.

— Unidade — disse ele.

Fortunato concordou.

— Unidade faz também parte. Nossa segunda presidente, a falecida Annie Besant, escreveu a Invocação Universal. Quer ouvi-la?

— Claro.

Ó Vida Oculta, vibrante em cada átomo;
Ó Luz Oculta, brilhando em cada criatura;
Ó Amor Oculto, abrangendo tudo na Unidade;
Que possam todos que se sintam um contigo
Saber que são, portanto, um com cada outro.*

Carpathia não agüentou. Caiu na gargalhada.

Fortunato sorriu apenas com os lábios.

— O que não estou entendendo? Isto é engraçado?

— Hilário! Esta mixórdia de tolices causou um mínimo de impacto no mundo?

— Causou impacto em seus adeptos.

— Realmente? Que impacto teve sobre você, Leon?

Ele finalmente sorriu de verdade.

— Dá-me algo para ensinar. Sobre o que falar. É inofensivo.

— E não morde.

— A não ser — e esta é a beleza da teosofia — que você introduza um pouco do seu próprio sistema de crença nela. Por exemplo, entre os fundadores e primeiros líderes, há mulheres que eram antes religiosas, depois atéias e finalmente teosofistas.

— E você? Introduz um pouco de catolicismo?

— Não, já lhe disse. Nunca aceitei o tema central da doutrina. Creio no mundo dos espíritos.

Nicolae enrijeceu. Estava interessado em voltar ao assunto de até que ponto Fortunato poderia ir para alcançar a meta do cliente, mas agora parecia que não iriam a lugar algum.

---

* [NT] Tradução livre.

Irene chegou finalmente à parte que Rayford temia e detestava. Ela desligou a TV e ficou em pé para enfrentá-lo.

— O fato é, querido, que isso não está dando certo. Não estamos juntos nas áreas mais importantes da nossa vida, e alguma coisa tem de mudar.

Estaria ela disposta a apresentar um ultimato, de atirar a luva?

— Quais as mudanças que você propõe, Irene? Deixe-me adivinhar. Aceito inteiramente Jesus, começo a freqüentar a igreja fundamentalista, nunca permito que o golfe atrapalhe a ida à igreja, e uso minha influência com Chloe para que ela também faça o mesmo.

— Esse seria um começo. Não, seria o céu.

— Está brincando.

— Não — respondeu ela. — Você estava? Acho que avaliou perfeitamente a situação.

— A meu ver, você está completamente cega. Isso não vai acontecer, Irene, e lhe digo por quê. Chloe vai tomar suas próprias decisões, influenciada por nós dois. Não vou mudar de igreja. E não vou desistir do golfe ou deixar que você me diga o que devo ou não fazer ou quando posso ou não fazer. Se não for à igreja por seis meses, isso não significa que não creio em Deus ou que não sou tão espiritual quanto você. E, se achar que isso lhe dá permissão para ir a outra igreja nas minhas costas, eu a proíbo.

— E esse é um homem do século 21! Você *proíbe*?

— Você me ouviu. Já é suficientemente embaraçoso ouvi-la falando de Deus a toda hora, mesmo quando temos hóspedes. Agora basta. Não posso lhe dizer no que deve crer e até que ponto levar a questão a sério. Mas você sabe a minha posição, e é assim que vai ser.

ONZE

Nicolae pensou ter finalmente detectado fadiga nos olhos de Leon Fortunato até que eles tocaram no assunto do mundo dos espíritos. Não se achava pronto para contar toda a história ao italiano, mas disse o suficiente para que Leon soubesse que estavam na mesma sintonia.

Seu propósito, no entanto, era voltar ao outro assunto.

Este talvez fosse o caminho.

— Você tem um espírito-guia? Um contato? — perguntou Nicolae.

— Creio que sim. Ele nunca me dirigiu errado. Toda impressão que recebo parece sólida. Até o fato de guiar-me a você.

— Você discutiu nosso encontro com um ser do mundo espiritual?

— Consulto os espíritos para tudo.

— E?

— Vamos dizer apenas que vim com grande expectativa.

— Quero agora perguntar-lhe uma coisa, amigo. Há algum lugar em que seu espírito-guia lhe tenha dito para ir que o fizesse sentir-se desconfortável, hesitante, resistente?

— Não!

A resposta foi tão imediata e incisiva que Nicolae retraiu-se.

— De fato?

Fortunato fechou o punho carnudo.

— Algumas coisas são sólidas, você sabe. Como você sabia o que fazer quanto à sua competição.

Aquilo estava ficando sinistro.

— Minha competição?

— Você pensa que não chamou a atenção do sr. Tismaneanu?

— O quê?

— Acho que você está fugindo da raia. Porventura está tentando me dizer que a morte infeliz de seu antigo empregado foi coincidência?

A mente de Carpathia girava. Tinha de pensar na possibilidade de tudo aquilo ter origem em Planchette. Deixar de lado todas as explicações convencionais antes de dar crédito à intuição humana. Ele sentiu vontade de pedir licença para ir ao banheiro e ligar para Planchette.

— Ninguém me contou nada — disse Fortunato — se é isso que estava imaginando.

— Contou o quê?

— Tudo bem então. Negue quanto quiser. Se tivermos um futuro juntos, Nicolae — e gostaria de pensar que sim — não fique aí sentado impassível, olhando-me nos olhos, dizendo que seu contador pulou para o navio inimigo e depois foi *acidentalmente* morto alguns dias mais tarde. Você acha que Emil Tismaneanu acredita nisso?

Nicolae não conseguiu esconder o sorriso.

— Espero que não.

Fortunato riu ao ouvir isso.

— Espero também que não. Ficaria perturbando seu cérebro durante toda a campanha para a Câmara dos Comuns, não acha?

— Você sabe também sobre esse assunto.

— Que você não ocultou e posso ajudá-lo a vencer. Meu primeiro conselho é por conta da casa. Trombeteie sua exposição militar que começa em breve. Depois voe como uma pomba.

Isso era misterioso. Como podiam pensar de modo tão semelhante? Será que compartilhavam o mesmo espírito-guia?

Nicolae ficou em pé, finalmente sentindo que precisava deitar-se.

— Normalmente, teria alguma reserva com um novo conhecido — disse. — Mas devo perguntar-lhe diretamente. Até que ponto você iria para assegurar minha vitória sobre Emil Tismaneanu?

— Até que ponto quer que eu vá?

— Tanto quanto necessário.

— Até, digamos, Ion?

Carpathia fitou-o.

— E se fosse esse o meu pedido?

Fortunato levantou, espreguiçando-se.

— Preciso pedir licença agora — disse. — Mas deixe-me dizer isto: minha resposta aos seus pedidos — *quaisquer* pedidos — será determinada por quão profundamente creio em meu cliente e na sua causa.

Rayford parecia adormecido e ele nunca fora bom em fingir.

Irene desceu da cama do hotel e sentou-se junto à janela, olhando as luzes da rua. Então era assim que as coisas seriam. Pelo menos, houvera uma conclusão, um senso de satisfação por saber isso. Ela podia deixar de bater a cabeça numa parede de tijolos e esperar pelo melhor. De outro lado, odiava a si mesma por falhar outra vez.

Irene mal podia esperar para falar com Jackie. O que deveria fazer com tudo aquilo? Aquela parte da Bíblia dizendo que o marido deveria ser a autoridade espiritual e o cabeça do lar era mal interpretada mesmo quando os dois cônjuges eram crentes, sabia disso. Mas e quando o homem não era um verdadeiro crente? Deveria obedecê-lo?

Irene tinha certeza de que nunca faria algo que acreditasse ser contra a vontade de Deus, mesmo que Rayford ordenasse. Mas ele não era desse tipo. Não a intimidou, não a ameaçou. Dissera simplesmente como as coisas seriam, e ela poderia fazer o que quisesse de acordo com isso, exceto que ele realmente não queria que ela fosse para a Nova Esperança.

Se ele iria fazer tudo à sua maneira aos domingos, Irene insistiria que Chloe fosse à Escola Bíblica Dominical e à igreja com ela, todas as semanas, até que começasse a faculdade. Se eles iriam custear-lhe os estudos, deveriam esperar que ela vivesse ali também conforme as suas regras. Isso era improvável, sabia. Mas poderia preocupar-se com esse assunto mais tarde.

Irene seria então uma viúva do golfe. E que tipo de casamento poderia esperar dali por diante? O marido a rotulara de fanática religiosa. Que atração isso teria para ele? Ele viajava todo o tempo com comissárias de bordo lindas e jovens em cada vôo. Ela não pretendia perdê-lo para elas de jeito algum.

Haveria um meio de ser fiel a Cristo sem afastar o marido? E se aceitasse a decisão dele e se resignasse a isso? E se preparasse o equipamento dele, separasse suas roupas, lembrasse a ele de coisas que lera sobre o tempo ou sobre torneios futuros? E se pulasse da cama cedo uma manhã de domingo, de vez em quando, para vê-lo jogar em um evento especial? Isso iria surpreendê-lo.

Ela o ouviu mexer-se e depois virar-se. Ele tentou tocar nela e viu que não estava a seu lado.

— Irene — chamou.

— Estou aqui — disse ela. — Amo você, Rayford.

— Ama?

— Você é um velho obstinado, mas o amo.

— Oh!, obrigado. Você é uma evangelista da Bíblia que bate de porta em porta, mas amo você também.

— Ama mesmo, Rayford?

— Amo. Gosto de estar com você e quero continuar casado. Permaneci fiel a você e planejo que as coisas continuem assim.

— Isso significa muito para mim.

— Estou falando sério, Irene. Volte agora para a cama.

Ela juntou-se a ele, e ficaram ali deitados no escuro, Irene olhando para o teto.

— E se eu aprendesse a jogar golfe?

— O quê?

— Quanto tempo eu levaria para jogar bem?

— Venho jogando a vida toda e ainda não sou bom.

— Você sabe o que quero dizer. Quanto tempo, se tivesse aulas até não mais embaraçar a mim mesma e você me deixasse jogar nas partidas mistas?

— Partidas mistas? Eu não tinha idéia de que você sabia o que era isso. Isso poderia levar muito tempo, e não acho que você tenha realmente interesse. Aprecio o seu esforço. Não estaria fazendo isso, porém, por você mesma, mas por mim, e nunca iria funcionar.

Irene suspirou. *Não se pode culpar uma mulher por tentar.*

DOZE

Nicolae Carpathia tornou-se um sucesso tal na academia naval tanto na condição de aluno quanto de instrutor que foi a princípio uma preocupação para as autoridades e logo depois passou a ser também um dos favoritos delas.

Ele fora aconselhado por um almirante que o preveniu a não se exceder na amizade com os cadetes.

— Você é também um aluno, mas é suficientemente mais velho do que esses jovens, tanto homens quanto mulheres, que poderiam tender a idolatrá-lo. Mantenha então um comportamento de autoridade e maturidade.

— Compreendo, almirante — disse Nicolae. — Quero ser um exemplo para eles. Quero que vejam as possibilidades do serviço em seu país e também quando voltarem à vida civil.

— Você compreende, é claro, sr. Carpathia, que nosso desejo é que os formandos desta instituição façam da Marinha romena sua ocupação vitalícia. Tente não tornar o setor privado interessante demais.

Nicolae sorriu.

— Farei o meu melhor. Mas não é como se não me conhecessem. Eles lêem as notícias.

— E o vêem chegar todos os dias em um de seus muitos Bentleys. Quantas cores tem para escolher?

— Oh!, nem tantas assim.

— Já vi pelo menos três. Quantas?

Nicolae encolheu os ombros.

— Eu os vejo simplesmente como veículos, senhor. Equipamento. Conveniências.

— Minha vida deveria ser assim tão conveniente.

— Talvez nós dois devêssemos ter uma conversa sobre o setor privado.

— Não me tente.

Nicolae deu a Fortunato um adiantamento mensal monstruoso e colocou-o em um escritório. Logo ficou claro que tanto Reiche Planchette quanto Viv Ivins olhavam para Fortunato com ceticismo e cautela, mas Nicolae atribuiu isso à inveja. Teve o cuidado de não encarregar Leon de nenhum pessoal. Leon era totalmente um conselheiro por trás das cortinas, mas ficou difícilesconder que Nicolae não fazia nada sem aconselhar-se com ele.

Irene Steele teve de enfrentar os fatos. Seu sofrimento e mágoa em relação a Rayford e sua nova decisão de fazer o que quisesse afetou a opinião dela quanto aos sogros. Era uma atitude fria, pequena e mesquinha de sua parte, e saber disso sobre si mesma a fez sentir-se como ralé. Confessou seus sentimentos a Jackie.

Para seu crédito, a amiga de Irene não reagiu imediatamente, embora Irene pudesse ler o olhar dela.

— Desapontei você terrivelmente, não é? — disse Irene.

Jackie sorriu, mas desviou os olhos.

— Você é humana, Olho — replicou. — Você me faz lembrar de mim. Tenho
de admitir que por algum tempo fiquei imaginando se você era boa demais para ser verdade. Você se esforça tanto. É tão piedosa. Está crescendo e prosperando em uma situação difícil com um marido difícil. A coisa certa a fazer nesta circunstância é amar essas pessoas com o amor de Cristo, sem levar em conta quem são ou qual seu parentesco com você.

— Sou medonha, não é?

— Você precisa fazer a coisa certa, isso é tudo.

— Mas tenho de sentir isso.

— Deus sente. Ele ama os Steeles.

— Eu deveria amar também.

— Você ama. Sei que ama. Provou várias vezes.

— Mas talvez tenha feito tudo aquilo para impressionar Rayford. E ele ficou impressionado. Algumas vezes, fica comovido por eu ter usado meu tempo e me esforçado para visitar seus pais.

— Está certo. Você sabe, no entanto, muito bem que esse não pode ser o seu motivo. Ou é um ato de amor generoso e compassivo, ou é outra coisa.

— Como me sinto agora faz-me pensar se alguma vez fiz isso pelo motivo certo — respondeu Irene.

— Está planejando abandoná-los agora? Só para vingar-se de Rayford? Mostrar a ele?

Irene pensara exatamente nisso.

— Preciso orar a respeito — afirmou.

— Não, não precisa.

— O quê?

— Isso não é algo sobre o qual precisa orar. Já sabe a resposta. Deus quer que faça a coisa certa, sem se importar com seus sentimentos pessoais e sofrimento. Sabe disso. Se quiser orar a respeito de algo, peça perdão por tirar temporariamente o seu foco dos Steeles e voltá-lo para você.

— Você sempre vai ao ponto nevrálgico do assunto, não é?

— Fico feliz em fazer isso.

Nicolae devia saber que as notícias seriam difíceis quando os arranjos para um telefonema de James Corona em Louisiana foram feitos com bastante antecedência para que Nicolae estivesse disponível. Carpathia estava celebrando — embora sua liberalidade tivesse tornado inevitável — não só sua nomeação em postos de ensino similares nas academias do Exército e da Aeronáutica, mas também a propaganda dela nos jornais e revistas locais.

Ele estivera muito ocupado, aprendendo com Leon, colocando no lugar as peças para anunciar sua candidatura à Câmara dos Comuns do Parlamento contra ninguém mais do que seu principal adversário nos negócios, Emil Tismaneanu. Atendeu ao chamado em seu escritório.

— Este é o telefonema mais difícil que já tive de dar, Nicolae — começou Corona.

— Pode falar, Jimmy.

— Decidimos investir o mesmo que você, dólar por dólar.

— Eu sei.

— O que ganharmos, você ganha, e o que perdermos, você perde.

— Eu sabia disso.

— Cada um de nós perdeu hoje metade do nosso investimento.

— Não está dizendo...?

— Cinqüenta milhões cada, Nicolae. Sinto muito.

— Você sente? O que aconteceu?

— Fizemos parceria com uma firma privada de propulsão e lançamos dois satélites simultaneamente. Eles não sabem o que aconteceu de errado, mas alguma coisa não funcionou, e os dois saíram do curso, nunca entraram em órbita, e mergulharam no oceano.

— E o seguro?

— Cobriu apenas uma porcentagem. A perda foi na verdade muito maior do que os cinqüenta para cada.

— Jimmy, você certamente sabia que este era meu único dinheiro.

— Imaginei isso, desculpe-me.

— Fiz um empréstimo para o total. Quero agora os outros cinqüenta de volta imediatamente e...

— Nicolae! Você deve saber que não posso fazer isso. Os documentos são claros e obrigatórios. Nossa única esperança de recuperar a perda é fazer o projeto funcionar. Estamos começando do nada, e serão necessários os seus cinqüenta e os nossos cinqüenta para ter uma chance.

— Não posso e não vou deixar de pagar um empréstimo de cem milhões de dólares, Jimmy.

— Espero que você não tenha de nos processar, Nicolae. Tentei avisá-lo dos riscos. Tentei até demovê-lo da idéia. Mas o seu entusiasmo foi compartilhado aqui, e estou ainda confiante...

— Processar você, Jimmy? Eu vou destruí-lo. Com quem você pensa que está falando?

— Esperava que com um amigo.

— A amizade é deixada na porta quando cem milhões estão na mesa. Você esperava que eu ficasse apenas sentado e aceitasse isso? Não ouse tocar na outra metade do meu investimento, se não quiser um mandado de segurança contra você ainda hoje. Meus advogados vão entrar em contato com você, mas o advirto a não utilizar o restante do meu dinheiro.

— Nicolae, seja razoável. Meu advogado disse que o seu investimento é garantido e que estamos livres para prosseguir, o que planejamos fazer.

Nicolae bateu o telefone e chamou Leon.

O homem mais velho chegou e sentou-se passivamente fazendo anotações, deixando Nicolae espumar de raiva.

Nicolae ficou andando pelo escritório, contemplando as montanhas.

Fortunato finalmente conseguiu chamar a atenção dele e levantou a mão.

— Sente-se, sente-se — disse. — Você tem opções. Mas não legais. O sr. Corona tem razão. Você pode amarrá-los, mas eles poderiam também processá-lo e ganhar se você os impedir indevidamente de tentar recuperar o prejuízo.

— Quais opções?

— Uma, bem grande.

— Diga, Leon.

— Stonagal.

— Isso não. Não posso. Teria de primeiro explicar por que pedi os fundos originais em outra parte.

— E por que fez isso? Só para exercer alguma independência?

— Claro.

— Nobre, mas insensato. Não olhe para mim desse jeito, Nicolae. Não quero ofendê-lo. Percepção tardia e tudo o mais. Você deve concordar que seria muito mais fácil pedir a Jonathan Stonagal esse dinheiro do que à Intercontinental. Ele tem força para consegui-lo de volta. O banco só tem a lei, e esta está do lado de Corona.

Carpathia sentou-se.

— Não posso imaginar introduzir Stonagal nisso. Quero que o banco use a sua força. E quero arruinar Corona *e* Tismaneanu.

— Não, não quer.

Carpathia levantou os olhos, surpreso.

— Não quero?

— Tismaneanu, sim. Ele usou seu homem para feri-lo. Corona, ao que me parece, agiu de boa-fé. Perder cinqüenta milhões de um investidor é naturalmente clamoroso, mas arruiná-lo só vai machucar mais você. Ajude-os. Dê a eles o que precisam. Mais dinheiro, se possível, talvez de Stonagal. E, se acreditar na tecnologia deles, poderiam torná-lo rico, muito além do que possa sonhar.

— Não quero ficar devendo tanto a Stonagal! A ninguém!

— Você não ficaria devendo. Ele seria o único a pensar isso. Stonagal gosta de mandar nas pessoas. Você não aceita bem isso, nem deve. Jogue o jogo dele para obter o que necessita e, quando chegar a hora, pague a dívida e dê-lhe as costas.

— No momento, isso não parece possível. Sair de um buraco de cem milhões de dólares?

— Cinqüenta.

— Oh, isso torna as coisas mais fáceis.

Fortunato sorriu.

— Esse é o meu futuro rei. Mas, diga-me, Nicolae. Você não sabe realmente que Stonagal é dono da parte majoritária do Intercontinental Bank?

— Oh, claro que não! Seus negócios são muito públicos.

— Nem todos, ao que parece, se um dos principais empresários da Europa não está a par disso.

— O Intercontinental? Estive usando o dinheiro dele todo o tempo? Está falando sério?

Leon assentiu.

— Você acha que ele sabe sobre o meu empréstimo?

Fortunato olhou para ele confirmando.

— Você acha que Jonathan Stonagal sabe quem conseguiu um empréstimo de cem milhões de dólares de um de seus bancos? Claro que sim!

— Você acha que ele tem idéia de que eu não sabia do seu envolvimento?

— *Essa* é uma grande pergunta. Cabe a você convencê-lo de que sabia desde o princípio.

Desde a sua salvação, Irene teve de admitir que não havia recebido uma resposta clara à oração. Até entrar naquele dia na clínica em que viviam seus sogros. No momento em que passou pela porta, viu-se envolvida por um sentimento de amor incondicional e compaixão pelo casal Steele que a fez esquecer temporariamente como o filho deles a estava tratando.

Ela sentiu-se ainda pior ao pensar que considerara usá-los como instrumento para vingar-se de Rayford. Para onde fora seu plano altruísta, aquele que exigia que o surpreendesse *encorajando* o seu jogo de golfe?

Irene encontrou a sra. Steele cochilando e foi visitar então o sogro. Ficou surpresa por não encontrá-lo agitado. No geral, ele ficava preso na cama, trancado no quarto ou sendo seguido por atendentes enquanto vagava pelos corredores. Agora o encontrou no leito, olhando pela janela.

— Olá, papai — disse Irene baixinho para não assustá-lo.

Mas foi ele quem a surpreendeu. Virou-se com um sorriso e disse:

— Irene. Que bom que veio me visitar.

— Você se lembra de mim?

— Claro. Como vão o Ray e as crianças?

— Todos ótimos. Não são, porém, mais crianças.

— Eu sei. Chloe deve ter 12 anos agora.

— Isso mesmo.

— Fico muito mal quando não posso lembrar?

Essa era uma pergunta difícil. Até que ponto deveria ser sincera? Ele merecia a verdade.

— Bem mal, papai. Sinto sua falta quando não está de verdade com a gente.

— Faço isso muitas vezes?

Ela sacudiu afirmativamente a cabeça.

— E fica muitas vezes agitado.

— Essa parte eu percebo — disse ele. — Frustrante. Embaraçoso, Irene. É terrível. Tenho alguma consciência do que está acontecendo, mas não consigo pensar direito.

— Com que freqüência fica lúcido, papai?

Ele inclinou a cabeça para o lado.

— Poucas vezes, acho, e não por muito tempo. Fico preocupado pensando que cada vez vai ser a última. Algumas vezes, acordo de noite e estou ótimo. Começo a lembrar do nome e da idade de todo mundo e luto para registrar tudo. Depois durmo e acordo com a mente enevoada outra vez.

— Não é de admirar que fique agitado.

— Essa não é a única razão.

— Não é?

Ele sacudiu a cabeça.

— Algumas vezes, fico imaginando se não desperdicei minha vida.

— Desperdiçou? Você foi um bom marido, bom pai e bom empresário. Forneceu empregos, mercadorias e serviços. Criou um filho bem-sucedido.

Ele desviou os olhos.

— Eu sei, mas... alguma coisa... alguma coisa faltou.

— Conheço esse sentimento — respondeu Irene. — Por muito tempo, senti que alguma coisa faltava em *minha* vida. Imaginava se aquilo que eu tinha era tudo.

Ele voltou-se para ela e repetiu:

— Algumas vezes.

Irene sentiu necessidade de apressar-se, crendo que tinha apenas uma pequena janela de oportunidade. Ela não queria pressioná-lo, mas quando ocorreria outra oportunidade como aquela?

— Papai, voltei para Deus. É Dele que vem a minha paz, meu contentamento e minha satisfação. Você acha que está bem com Deus?

— Não sei — disse ele baixando os olhos. — Você agora me deixou confuso.

— Não. Não quero fazer isso. Estamos apenas conversando. Você disse que alguma coisa parecia faltar em sua vida. Estou dizendo que senti o mesmo e o que fez diferença para mim. É tudo. Podemos discutir esse assunto outro dia.

— Quero falar agora, mas...

— Mas?

Ele sacudiu a cabeça, e sua respiração acelerou-se.

— Eu sou... eu sou... não posso, ah...

— Está tudo bem, papai. Podemos parar um pouco.

Ele comprimiu os lábios e olhou suplicante para ela.

— Está vendo? Está vendo o que acontece? As palavras são difíceis. Eu tenho um filho, certo? E minha mulher. Minha mulher está bem? Não posso nem sequer me lembrar do nome dela. Ela está aqui?

— Está dormindo, papai. Virá vê-lo mais tarde.

— E você quem é?

Irene ficou desapontada e não conseguiu esconder isso.

— Sou sua nora, Irene. Casada com seu filho, Rayford. Temos dois filhos. Chloe, com 12 anos, e Raymie, com 4. Quer ver as fotos deles?

O rosto do idoso contraiu-se, e seus lábios tremeram.

— Não — falou irritado. — Não, obrigado. — E praguejou: — É isto que acontece.

Irene ficou em pé e tocou delicadamente o braço dele, mas o sr. Steele puxou o braço e rolou para o lado, de costas para ela, ainda sacudindo a cabeça.

— Sinto muito, papai — disse. — Não queria perturbá-lo. Só quero que saiba que Deus o ama e deseja ser tudo o que necessita. Ele se importa com você e não quer que se sinta vazio.

O sr. Steele ficou inerte, e seu braço escorregou, a mão caindo na cama na frente dele. Irene andou na ponta dos pés ao redor dele para ver se encontrava alguma luz, alguma vida, alguma resposta em seus olhos.

Ele, porém, adormecera.

TREZE

Cameron Williams era um indivíduo um tanto solitário. Tinha amigos no *campus* da Universidade de Princeton, especialmente o estudante de economia internacional Dirk Burton, de Gales, a quem entrevistara para um trabalho escolar. Cameron, entretanto, arranjara um jeito de manter seu quarto particular tão logo teve condições para isso, e quando chegou ao terceiro ano do ensino médio com idéias de vir a ser um interno — uma posição eventual — na *Global Weekly*, ele se tornara um jovem com um só objetivo. Literalmente.

Gostava ainda de namorar, mas fugia de qualquer namorada ou até conhecida que sugerisse cuidar realmente dele. As amigas o acusavam de ter medo de comprometer-se. É possível que estivessem certas, mas ele não pensava assim. Tinha uma mentalidade de mão única, isso era tudo. Não havia muitos alunos em Princeton com uma origem tão modesta quanto a dele. Se não fosse pelas notas brilhantes na faculdade, seus prêmios de jornalismo na escola e seu extenso envolvimento extracurricular, ele provavelmente nunca teria sido aceito em uma escola da Ivy League. Procurara participar de todos os clubes e atividades possíveis — exceto o coral, porque não conseguia cantar uma nota musical sequer.

Uma vez em Princeton, Cameron decidira não só permanecer ali, como também deixar sua marca. Precisava trabalhar, é claro, mas, para matar dois coelhos com uma só cajadada, empregou-se como correspondente em um jornal local. Brilhou tanto ali que insistiram em oferecer-lhe um cargo de tempo integral. Cameron não queria ofender o chefe, de modo que recusou a oferta com a desculpa de que tinha de terminar primeiro a faculdade.

Seus alvos eram na verdade muito mais ambiciosos do que um jornal local. Comentou com Dick Burton:

— Se eu vier a me formar em Princeton e não tiver outras ofertas, vou me sentir um total fracasso.

— Não se preocupe — respondeu o amigo. — Acredito que de alguma forma você vai ter sucesso

Depois disso, Cameron Williams atirou-se de cabeça em tudo que apareceu em sua área. Começou cobrindo esportes na escola de ensino médio e reuniões da diretoria da escola. Os que trabalhavam em tempo integral se ressentiam da atenção que ele recebia dos editores quando suas pequenas histórias pareciam destacar-se. Ele fugia também dos padrões, da fórmula da pirâmide invertida: quem, o que, quando, onde, por que e como, indo direto ao ponto no primeiro parágrafo.

Os empregados mais antigos começavam uma história sobre um jogo de basquete na escola dizendo algo como: "Os Arlington Cougars aumentaram suas vitórias na noite passada com uma vitória de 64-60 sobre os Wheeling Falcons visitantes...".

Os chefes de Cameron circulariam a história dele de um jogo similar para todos apreciarem, especialmente com manchetes deste tipo: "A jogada de Jim Spencer, menos de um minuto no terceiro tempo, provou ser o ponto crítico no jogo de basquete na noite passada entre...".

— Estão vendo — o grisalho editor de esportes diria ao resto do pessoal. — Foi direto ao coração da matéria. Essas outras histórias só enchem buracos, e já as li milhares de vezes.

Cameron temperava suas peças com citações, não só dos técnicos e jogadores, como dos fãs e até de árbitros. Sua cobertura do que poderia ser de outro modo tediosas reuniões da diretoria da escola eram cheias de vida, mesmo que tivesse de enfeitar um pouco a coisa.

> *A mosca esfregando vigorosamente as pernas da frente em meu joelho na reunião da noite passada da diretoria da escola do Distrito 211 foi o ponto alto até que Fed Kinsella, membro do conselho, referiu-se à presidente com um epíteto baseado em sua condição de mulher. Isso despertou o restante da diretoria, a mosca, e eu. A questão estimulante foi...*

A história, porém, que inaugurou a carreira de Cameron Williams foi um daqueles eventos positivos que caem no colo da pessoa que se encontra no lugar certo e na hora certa. Ele não se alegrou com a circunstância, no entanto, porque o acontecimento foi trágico, quase além do que se pode explicar com palavras.

Ele estava ocioso no escritório do jornal, conversando com dois fotógrafos, quando um deles foi chamado para a cena de um acidente.

— Quer vir, Cam? — o fotógrafo convidou, colocando as câmeras no ombro e pegando o casaco.

Cameron olhou o relógio. Seu jogo de bola não começava senão uma hora mais tarde, e a cena do acidente ficava no caminho. Seguiu então o fotógrafo até uma pequena zona suburbana que já vira melhores dias. Os dois foram abrindo caminho entre veículos de emergência até onde uma ambulância esperava com as luzes apagadas. Um homem que estava saindo para o seu turno à noite em uma fábrica local dera marcha a ré e matara seu filho pequeno na entrada da garagem.

Cameron começou imediatamente a entrevistar os primeiros guardas na cena. Foi informado de que a vítima e o pai estavam na cozinha, e todos tinham dado alguns momentos para ele antes de transportarem o corpo para o necrotério.

Cameron fez um sinal ao fotógrafo, e ambos entraram pela porta da cozinha. As cortinas estavam baixadas, e o aposento, escuro, salvo por uma luz diretamente sobre a mesa da cozinha, onde se achava o pequenino corpo, embrulhado da cabeça aos pés em um lençol branco encardido. O pai, sentado diante do filho com as costas para Cameron e o fotógrafo, estava com a cabeça apoiada na mesa, e seus ombros eram sacudidos por soluços. Ele não os vira entrar.

Cameron olhou para o fotógrafo, que levantou a câmera e focalizou a cena pungente. Nesse momento, o pai levantou devagar as mãos e colocou uma na cabeça coberta do filho e a outra em seus tornozelos.

Cameron só podia imaginar a perfeição da composição na tela da câmera.

Aquela foto contaria a história toda. O lugar estava às escuras; a única lâmpada acesa isolava o menino morto e o pai desolado, coberto de culpa, tocando amorosamente —abençoando — a criança que matara. Cameron esperou muito tempo pelo clique do obturador, desejando que não interrompesse o devaneio do homem.

O fotógrafo ficou ali pelo que pareciam horas, enquanto Cameron permaneceu paralisado, pensando em como teria de ser sensível ao fazer uma ou duas perguntas ao homem uma vez que o menino fosse levado embora. Era um trabalho medonho, uma terrível tarefa; todavia, via-se obrigado a isso.

Cameron finalmente voltou-se e viu o fotógrafo congelado no momento. O homem baixou a câmera, com os lábios comprimidos, passou por trás de Cameron e saiu pela porta. Não havia tirado a foto.

Cameron saiu depois dele. Podiam demiti-lo se quisessem, mas não havia nada a perguntar ao pai. Ao contrário, Cameron seguiu o fotógrafo de volta ao escritório e entrevistou-o. Seu artigo curto sob o título "A Maior Foto Que Eu Nunca Tirei" foi transmitido pelos serviços telegráficos e impresso nos jornais de todo o país, ganhando nove prêmios de jornalismo e chegando a ser um finalista do Pulitzer.

Um mês depois, Cameron se achava na janela de seu dormitório apreciando uma tempestade de raios e trovões que ameaçava inundar o lugar. Havia pouca coisa que apreciasse mais do que tais manifestações de fenômenos naturais. Ele em breve atravessaria o *campus* até o escritório do jornal dos alunos, e, se a chuva não parasse, não se importava. Sair nela com apenas um guarda-chuva e uma jaqueta seria melhor ainda.

Enquanto reunia as coisas para sair, recebeu um telefonema de seu irmão, Jeff, em Tucson. Jeff era o tipo de homem caseiro, comum, sensível, que não perseguia sonhos fora de sua liga na Costa Leste. Já era casado e tinha dois filhos pequenos.

— Olá, Jeff — disse Cameron, tentando sempre evitar a tensão e manter os laços familiares. — Como vão Sharon e meu sobrinho e sobrinha?

— Oh!, você sabe, tudo bem; mas Sharon está ainda tentando me salvar.

Cameron riu. Ele ficara em dúvida, como fizeram muitos outros, quando Jeff se casou com uma mulher fiel da igreja. Jeff e Cameron tinham ido à igreja e à Escola Bíblica Dominical durante toda a infância e juventude, mas deixaram de ir logo que tiveram direito de opinar. Concordavam nisso. Não parecia fazer sentido. Não viam nenhuma ligação entre o que estava sendo ensinado e como a família se comportava em casa. Seus pais eram honestos e bastante agradáveis, mas o que quer que recebessem da igreja parecia aplicar-se apenas aos domingos. Não havia qualquer menção a respeito durante a semana.

Os pais de Cameron continuavam freqüentando fielmente a igreja. Ressentiam-se, no entanto, do fato de sua igreja não ser aparentemente boa o bastante para sua nora. Sharon continuava indo à igreja da sua juventude e levava os filhos. Jeff comparecia em ocasiões especiais, e estava claro para todos que Sharon, apesar de ser maravilhosa, o considerava perdido.

— Preciso sair, Jeff. O que aconteceu?

— É a mamãe.

— O que há com ela?

— Parece que é câncer, Cam.

— Câncer? Eu nem sabia que ela estava doente.

— Não estava. Foi repentino e agressivo. Estou praticamente tocando o negócio sozinho agora para que nosso pai possa ficar com ela a maior parte do tempo, mas estão dando apenas alguns meses.

— Alguns meses?

— Você deve fazer planos para estar aqui nos feriados, Cam. Talvez seja provavelmente a última vez que irá vê-la.

— Oh!, que pena.

— O quê?

— Estou quebrado, Jeff. Quem sabe você ou o papai poderiam me emprestar...

— As coisas não estão melhores aqui, Cameron. Estou dirigindo um dos caminhões, no percurso de Oklahoma, todas as semanas. Os preços da gasolina estão nos comendo vivos, parece ironia.

Isso era algo irônico, por serem transportadores de gasolina e óleo *in natura*, do Texas e Oklahoma até o Arizona, para serem refinados. Muitos moradores do Arizona se ressentiam de importar o material bruto de outros Estados.

— Vou fazer o que puder, Jeff, mas não sei se terei condições.

— Nossa mãe, Cam.

— Eu disse que vou tentar.

— Seria bom telefonar para ela.

— Jeff, eu não sou um idiota completo.

QUATORZE

Já havia passado outro mês e quatro visitas aos Steeles antes de Irene ter sido presenteada com outro momento de lucidez do sogro. Ela começara a se desesperar com a situação dele até que ele a reconhecer novamente. Estivera fora do ar ou muito perturbado das outras vezes, inclusive uma noite de domingo quando ela finalmente conseguiu insistir o bastante com Rayford para acompanhá-la.

Para surpresa de Irene, Rayford fora com ela. Estava claro que ele ainda se impressionava com a idéia de ela investir tempo nessas visitas, e fazia muito que ele não os via.

— Papai não sabe se estou lá ou não — costumava dizer. — E tudo que mamãe quer falar é sobre a salvação.

— Bem, você sabe que isso também está no meu coração — replicou Irene.

Rayford imitou a voz dela.

— Sim, eu sei que isso está também no seu coração.

Irene precisou resistir para não lhe dar uma resposta rude.

Na clínica, a mãe de Rayford mostrou-se na defensiva.

— Muito bem, fico contente por ter encontrado tempo em sua vida ocupada para visitar a mulher que o criou.

— Sua memória parece boa hoje, mamãe — disse ele.

— É difícil esquecer um filho que esquece a mãe.

— Não a esqueci, mãe. Nunca faria isso. Não vamos brigar agora. Estou aqui, não é?

— Claro, mas por quanto tempo? E por quanto tempo isso vai aliviar a sua consciência? Só daqui a um mês ou mais é que vou provavelmente vê-lo de novo.

— Estou viajando muito e cada vez mais longe estes dias. Pensei que isso a faria orgulhosa.

— Orgulhosa de um filho que está sempre ausente para ver a mãe? E a sua família? Você também consegue vê-la?

— Claro que sim.

— Aposto que não. Aposto que sai para fazer o que quer quando está em casa.

Rayford olhou para Irene, e ela se sentiu acusada de falar fora de hora. Balançou então a cabeça.

— Por que você não vai ver meu pai? — perguntou Rayford.
— Acho que é melhor ficar mais um pouco aqui.

— Sim, é melhor — falou a mãe. — Está me devendo.

— Eu sei. Devo muito a você, mamãe.

— Agora está sendo complacente.

— Não consigo vencê-la.

Um atendente aproximou-se de Irene no saguão.

— Veio ver o sr. Steele?

— Sim. Ele está bem?

— Tem perguntado pela senhora.

— Por mim, pessoalmente?

— Disse o seu nome.

Irene apressou-se. Encontrou o sr. Steele à sua espera, com um olhar sério e cheio de propósito.

— Olá, papai — disse ela, puxando uma cadeira para perto do leito. Mas ele estendeu o braço, pegou a mão dela com ambas as mãos, fazendo-a se aproximar mais.

Ela ficou em pé e inclinou-se desajeitada sobre ele enquanto o homen falava baixinho, de coração aberto, com o rosto perto do dela. Irene lutou para ignorar o mau hálito dele. Ele pulou para o meio de uma conversa como se nunca a tivessem interrompido.

— Irene — disse — acho que sei por que me senti tão vazio.

— Sabe?

— Pensei por muito tempo que era pelo fato de meu filho não assumir o meu negócio.

— Ele queria ter sua própria carreira, papai.

— Eu sei. É um piloto agora. E isso é bom. Nem todos podem fazer isso. Mas a recusa dele foi muito mesquinha... Não sei o que fiz para que me odiasse tanto.

— Ele não o odeia, papai! De verdade, não o odeia. Ele o ama.

— Pode ser. Mas não faz mal. Acho que superei isso. Tenho orgulho dele, devo então ter superado. Você não acha?

— É o que parece.

— Tive então de descobrir o que mais me fazia sentir vazio e penso que você tinha razão. Acho que nunca entendi essa coisa de Deus muito bem.

— Essa coisa de Deus?

— Nunca foi pessoal para mim. Era apenas algo que eu fazia. Algo em que fui criado e com o qual me sentia confortável. Nunca significou realmente nada para mim. Tinha de haver mais. Quero dizer, se há realmente um Deus, tem de haver algo mais.

— Ele o ama.

— Eu sei. Você me disse. E essas palavras ficam voltando. Algumas vezes, quando consigo me concentrar, elas ecoam em minha mente, e não sei o que fazer. Jesus morreu pelos pecados do mundo, mas isso faz de mim um pecador? Nunca fui perfeito, o Senhor sabe disso. Mas nunca me senti pecador antes. Talvez sinta agora.

— Sente?

— Devo ser. Todos devem ser. Caso contrário, pelo que Jesus morreu? Foi isso que me confundiu. Não consigo entender. Sempre vi Deus como um conceito, um sistema de crença, algo que você faz aos domingos. Se, porém, Ele me ama, devo também amá-Lo. Não amo a Deus, Irene.

— Por que não, papai?

— Não sei, acho que deveria. Certo. Se o Filho Dele morreu pelos meus pecados, isso prova que Ele me ama.

— Eu não poderia dizer isso melhor. Você deve orar, papai.

— Já orei.

— E o que disse?

— Que eu sinto muito, que não entendo e se Ele poderia me explicar de alguma forma.

— Explicar o quê?

— O que tudo significa. Quem Ele é realmente. O que há mais se Ele realmente me ama.

— E o que Ele disse?

— Ele me enviou você.

— Então ouça. Está me ouvindo, papai?

— Estou ouvindo.

— Diga a Deus que sabe que é pecador, que necessita do Seu perdão e que precisava que Jesus morresse por seus pecados. Receba-O em sua vida e terá a certeza do céu.

— Quero ir para o céu.

— É claro que sim.

Rayford entrou.

— Filho — disse o sr. Steele.

— Olá, papai — respondeu Rayford e trocou de lugar com Irene.

— Irene tem falado comigo sobre Deus e Jesus.

— Aposto que sim. Tente apenas descansar. Não fique tão agitado.

— Não estou agitado.

— Estou vendo que sim. Relaxe agora. Precisa dormir?

— Vou ter muito tempo para dormir quando morrer. Vou dormir no céu. O sono será o céu.

— Claro que sim, pai. Ouça agora. O trabalho vai bem. Estou fazendo rotas mais longas, conhecendo mais lugares. Gostaria de levá-lo comigo um dia.

— Não me faça rir. Você não me convidou quando eu estava bem de saúde. Agora não posso ir. Então é fácil para você me convidar.

— Você vê por meio de mim, não é, meu velho?

— Sempre vi. Sempre verei. Então, você é um piloto. Meu filho é um piloto.

— Sou seu filho, pai. — disse Rayford, olhando para Irene.

— Eu sei. Claro que sei. Quem não sabe disso?

Dentro de um minuto, o sr. Steele saíra do ar novamente.

No caminho de casa, Rayford parecia de pedra.

— Você os está usando para me envolver — disse finalmente.

— Eu não faria isso, Rafe.

— Você acha que sou tolo o suficiente para acreditar que minha mãe fez essa viagem de culpa sem um pouco de sua ajuda?

— Eu não disse uma palavra, Rayford. Juro.

— E teve de atormentá-lo com religião quando ele está definhando depressa? Papai ficou conosco só alguns minutos. Poderíamos ter-nos comunicado com ele, gravado algumas coisas em seu cérebro, mostrado fotos das crianças, procurando atualizá-lo. Porém, não, você tem versículos da Bíblia que deseja forçá-lo a aprender.

— Não citei nenhuma passagem bíblica, e, além disso, foi ele quem começou o assunto.

— Oh!, tenho certeza.

Tudo que Irene podia fazer era orar para que ela tivesse feito o sr. Steele compreender antes que ele perdesse novamente o contato com a realidade.

— Mamãe, estou tentando tudo para descobrir um meio de estar aí no Natal — disse Cameron Williams.

— Oh!, Cam, não se preocupe. Sei que está ocupado, e o dinheiro é escasso. Talvez possa me ver nas férias da primavera.

Ele hesitou. Será que ela não sabia que não se esperava que durasse até lá?

Ela deve ter sentido a preocupação dele no silêncio.

— Vou vencer esta coisa, Cam. Estou bem. Nem sequer sinto mais dor. Eles dizem que isso é resultado do tratamento, que é pior do que a doença.

— Quero estar aí com você e por você, mamãe. Estou trabalhando no assunto.

— Olhe, meu bem, você deve se concentrar no que está fazendo. Podemos conversar por telefone. O papai está cuidando de mim, e Jeff tem o negócio sob controle. E você conhece a Sharon. Ela está orando por mim.

— Estou certo disso.

— Vou aceitar o que vier neste ponto. Os netos querem saber se vou ficar careca. Estão fascinados com isso.

— Aposto que sim.

— E eu também. Já estou escolhendo perucas.

— Fique loira, mãe.

— Pensei a mesma coisa.

Cameron estava no escritório do jornal dos alunos naquela noite quando chegou um chamado do *Boston Globe.* Depois de algumas amenidades e congratulações por seus prêmios, a mulher disse:

— Você vai estar por aí nos feriados?

Ele contou-lhe da sua esperança de ir ver a mãe.

— Sinto ouvir isso, por duas razões — disse ela. — Primeira, por sua mãe. Iremos pensar nela de maneira positiva.

— Obrigado.

— E a segunda, o *Globe* está honrando jornalistas jovens e promissores, e gostaríamos que você fosse nosso convidado em um banquete. Vai encontrar-se com o pessoal de nosso primeiro escalão, levará para casa uma placa, esse tipo de coisa. Faríamos você voar para cá, arranjaríamos hospedagem por uma noite, ao todo uma ocasião interessante. Há muitos sendo convidados, portanto é uma oportunidade especial.

— Eu gostaria muito — disse Cameron. — É claro que gostaria. Posso ligar depois para lhe dar uma resposta?

— Claro que sim, mas não demore muito. Precisamos preencher a sua vaga se não puder vir.

— Quero lhe fazer uma pergunta — disse ele — correndo o risco de ser impertinente. Se escolher dirigir, você ainda me reembolsaria por uma passagem de avião?

— Você está em Nova Jersey. Isso seria menos de quatrocentos quilômetros. Claro. Podemos reembolsar.

— É possível que esse dinheiro me ajude a chegar a Tucson para ver minha mãe depois do evento. Olhe, pode contar comigo.

— Tem certeza? Não precisa confirmar?

— Não. Sinto-me honrado. Não perderia isso por nada.

QUINZE

Nicolae Carpathia, sem causar surpresa a ninguém, provou estar bem preparado para a política. Embora nunca tivesse se candidatado a qualquer cargo, tornou-se em breve o favorito para derrubar Emil Tismaneanu na Câmara dos Comuns. Carpathia, mediante Fortunato e Planchete, como é óbvio, contratou a melhor empresa de relações públicas em Bucareste e reuniu uma equipe de idealistas jovens, os quais foram logo persuadidos de que Nicolae era a resposta para todos os males da Romênia.

Carpathia derrotou fragorosamente Tismaneanu em dois debates patrocinados pela Universidade da Romênia. Logo em seguida, Leon Fortunato insistiu em que estava na hora de "começar a apertar os parafusos".

Nicolae sentou-se com ele, Planchette e Viv Ivins bem tarde certa noite na mansão.

— O que está querendo dizer com isso? — perguntou Nicolae.

— Ele vai relutar em enfrentá-lo outra vez, em vista da reação retumbante a seu favor e contra ele. Insista agora publicamente em outro debate. Tismaneanu não vai concordar sem cometer suicídio político. Você vai prensá-lo em um canto. Tem de recusar, mas ficará desesperado para salvar as aparências. Isso produzirá algum tipo de reação insensata, e você vai capitalizar todo o momento.

Os três homens concordaram, mas Viv parecia impassível.

— O que foi? — perguntou Carpathia. — Não gostou da idéia?

— Concordo em que seja uma boa estratégia — disse ela. — Só me preocupo com as medidas desesperadas do homem. Ele pode espalhar uma mentira ou, pior ainda, uma verdade danosa.

— Não tenho esqueletos no armário, Viv — respondeu Nicolae. — O que poderia dizer que viesse a me prejudicar?

— Posso pensar em três coisas.

— Não nos mantenha curiosos.

— Mulheres, Ion e Corona.

Os homens se entreolharam.

Fortunato assentiu.

— Seria bem o jeito dele.

— Vamos! Na primeira questão, sou discreto. Na segunda, levantar o caso de Ion fará parecer mais uma atitude de desespero. A evidência de Tismaneanu é zero, e eu reagiria imediatamente com uma ameaça de processá-lo por calúnia. Vai ser terrível para ele, especialmente quando o fundo educacional para o filho de Ion for revelado.

— Isso está resolvido e pronto para ser colocado em prática?

Nicolae olhou para Planchette, que empalideceu.

— Vai estar — disse ele.

— Qual é o obstáculo? — indagou Nicolae.

Reiche encolheu os ombros.

— A mulher de Ion não pareceu impressionada, e você não contou a mais ninguém.

Nicolae se levantou.

— Reiche! E se ela fosse à imprensa, contando que prometi algo e não cumpri?

— Não faria isso. Ela não passa de uma simples viúva...

— É uma mãe sofredora, irada, homem! Creio que suspeita de mim. Resolva isso logo pela manhã e deixe vazar para a imprensa. Com toda a sutileza. Se pudermos publicar alguma coisa que não pareça ter origem em nós, vamos impedir que Emil tente usar a morte de Ion contra mim. Agora, Viv, o que ele poderia dizer sobre Corona? Os fracassos dos satélites são deles, e não meus.

— Você investiu em um esforço que falhou. Disse também pessoalmente que tem cerca de 50% de chance de não pagar um empréstimo enorme.

Nicolae voltou a se assentar.

— E é claro que Tismaneanu sabe tudo isso.

— Sem dúvida.

— Precisamos impedir que ele use essa informação contra nós. Mas como?

— Aproveite-se de nosso relacionamento com o sr. Stonagal — disse Reiche. — Peça que cubra o empréstimo, faça a dívida desaparecer mediante algum tipo de acordo pessoal entre vocês dois. Se Tismaneanu então afirmar que você está endividado, em via de inadimplência ou bancarrota, apesar do seu estilo de vida luxuoso — sinto muito, mas isso poderia ser levantado —, você pode provar de alguma forma que está absolutamente solvível, e Stonagal garantirá isso.

Nicolae inclinou a cabeça para trás, com o rosto virado para o teto e os olhos fechados, como se estivesse dormindo.

— Fale alguma coisa, Reiche — disse ele, com a voz forçada por causa da posição do pescoço. — Você sabia que Stonagal possui a maior parte do Intercontinental?

— Claro, o sr. Stonagal e eu somos há muito tempo...

— Há muito tempo, eu sei. Ele é o anjo por trás da sua organização, não é?

— Um dentre muitos, sim.

— O principal, não é?

— Sim.

— De fato, com ele você não precisa de nenhum dos outros combinados. Estou certo?

— Sim.

Nicolae baixou a cabeça e olhou para Planchette.

— Stonagal também é dono do laboratório de onde veio o esperma de meus pais mercenários, implantado em minha mãe e resultando em mim.

— Quem lhe disse isso?

— Diga que estou errado.

— Você está certo, mas seria conveniente não revelar ao sr. Stonagal que sabe disso. Se ele sequer suspeitasse que obteve de mim essa informação...

— Não precisa se preocupar com o sr. Stonagal, Reiche. Deve se preocupar comigo.

— Isso não é justo, Nicolae. Quem tem sido mais leal a você do que eu?

— Escondendo a verdade de minha origem? Essa é a sua idéia de lealdade? Não me contar que Stonagal era responsável por meu empréstimo de cem milhões de dólares? Por que escondeu isso de mim, Reiche?

— Pensei que você soubesse!

— Não pensou nada disso. Está também a par de que Stonagal se encontra por trás de um enorme movimento para reduzir o dinheiro do mundo a apenas três denominações?

— Bem, não...bem, eu...

— Você provavelmente conhece todos os detalhes.

— Isso estava nos jornais, Nicolae. Ninguém acredita que vai realmente...

— Oh!, vai sim. E estamos a caminho de uma única moeda global. Pode levar tempo, mas, se Stonagal fizer o que deseja, toda a Europa vai juntar-se à Rússia para abolir o euro e adotar o marco. Ásia, África e Oriente Médio farão transações exclusivamente em ienes. A América do Norte e a do Sul, assim como a Austrália, negociarão em dólares.

Reiche parecia pesaroso.

— Esse é o plano, creio eu. Mas nada foi decidido e...

— É só uma questão de tempo, Reiche. A pergunta é: com o tipo de acesso que você tem a Stonagal, por que não seria minha fonte de tal informação? Por que tenho de ouvir isso em outra parte?

— Sinto muito. Não sabia que desejava ou tinha necessidade de...

— De ser mantido atualizado quanto à economia internacional? Está louco? Não tem idéia do que estou tentando realizar aqui?

— Bem, como disse, peço desculpas e no futuro irei...

— Você acredita seriamente que terá um futuro comigo, Reiche?

— Espero certamente isso. Eu...

— Eu teria de ser insano.

— Olhe, Nicolae, você deve saber que o sr. Stonagal e eu somos íntimos e...

— E você acredita que, pelo fato de eu dever a ele cem milhões e de você tê-lo conhecido antes de meu nascimento, isso lhe dá algum tipo de proteção...

— Não, não estou dizendo isso! Quero enfatizar que creio em você. Posso ter pisado na bola uma ou duas vezes, mas não com más intenções. Só preciso saber o que quer de mim e farei todo o possível para...

— Gostaria de provar sua devoção a mim?

— Com toda a certeza. Farei qualquer coisa...

— Iremos então ver isso.

— Experimente-me, Nicolae, e verá.

— Estaria disposto a encontrar-se em particular com Emil Tismaneanu?

— Ficaria honrado.

— E seria meu porta-voz?

— Uma honra dupla.

— Talvez queira abster-se de decidir até saber o que desejo que seja comunicado.

— Estou intrigado, porém, senhor. Como soube essas coisas sem que eu lhe dissesse? Por acaso o sr. Stonagal...?

— Confidenciou a mim? Dificilmente. Mas chegará o dia em que desejaria ter feito isso.

Rayford não sabia o que pensar da primeira vez em que Irene pareceu encorajar seu jogo de golfe na manhã de domingo. Ele percebera quando ela levantou de madrugada, trabalhando silenciosamente no armário e na parte de baixo da casa, mas isso não era novidade. Irene tinha problemas para dormir. Ele ficou surpreso de manhã, porém, ao descobrir que ela arrumara suas roupas de golfe, colocara a mochila com os apetrechos de golfe perto do carro e até preparara para ele uma sacola com uma garrafa de água gelada, duas barrinhas de cereais energéticos e um bilhetinho de amor.

No bilhete, ela desejou-lhe um bom jogo e disse que iria juntar-se a ele para almoçar no clube depois da igreja, junto com os filhos. Rayford sentiu-se culpado por não lhe parecer uma boa idéia. Ficar com os companheiros de golfe, comer um sanduíche e tomar uma cerveja fazia parte do ambiente, mas não podia rejeitá-la depois de tudo.

Deveria desculpar-se com os amigos e dizer-lhes que iria almoçar em outro lugar? Ele não queria os filhos no clube, em especial na hora do almoço. Rayford considerou deixar um bilhete para Irene, sugerindo encontrá-la e aos filhos para almoçar em um *fast-food*.

Não havia, entretanto, razão para aborrecê-la. Podia sobreviver ao plano dela desta vez. Talvez até fizesse os outros do grupo almoçarem com eles. Irene iria certamente perceber que era embaraçoso e não faria mais essa sugestão.

DEZESSEIS

Irene estava sentada na igreja quando seu celular vibrou. Ela reconheceu o número da clínica em Belvidere. Indo para o saguão, respondeu ao chamado e soube que o sr. Steele se encontrava em condição crítica.

— O que houve? — disse ela. — Acabamos de vê-lo.

— Isso não é na verdade incomum, senhora. Os pacientes de Alzheimer costumam ter problemas internos que não surgem senão durante exames ao acaso. Eles não compreendem nem reconhecem a dor e muitas vezes se queixam de coisas que não existem; enquanto, de outro lado, não falam dos problemas graves que os acometem. O sr. Steele está com insuficiência renal e já foi levado para a ala hospitalar. Ele pode ser em breve reclassificado como grave. Não conseguimos entrar em contato com seu marido.

— Vou avisá-lo, e iremos para aí o mais breve possível.

Irene telefonou para Jackie, que prometeu ir imediatamente da Nova Esperança e levar Chloe e Raymie para sua casa depois do culto. Irene informou os professores das crianças e correu para o carro, discando o número de Rayford. A caixa postal atendeu, e ela lembrou-se de que os celulares eram proibidos no campo do clube. Deixou um recado e depois telefonou para a sede. Eles concordaram em rastreá-lo.

Quando Irene chegou ao estacionamento da clínica, um caixão fora colocado junto ao meio-fio. Ela orou pedindo que não fosse para o sogro e disse a si mesma que havia uma porção de pacientes idosos e potencialmente terminais ali. De outro lado, nunca vira um caixão naquele local.

Ao correr para a ala do hospital, foi interceptada pela assistente social responsável por seus sogros.

— Sinto muito, Irene. Ele se foi.

Morreu? — Isso não faz sentido — disse ela, apoiando-se na parede para firmar-se.

— Tão de repente.

— Tomei providências para você falar com o médico, e há um atendente que quer também conversar com você.

— Onde está minha sogra?

— Sedada. Pode bem imaginar a sua agitação.

— Gostaria de vê-la.

— Está dormindo, pelo que eu soube.

O médico informou basicamente a Irene o que já lhe haviam contado quando foi chamada.

— Como o sr. Steele não estava acamado, não vimos razão para monitorar sua produção de urina. Ele não se queixou até esta manhã, mas aparentemente não conseguia eliminar há algum tempo. Sua cor era má, e estava sofrendo quando diagnosticamos o seu problema. Nós o transferimos para cá, mas ele já tivera uma paralisia dos rins. Foi uma corrida contra o tempo, e nós evidentemente perdemos.

Irene queria estar esperando na entrada quando Rayford chegasse, e teve de ser lembrada de que um atendente queria também falar com ela. Era um jovem asiático robusto, usando a roupa azul institucional. Ela pediu-lhe que ficassem sentados perto da porta.

Ele se apresentou como Erap, filipino, e Irene percebeu uma pálida tatuagem azul de um peixinho entre os nós de seu dedo indicador e do meio.

— Sou cristão — disse ele.

— Eu também.

— Sei disso.

— Como? — perguntou ela. — Eu o conheço? Não me lembro de tê-lo encontrado antes.

— Minha prima trabalha na unidade de cuidados supervisionados — respondeu.

— Ela me disse que achava que você fosse cristã. Mas fiquei sabendo disso pelo sr. Steele.

— O sr. Steele lhe contou?

— Não em tantas palavras.

— Estou ouvindo, Erap.

— Pude ver que seu sogro estava morrendo. De fato, fui eu que chamei o código azul. Nos poucos segundos antes de eles entrarem com a maca, perguntei ao sr. Steele se estava consciente e se podia me entender. Ele mal falava, mas acenou positivamente com a cabeça. Eu afirmei que ele precisava obedecer a Deus e receber Cristo.

— Perguntei se sabia que era pecador e separado de Deus. Ele assentiu. Perguntei se acreditava que Jesus morrera na cruz pelos seus pecados. Assentiu. Indaguei se estava disposto a orar e aceitar Jesus em seu coração. Ele disse que já havia feito isso. Quando o questionei sobre quando o fizera, declarou que sua nora o ensinara acerca do que deveria fazer. Sra. Steele, fiquei lá até as últimas tentativas que fizeram para salvá-lo. E essas foram as últimas palavras dele. Achei que desejaria saber.

Cameron Williams contou à mãe que tentaria ir vê-la durante os feriados.

— Com o dinheiro para a passagem de avião do *Globe* e um pequeno empréstimo de meu amigo galês, Dirk, acho que poderei ir.

— Não se esforce demais, Cam, não há pressa.

Como ele queria acreditar nisso. É claro que seu irmão Jeff não gostou da idéia.

— Ela não vai dizer como está mal, Cameron. E o papai não pode falar bem ali ao lado dela. Está com péssima aparência, come pouco, não consegue andar direito. Não quer ir para o hospital, mas deveria estar lá.

— É ela quem resolve isso, não é, Jeff?

— Claro que sim, mas estou lhe dizendo, mamãe está indo embora rapidamente.

— Pareceu ótima ao telefone.

— Está me chamando de mentiroso?

— Vamos, Jeff, não estamos mais no ginásio. Estou só dizendo que ela parecia bastante animada. E ficou muito orgulhosa com essa honraria que estou recebendo. Quer que eu leve fotos e recortes das notícias.

— Você está vindo então quando?

— Se conseguir mais algum dinheiro, vou reservar lugar num vôo no dia da minha volta de Boston.

— Quanto mais você precisa?

— Duzentos. Posso conseguir um desses vôos superbaratos, não reembolsáveis, se fizer a reserva esta semana.

— Vou colocar um cheque no correio hoje.

— Jeff, não posso pedir que faça isso. Eu...

— Você não pediu. Olhe, Cam, isso não é para você ou sobre você. É sobre a mamãe. Você deveria estar aqui para garantir. O que temos agora, dez dias?

— Doze.

— Me dá um tempo!

— Vejo você então, Jeff. Obrigado.

— De nada.

Irene não tinha certeza de como a perda do pai afetaria Rayford. Ele ficou chocado com a morte súbita, como era natural, mas voltou bem depressa aos seus modos "profissionais", certificando-se de que a mãe estava sendo cuidada e de que o sepultamento fizesse justiça à memória do pai.

O funeral foi infelizmente realizado na igreja da família, a Central Church.

— Prometo, — disse Irene a Rayford enquanto se preparavam para a igreja — que, se durante o elogio fúnebre não houver menção à fé possuída por seu pai, vou dizer alguma coisa.

— Não.

— Não? O que está dizendo?

— Não me cause constrangimento, nem ao pastor.

— Constrangeria você se as pessoas soubessem que seu pai era um verdadeiro cristão?

— Um convertido à beira da morte, Irene. Depois da sua insistência e da atormentação daquele garoto filipino, que escolha um homem confuso e moribundo teria? De qualquer forma, ele já era conhecido nesta igreja como um crente fiel a vida inteira.

— Isso não é fazer justiça a seu pai. — Aquela era a última coisa sobre a qual ela queria brigar, mas foi como se não pudesse se controlar.

— Só me prometa que não vai fazer nada esquisito, Irene.

— Você acharia esquisito se eu simplesmente dissesse a verdade?

— Ficaria humilhado.

Ela comprimiu os lábios e sacudiu a cabeça, desprezando-se por sentir-se tão fraca.

— Não vou humilhar você, Rayford.

— Obrigado.

— Queria muito que sua mãe estivesse aqui. Você não poderia impedi-la de dizer a verdade.

— Depende da sua idéia de verdade — disse ele. — As pessoas a julgariam um delírio de um paciente de Alzheimer.

— Mas eu saberia, e você também.

— Você sabe o que penso, Irene? A verdade é que meu pai sempre foi cristão. Ele não ficou religioso apenas à beira da morte.

A caminho do serviço, a antiga professora da Escola Bíblica Dominical de Rayford aproximou-se dele. Ela o abraçou em lágrimas.

— Sinto tanto, querido. Seu pai foi um grande homem.

— Foi mesmo, sra. Knuth. Obrigado.

Irene não pôde reter as lágrimas durante toda a cerimônia. Foi pior do que ela esperava. Embora todas as passagens familiares sobre morte e renascimento fossem empregadas, nada os explicava ou tocava diretamente no assunto. O sr. Steele foi reverenciado, mas não houve menção da sua fé salvadora em Cristo, do seu arrependimento do pecado e de ter posto a sua fé em Deus.

Irene ainda chorava a caminho de casa, agradecendo em silêncio porque o tempo finalmente mudara e ela não seria mais uma viúva do golfe até a primavera. Rayford surpreendeu-a ao colocar a mão em seu joelho enquanto dirigia.

— Agradeço o tempo que passou com meus pais. Agradeço mesmo.

Sua voz parecia trêmula, e ele estava mais próximo das lágrimas do que ela já vira havia anos.

— Isso não acabou — disse ela. — Vou continuar a visitar sua mãe, é claro.

— O pessoal da clínica informou que ela já está quase tão mal mentalmente quanto meu pai. Incoerente e recusando-se a vir hoje, a não ser que o papai a acompanhasse.

— Mais razão ainda para eu vê-la.

DEZESSETE

— Ele é seu sócio?

— Como? — disse Cameron.

— De que forma quer que registremos o sr. Burton?

— É um colega.

— Não são então amantes?

— Não. Devemos trazer apenas pessoas que tenham significado?

— Não, eu estava só imaginando. Vamos registrá-lo como "amigo", está bem?

— Exato.

Cameron ficou contente por poder levar um convidado ao evento do *Boston Globe.* Outros estavam aparentemente levando membros da família ou amantes.

— Há outra razão para perguntar — disse a mulher. — O editor executivo do *Globe* e alguns de seus associados querem falar um momento com você em seu escritório depois do banquete. Poderá aceitar esse pedido?

— Claro. Vai ser ótimo.

— Seu amigo não estaria incluído nisso, a não ser que *fosse* o seu outro significativo.

— Realmente? Por quê?

— Não sei dizer.

— Ou seja, você não acha que eles vão falar sobre alguma coisa que eu gostaria de contar para os meus entes queridos.

— Não tenho idéia.

— Está bem.

— Ele vai acompanhar você?

— Não. Não. Vai esperar. Isso não será problema.

— O *Globe* fica um pouco acima na mesma rua do banquete, e não acho que a reunião será longa.

Irene pôde perceber que Rayford sentia-se encurralado. Como o tempo não permitia o jogo de golfe, ele não tinha alternativa para a igreja nas manhãs de domingo. Ainda era chamado para alguns vôos nos fins de semana, mas não eram muitos. Quando ficava na cidade, não havia realmente outra opção.

— Sabe de uma coisa, Rafe? — disse Irene. — Aposto que você gostaria de freqüentar a Nova Esperança e não seria tão difícil convencê-lo a ir.

— Nada disso. Você nem sequer esteve lá. Como sabe?

— Sei pelo que Jackie conta. É como se eu já conhecesse o pastor, o reverendo Billings, embora não tenha me encontrado com ele. Há também um pastor assistente, Bruce Barnes, de quem todos gostam. Todo tipo de coisa boa acontece ali.

— Não comece, Irene.

Ela não tinha intenção de forçar, não queria mesmo fazer isso. Irene sabia que seus motivos eram puros. Se apenas pudesse descobrir a abordagem certa para o homem que amava e com quem se preocupava...

— Estou só dizendo que poderia valer a pena. Eu gostaria de ir e levar as crianças, especialmente quando você não está na cidade.

Ele sacudiu a cabeça.

— Você não voltaria mais.

— O que está querendo dizer?

— Parece uma seita para mim. Você sabe o nome dos líderes sem nunca ter estado lá. É melhor ficar onde estamos, e eu vou quando puder.

— Deixe que ele vá, Nicolae — falou Leon Fortunato, sentado à frente de Carpathia no escritório da residência do homem mais jovem. — Eu encorajaria isso.

— Encorajaria?

— Sim. Você não tem nada a temer de Jonathan Stonagal. Claro que ele está por cima agora porque você lhe deve muito dinheiro. Mas isso vai mudar. Você tem mais potencial em seu dedo mínimo do que ele em todo o seu corpo, e, além disso, ele não é jovem.

— Minha estratégia não é lutar contra ele, Leon. Meu plano é fazer que ele goste de mim.

— Deixe então o Reiche aceitar o convite dele para representar os seus interesses. O que preocupa você? A idéia de Planchette estar no território de Stonagal?

— Claro. Você viu a propaganda do escritório de Manhattan do Jonathan na revista, não viu?

— Já estive nesses escritórios. Eles são de fazer cair o queixo. Planchette vai ficar pasmo. Mas não penso que participe de uma liga contra você. Stonagal acredita que, em essência, ele criou você por ordem do mundo dos espíritos.

— É provável que sim.

— Talvez, mas ele vai servi-lo um dia, como todos nós.

— Gosto de ouvir isso.

Leon ficou em pé e foi até a janela.

— Estou contente porque é hora de ajustar a sua imagem.

— O que há de errado com ela?

— De várias formas, nada. Você está no meio dessa corrida agora e é o favorito. Mas já vi candidatos perderem nos últimos dias por causa de uma frase, algumas vezes uma palavra. Com você, tudo se resume ao tom.

— Estou ouvindo, Leon.

Fortunato voltou à sua cadeira.

— Considere esta pergunta: quem foi a pessoa mais influente que já viveu?

— Jesus.

— Excelente. Como sabe, o mundo recebeu mais impacto por meio Dele e de Seus ensinamentos do que de qualquer outro. Nosso calendário se baseia no Seu nascimento. Qual o Seu traço de caráter mais dominante?

Nicolae gostava desse tipo de desafio.

— Ele podia fazer milagres. Pelo menos isso foi alegado, mas eu não acredito.

Fortunato inclinou a cabeça.

— Ele era realmente conhecido por isso, mas falo de uma qualidade que possuía.

— Divindade.

Fortunato aparentou um ar de dúvida.

— Não?

— Outros afirmaram o mesmo.

— Duvido de todos eles, é claro, Leon.

— É claro, e, embora os adeptos de Jesus creiam que Ele era o único ser humano divino, esse não é na verdade um traço de caráter.

— Está bem, sabichão, estou pronto para a sua sabedoria onisciente.

— Apesar de tudo que Ele disse e fez e de tudo que Ele é conhecido por ter feito, dois milênios depois da Sua morte, a qualidade que define Jesus é a Sua humildade.

Carpathia não pôde esconder um sorriso.

— Vou ser franco, Leon. Creio que conheço bem a mim mesmo. Sei como as pessoas me consideram. Para ser sincero, não há nada de que deva me humilhar e não percebo um traço de humildade em mim.

Fortunato pareceu estudá-lo.

— Você tem a tendência de se auto-analisar.

— A humildade é para os fracos. Sei quem sou e do que sou capaz. Estou decidido a agir nessa base.

— Isso tudo é muito bom, mas você chamaria Jesus de fraco? Sou de opinião que os quadros etéreos dele como efeminado e angélico estão errados. Aquele era um homem terreno, um homem característico do Oriente Médio do século primeiro, com uma vida árdua. Era um carpinteiro, um homem de verdade. Um revolucionário. Um pregador de paradoxos. Um inimigo do *establishment*.

— Você não acredita em todo o currículo Dele, ótimo. Nem eu. Mas a história Dele é instigante. Se Ele veio realmente da sala do trono do céu para ser um simples mortal, esse foi o maior ato de humildade já visto. Ele também não tinha razão para ser humilde. Seus seguidores O julgam divino, perfeito, sacrificando-Se a Si mesmo até a morte. Isso é o que torna Sua humildade tão atraente, tão magnética. Você faria bem em invocar um pouco da mesma humildade para aperfeiçoar sua imagem.

Carpathia riu e, quanto mais ria, tanto mais engraçada lhe parecia a idéia. Então, gargalhou mais ainda.

— Pense nisso, Leon! O que poderia ser mais odioso do que a falsa humildade? Creio que posso ser único na humanidade. Possuo uma combinação de dons e talentos, de conhecimento e confiança que me colocam talvez bem acima de quem quer que já tenha vivido — inclusive Jesus. Devo acrescentar a isso a humildade? O que há para que me faça sentir humilde?

Cameron Williams dirigiu seu velho Volvo para o norte, ao longo da Costa Leste, na direção de Boston, em meio a uma chuva leve que se transformou em granizo e depois em uma nevasca.

— Quer dirigir, Dirk? — perguntou ao galês.

— De modo algum. Eu ficaria do lado errado da estrada em um minuto. Você continua dirigindo, e eu, pedalando. Tem certeza de que esses pneus estão bons?

— Não me preocupo com os pneus, Dirk, mas sim com o medidor de temperatura e o de combustível. Um está alto, e outro, baixo.

— Parece que a solução é simples, Cameron.

Pararam para pôr combustível, anticongelante para o radiador e fluido para o limpador de pára-brisa. E uma escova raspadeira. Um pouco mais adiante, pararam para colocar mais um pouco de tudo, inclusive a raspadeira, que quebrara depois de ser usada duas vezes. Cameron estava tenso por forçar os olhos para enxergar entre os flocos que aumentavam e tentar saber se a sua velocidade estava certa nas estradas cada vez mais escorregadias.

Ele tentou fazer Dirk dirigir outra vez, pelo menos durante algum tempo. Dirk, porém, ocupava-se em formar uma bola de neve e atirá-la com um arremesso de mão esquerda. Cameron mal conseguiu fugir do míssil e depois entrou rindo no carro.

Aquela era apenas outra das tempestades que ele amava. Embora não tivesse interesse em ficar preso ou atrasar-se, essa era uma aventura da qual se lembraria durante muito tempo.

Cameron sentiu alívio quando finalmente entraram na garagem fechada do hotel onde haveria o banquete. Uma vez acomodado no quarto com algumas horas de espera antes de precisarem vestir-se para a reunião, Cameron telefonou para a mãe.

Ela quis saber todos os detalhes, mas parecia não estar nada bem.

— Tudo em ordem com você, mãe?

— Um pouco cansada hoje. Mas vou ficar melhor. Esperando vê-lo em alguns dias.

— Eu também. Dirk acabou de chegar depois de dar uma espiada no salão do banquete e parece que está o máximo. Uma variedade de cores e som. Não pude alugar um *smoking* e tomei então emprestado o de Dirk. Está um pouco apertado e comprido, mas duvido que alguém vai perceber ou se importar.

— E ele? — perguntou a sra. Williams. — Não vai precisar do *smoking*?

— Não. Está todo vestido de *tweed*, como um galês deve estar, e, de todo modo, ele é apenas meu namorado.

— Oh, Cameron!

— É isso que eles pensam.

— Quem são "eles"?

— Os poderosos do *Globe*. Chegaram a perguntar se éramos amantes.

— Oh, não fizeram isso! Não pense que pode enganar sua ingênua mamãe só por ser um membro da Ivy League agora.

— Tem razão, mãe. Eu estava brincando.

O banquete acabou sendo ainda melhor do que Cameron havia esperado. Cópias dos artigos dos ganhadores foram reproduzidas e veiculadas em uma brochura colorida, e atores profissionais leram partes de algumas em voz alta. Ele podia estar sonhando ou apenas na expectativa, mas pareceu a Cameron que o seu recebera os maiores aplausos. Dirk concordou. Os autores foram cumprimentados individualmente e presenteados com placas comemorativas da ocasião.

O orador convidado era um romancista de histórias de terror que começara escrevendo para os jornais e jamais perdera seu afeto pelo jornalismo. Ele regalou a multidão com histórias com as quais todos podiam identificar-se, e no fim da noite Cameron cogitava se uma revista semanal deveria ser realmente a meta de sua carreira. Os jornais eram ainda o "patinho feio" das editoras, mas, se você pudesse inserir-se na equipe de um grande jornal diário, isso seria também empolgante.

A assistente do editor executivo do *Globe* aproximou-se imediatamente de Cameron no final da noite.

— Sei que é tarde e que você quer ir embora — disse ela — mas o sr. Rowland quer falar com você. Talvez possa considerar passar a noite e livrar-se da tempestade.

Um passeio pela rua confirmou a sabedoria dela. Vários centímetros de neve cobriam tudo. Cameron não tinha muito tempo se quisesse voltar a Nova Jersey para o seu vôo na manhã seguinte.

Deu as chaves a Dirk e pediu se ele poderia pôr o carro na rua e estacionar na frente do prédio do *Globe.*

— Faça que permaneça quente, descongelado e pronto para partir. Vai valer a pena para você.

— Vai, hein? — disse Dirk aceitando um único dólar do amigo. — Nunca vi uma gorjeta como esta na Bolsa de Londres.

DEZOITO

Rayford não se considerava mulherengo. Exceto pela imprudência na festa de Natal alguns anos antes, ele nunca fora infiel a Irene, embora fosse obrigado a admitir que, se ela tivesse uma sessão de carícias como a dele, só aspectos técnicos o impediriam de chamar isso de adultério.

Sua consciência o perturbara tanto naquela ocasião que ele havia sinceramente entrado na linha.

Rayford não era cego. Ele percebia quando as mulheres o achavam atraente. O gosto amargo durara tanto depois daquela escorregadela no feriado que ele decidira fazer papel de tolo e evitar os avanços dali por diante.

Agora não tinha tanta certeza. Hattie Durham era adolescente quando entrou na Pan-Con como comissária de bordo, e qualquer homem heterossexual com olhos concordaria que ela era o pacote completo. Da cabeça aos pés, cabelos, rosto e personalidade, Hattie se tornara a atendente favorita de todos os passageiros e o sonho de todo membro da equipe.

Ela podia parecer frívola, mas Rayford tinha a convicção de que isso não passava de um disfarce para manipular. De modo interessante, ela nunca fizera esse jogo com ele, a não ser que estivesse sendo repreendida — o que era raro, pois parecia gostar bastante do seu trabalho a ponto de mostrar-se consciensiosa. Hattie mostrava claramente sua admiração por ele, e talvez estivesse sendo ingênuo, mas a atitude dela parecia genuína; não era como se estivesse apenas bajulando por ser ele o chefe.

Rayford conseguiu pôr de lado quaisquer intenções menos do que honrosas ao lembrar-se de como ela era jovem. Seu comportamento era o de uma comissária sênior, embora faltassem alguns anos para chegar a essa posição. Os outros atendentes, especialmente as mulheres, agiram um tanto negativamente em relação a ela no princípio — inveja, decidiu Rayford — mas Hattie em breve os conquistou. Suas superioras pareciam procurar pequenos defeitos, mas ela era tão boa em tudo que tiveram dificuldade em descobrir falhas.

Rayford gostava simplesmente de pensar nela e ficava sempre satisfeito quando via o seu nome na lista da equipe.

Ele estava se dirigindo ao estacionamento do O'Hare certa noite quando ouviu saltos se aproximando rapidamente por detrás.

— O senhor mora em Mt. Prospect, não é, capitão?

Ele se virou, ainda caminhando.

— Moro, Hattie. Por quê?

— Não resido muito longe, em Des Plaines. Minha companheira de quarto acabou de ligar que não pode me apanhar e odeio usar transporte público à noite. O senhor se incomoda...?

— Claro que não.

Hattie pareceu conversar nervosamente enquanto iam a Des Plaines. Rayford teve dificuldade em manter os olhos na estrada.

Telefonou para Irene.

— Vou chegar alguns minutos mais tarde, querida. Estou levando uma colega de equipe que ficou sem condução até sua casa em Des Plaines.

Quando parou em frente ao condomínio de Hattie, Rayford fez menção de sair.

— Não precisa — disse Hattie. — Basta apenas esperar que eu entre antes que o bicho-papão me pegue e já está ótimo. — Ela pegou a mão dele nas suas. — Aprecio mesmo isso, capitão. O senhor é o máximo.

Em casa, alguns minutos mais tarde, Irene perguntou: — Quem era a comissária que ficou a pé?

— Aquela adolescente com um nome engraçado. Já lhe falei sobre ela.

— Hattie, a frívola?

— Essa mesmo.

— Deixou as chaves trancadas no carro?

— É bem possível.

Rayford não previu nada desfavorável em relação a Hattie Durham no futuro. Gostava bastante, porém, de lembrar-se dela no assento do passageiro, bem a seu lado.

Dizzy Rowland, editor executivo do *Boston Globe*, deu as boas-vindas a Cameron em seu espaçoso escritório e o apresentou a três membros do seu pessoal mais graduado, dois homens e uma mulher. Cameron não gravou o nome deles e teria falhado num questionário, mas todos certamente pareciam importantes. Vestidos para o banquete e mostrando-se à vontade na presença do chefão, transpiravam confiança e cordialidade. Todos tinham coisas agradáveis a dizer sobre o trabalho de Cameron.

Rowland apontou para uma cadeira em uma mesa de conferências longe da sua escrivaninha, e os cinco se acomodaram nela, quatro deles fitando Cameron. Este sentiu-se estranho em seu *smoking* mal ajustado e teve vontade de dar uma explicação.

— Eu só queria alguns minutos — disse o sr. Rowland. — Primeiro, parabéns pela sua indicação para o Pulitzer e este prêmio, para não mencionar seu trabalho na escola. Meus espiões em Princeton contaram que você é um aluno que está na lista do reitor.

— Longe das notas A — afirmou Cameron. — Mas sinto-me obrigado a dar tudo de mim.

— Admirável. Louvável. Posso perguntar qual o seu alvo na carreira?

— A *Global Weekly*.

— Puxa! — disse Rowland. — Não teve sequer de pensar sobre o assunto.

Cameron inclinou a cabeça.

— Tem sido o meu sonho há anos.

Rowland sentou-se e pareceu estudá-lo, sorrindo.

O olhar de Cameron voltou-se para os outros que pareciam confusos. Admitir esse alvo elevado seria expor-se como um rústico, um sonhador? Bem, o homem perguntara.

— Você está sentado em companhia de quatro jornalistas de carreira — declarou Rowland. — Jornalistas, pessoas curiosas. Não me surpreenderia se um deles quisesse fazer-lhe uma pergunta.

Os quatro pareceram falar ao mesmo tempo, mas a mulher prevaleceu.

— Você sentiu uma restrição mental ao deixar escapar seu sonho sobre a revista a um executivo na área de jornalismo?

Cameron esticou o lábio inferior.

— Acho que não. Deveria sentir? Foi politicamente incorreto? impertinente? rude?

Os outros riram. — Foi louvável — afirmou Rowland. — Muitos teriam mais preocupação com a diplomacia.

— Lamento — disse Cameron. — Não refleti. Com certeza, não quis ofender.

— Ofender? — disse a mulher. — Achei refrescante. Um tanto ingênuo talvez, mas refrescante.

— Ingênuo?

— Vou explicar. Uma porção de nossos colegas, mesmo em nosso nível, solicita emprego nas revistas de notícias pelo menos uma vez por ano, tentando sair da moenda diária...

— E entrar na moenda semanal — disse um dos homens, e todos riram outra vez.

— A competição por emprego na *GW, Time, Newsweek* e *U.S. News* é feroz. A sua meta não é uma surpresa nem única. Apenas elevada.

Cameron não sabia o que dizer. A Ivy League — a Universidade de Princeton em especial — estava também em posição bem mais alta do que conviria para ele. Não se dispunha a abandonar um sonho por parecer improvável. Queria viver uma vida improvável.

— Você se perguntou a razão de meu convite, sr. Williams? — indagou Rowland.

— Claro que sim.

— Ou pensou que era para conhecê-lo e parabenizá-lo?

— Não tinha idéia.

— Isso é também refrescante — disse Rowland. — Confesso um motivo ulterior. Queremos empregá-lo.

Cameron ficou pensando onde estivera com a cabeça. Por que se surpreendia tanto? Simplesmente não considerara o convite.

— A não ser que pense que dizemos isso a todos os ganhadores de prêmios — falou a mulher. — Não dizemos. Da safra deste ano, você é o único.

Cameron balbuciou, sentindo de repente dificuldade para expressar-se.

— Obrigado. Eu estava esperando um bom estágio.

— Não estamos falando de estágio, sr. Williams. Pelo resto do seu último ano, você irá permanecer na equipe do jornal dos alunos e no jornal local, mas ficaria disponível para uma indicação ocasional nossa, no caso de uma história regional abranger sua área.

— Claro, eu poderia fazer isso.

— Depois da formatura, porém, talvez uma semana ou duas para pôr suas coisas em ordem, esperaríamos que viesse para cá trabalhar em tempo integral como repórter.

— Tempo integral?

— Você é um jovem talentoso, sr. Williams. Acreditamos que tenha as qualidades de um bom jornalista. Terá aqui a oportunidade de descobrir se estamos certos. Irá trabalhar duro, e terá um prazo final todos os dias. Esse tipo de trabalho distingue os profissionais dos diletantes.

— E — disse a mulher — os imitadores da *Global Weekly* dos jornalistas verdadeiros.

Ao dar um passeio antes do amanhecer, com os guarda-costas a uma distância discreta, Nicolae permitiu que o estranho conselho de Leon Fortunato dançasse em sua mente. Há muito um fã dos esportes, Nicolae sempre se divertira com os fanfarrões, especialmente os que sustentavam suas jactâncias. Ele concordava com o adágio: "Não é bazófia se você realizar o que afirma".

A confiança e soberba dos jovens que se destacavam pelo seu físico inspiravam Nicolae, e ele queria essa mesma imagem como político e líder. Porém, se Leon estivesse certo, o povo em breve se cansaria de alguém que promovesse a si mesmo, um exibicionista convencido. Onde ir buscar exemplos de humildade ou praticar essa arte? Uma coisa era certa: se

Nicolae iria parecer humilde, seria mais do que arte. Seria uma representação.

Cameron saiu para a rua coberta de neve na frente do prédio do *Globe*, sem saber como deveria sentir-se. Ficou decepcionado com seu sonho de conseguir um lugar na *Global Weekly* e satisfeito com a oferta de um emprego no *Globe*. Mal podia esperar para contar a Dirk e muito menos à sua família, especialmente a sua mãe.

O carro estava em marcha lenta, e, embora flocos enormes e macios de neve caíssem nele, derretiam depressa. Cameron abriu a porta para cumprimentar Dirk, mas não o encontrou. Não podia estar longe. Não deixaria um carro aberto em uma rua movimentada.

Cameron ficou em pé e voltou-se para olhar, bem a tempo de receber uma enorme bola de neve no peito, a qual explodiu em seu rosto e cabelo. Dirk veio cambaleando pela rua, rindo tanto que Cameron teve medo que desmaiasse.

Cameron ajoelhou-se e recolheu neve, formando rapidamente uma bola, e, antes de Dirk poder evitá-lo, atirou-a.

Dirk abaixou-se, e ela esparramou em sua cabeça.

— Trégua! — Cameron gritou. — Precisamos ir embora, e tenho notícias!

Eles limparam a roupa e entraram no carro. Cameron nunca compreendera aquilo em si mesmo, mas, além de gostar de tempestades, ele não se importava em dirigir no meio delas. Podiam dar medo, mas sua idéia era dirigir o máximo e chegar o mais distante possível, tentando sobreviver à nevasca.

Estar num carro aquecido, com o tanque cheio e um bom amigo, o que poderia ser melhor? Atravessar a cidade e entrar na I-90 levou apenas alguns minutos, e, embora o tráfego estivesse lento, as máquinas para remover neve pareciam estar dando conta da tarefa.

No primeiro pedágio, o funcionário perguntou:

— Até onde vai?

— Jersey.

— Boa sorte. Tem correntes?

— Vou precisar?

— Talvez, quanto mais for para o sul. Não queira bancar o herói.

Algumas horas depois, já passava da meia-noite, e Cameron chegou à I-84. A princípio, ela parecia mais iluminada, e o tráfego, mais leve. Esperava então ganhar algum tempo. Dirk se pusera a falar por todo o caminho sobre teorias de conspiração, e, sempre que podia concentrar-se na conversa, Cameron divertia-se com o amigo.

— Eu não sabia que as Ilhas Britânicas também produziam teóricos de conspiração — disse ele. — Pensei que esses iluminados e excêntricos da Comissão Bilderberger e Trilateral estivessem todos nos Estados Unidos.

— Você não acredita em nada disso? — perguntou Dirk.

— Se tivesse trabalhado com Joshua Todd-Cothran na Bolsa poderia mudar de idéia.

— Ou trocá-la.

— Engraçado.

— Fale a verdade, Dirk. Você acredita em tudo isso?

— Não sei o que pensar, mas faz sentido para mim. Jonathan Stonagal é membro secreto de várias organizações, e, quando corre o boato de que ele, Todd-Cothran e mais um grupo de corruptos se reúnem, seguem-se decisões financeiras importantes que afetam o mundo inteiro.

— Que bom que não estudei economia.

— Não se engane, Cam. Todos fazemos parte da economia. A economia é tudo. Pensei que um jornalista soubesse disso. Quer encontrar a fonte da mudança, do problema, de qualquer coisa? Siga o dinheiro.

DEZENOVE

Nicolae olhou por sobre o ombro e viu seus guarda-costas conversando entre si. Não importava. Ele se sentia seguro em seu próprio terreno. Não precisava que vigiassem cada movimento seu, olhando tudo que fazia.

Queria orar, mas isso era privado. Não precisava ajoelhar-se ou inclinar-se, embora sentisse certa obrigação para com seu espírito-guia, quem quer que fosse ele. Certa vez, condescendera em admitir sua dependência de seu guia e teve a temeridade de perguntar com quem estava se comunicando. Foi recebido com um silêncio frio e aceitou isso como significando que não tinha o direito de perguntar ou que a hora não era oportuna.

No momento, não se importava com a identidade de seu informante do mundo dos espíritos. Tudo que Nicolae queria era uma confirmação de que o conselho de Leon Fortunato podia ser considerado.

Ele espiou novamente, achando que estava suficientemente afastado para evitar ser descoberto. Caminhou devagar na direção do sol que nascia, sussurrando: — Meu senhor e mestre, ensine-me como me comportar para que possa atrair as massas e para que elas me dêem o que desejo.

Parou e pôs-se a escutar, sabendo que não ouviria nada audivelmente. Estava abrindo o espírito a impressões, mensagens de além do invólucro mortal. O rosto de Nicolae ficou vermelho quando acreditou que uma mensagem fora dada à sua alma.

— Deixe que os outros louvem você — dizia ela. — Torne os seus dons disponíveis, mas não mostre empenho em fazer qualquer esforço.

Já era madrugada quando Cameron finalmente entrou na I-91 Sul. No geral, levava menos de meia hora para chegar à I-95 Sul, cobrindo os 177 quilômetros que o levariam a Nova Jersey. O caminho era, porém, lento e traiçoeiro. Alguns carros escorregavam para fora da estrada, e outros capotavam. A máquina de remover neve ocasional só podia ser seguida devagar e a uma distância segura. Cameron não compreendeu como Dirk conseguia dormir numa hora daquelas. Teve de dizer a si mesmo que relaxasse as mãos do volante e os ombros, que piscasse, que respirasse.

No momento em que Cameron sentia o carro patinar ou qualquer possibilidade de ele movimentar-se como um rabo de peixe, tirava o pé do acelerador. Passou mais duas horas na I-91 e, quando a I-95 finalmente apareceu, acreditou estar a meio caminho de casa. Era difícil imaginar que ficaria no carro muito mais horas.

Jonathan Stonagal sentou-se na cama, acordando subitamente bem antes do amanhecer em sua cobertura em Manhattan. Alguma coisa incomodava seu cérebro. Carpathia, sua esperança do futuro. Segundo Reiche Planchette, o jovem era tudo e mais do que haviam esperado, exceto que estava claramente começando a sentir sua importância.

Stonagal apertou um botão na mesa da cabeceira, e dentro de instantes seu criado da noite bateu de mansinho e abriu uma fresta da porta.

— Em que posso ajudar, senhor?

— Que horas são em Bucareste?

O criado entrou e usou a luz do corredor para iluminar seu relógio.

— Tarde da manhã, senhor.

— Ligue para Fredericka.

— Passa apenas das quatro horas aqui, sr. Stonagal.

— Sei que horas são aqui, Benny.

Alguns minutos mais tarde, Benny informou ao bilionário que sua secretária estava na linha.

— Está acordada, Fredericka? — perguntou Stonagal.

— Agora estou — respondeu ela. — Alguma emergência?

— Quero saber quando Planchette vai chegar.

— Precisa saber agora?

— Logo.

— Eu telefono.

Stonagal desligou sem despedir-se, agradecer ou pedir desculpas por tê-la acordado. Ele nunca se desculpava com um subordinado e não seria agora. Pagava a Fredericka mais do que o suficiente para que ficasse à disposição vinte e quatro horas por dia sem permitir que a má vontade invadisse a sua voz.

Alguns minutos depois, Fredericka voltou a telefonar, informando:

— O sr. Planchette pode estar aqui esta tarde. Ele resolveu as coisas com Carpathia, mas quer conversar com o senhor agora, se possível.

— Resolveu com Carpathia o quê?

— Não perguntei, senhor. Ele pode telefonar agora?

— Não! Pergunte se ele sabe que horas são aqui. Diga que conversarei com ele quando chegar e me avise de todos os detalhes.

Cameron percebeu que piscava cada vez mais deliberadamente. Seus olhos ficavam fechados mais tempo do que deveriam. Ele abriu uma fresta da janela e bateu no rosto. Não era possível dirigir naquele tempo sem completa atenção.

— O que houve? — perguntou Dirk. — Estou congelando.

— Fecho a janela e deixo você torrado se quiser tentar dirigir — disse Cameron.

— Desculpe-me ter falado. Continue. Como vão os medidores?

Cameron nem pensara em verificar. Tinha combustível suficiente para chegar a Princeton, mas ficou alarmado ao descobrir que o medidor de temperatura apontava direto para cima, e o de óleo, exatamente o contrário.

— Puxa! — exclamou.

— Quanto falta para o próximo oásis? — indagou Dirk.

— Talvez meia hora.

— Isso não é bom. — Dirk virou-se no assento e olhou pela janela traseira.

— Você já está queimando óleo. Vai fundir o motor.

— Devo parar?

— Não sei. Estamos no meio do nada e não seríamos prioridade para as equipes de emergência. Melhor tentar arrastar-se até o próximo local de descanso.

Os jornais diários da Romênia descreviam profusamente a história da generosidade de Nicolae Carpathia, que estabelecera um fundo para a educação do filho adolescente de seu contador recém-falecido. As notícias ressaltavam o fato de que a vítima deixara recentemente o emprego de Carpathia para entrar na empresa de seu maior concorrente e rival político, Emil Tismaneanu.

Quando a história chegou aos noticiários da televisão, Tismaneanu estava sendo questionado sobre a razão disso ser da responsabilidade de Carpathia.

— Para falar a verdade — respondeu Tismaneanu — o homem mal começara a trabalhar comigo. Creio que o sr. Carpathia devia mais a ele do que eu.

Nicolae sentiu-se tentado a insurgir-se contra seu adversário e desafiá-lo a igualar a quantia do fundo, mas, quando falou a Fortunato sobre a sua vontade e o que acreditava ser a impressão dada pelo seu espírito-guia, mudou de idéia.

— O sr. Tismaneanu já tem problemas suficientes no momento — disse Nicolae ao entrevistador — Ele parece estar se arrastando na corrida, e há tantos pontos em que discordamos por completo que prefiro não acrescentar essa discussão sem importância às nossas divergências. Sinto-me satisfeito em pagar sozinho o fundo e não quero sobrecarregar meu adversário com a responsabilidade.

Fortunato telefonou.

— Brilhante, Nicolae. — Espere apenas pelas pesquisas de opinião de amanhã. Você vai subir ainda mais por causa disso; confira. Com sua permissão, vou afixar desafios em toda parte para outro debate com Tismaneanu. Aceitá-los poderia ser seu dobre de finados. Declinar teria o mesmo efeito.

Tudo que dizia respeito ao Volvo acabou de vez. Cameron sentira orgulho por mantê-lo na estrada, e, de repente, todos os medidores se acenderam, as luzes do painel se apagaram, a luz dos faróis diminuiu e o carro parou. Tudo que ele pôde fazer foi esforçar-se para encostar o veículo em um monte de neve.

— Não temos fonte de calor — disse Dirk —, e não estou interessado em abraçar-me com você.

Cameron procurou em sua bagagem uma camiseta suja e amarrou-a em cima do carro. Ele e Dirk ficaram lá dentro até enxergarem luzes de faróis. Então, saíram e sacudiram os braços pedindo ajuda. Os primeiros carros não os viram ou os ignoraram.

Quarenta minutos depois, o frio começando a enregelá-lo, Cameron chegou perto demais de uma máquina removedora de neve que enterrou o carro e seus dois ocupantes em um montão de neve parcialmente derretida. O motorista deveria tê-los visto no último minuto, porque desacelerou o motor e se aproximou cuidadosamente deles.

— Desculpe-me! O que aconteceu?

— Sem óleo e superaquecido! — Cameron respondeu.

— Subam!

Cameron e Dirk agarraram suas coisas, imaginando o que o motorista da máquina poderia fazer para ajudar.

— Você tem contato pelo rádio com uma empresa de guincho ou coisa parecida?

— Tenho, mas todos estão ocupados. Posso levar vocês até a próxima saída, cerca de uma hora para o sul, e quem sabe conseguem alojar-se num dos hotéis. Não vão ter ajuda para esse carro pelo menos por dois dias.

VINTE

Jonathan Stonagal não era o tipo de pessoa que respeitava quem quer que fosse, nem mesmo velhos conhecidos, sócios e amigos. Quando Reiche Planchette foi introduzido em seu escritório naquela tarde, parecendo suado e desalinhado depois do longo vôo e da corrida de táxi pela cidade de Nova York coberta de neve, Stonagal nem sequer se levantou.

Planchette foi depressa até a mesa e estendeu a mão. Stonagal apertou-a levemente com uma das mãos, e com a outra endireitou o que Reiche desarrumara.

— Obrigado por convidar-me. Uma viagem demorada. Trânsito péssimo.

Stonagal apontou para uma cadeira ao lado, e Planchette sentou-se com o casaco e a pasta no colo.

— Há um lugar onde posso colocar isto? — perguntou como se desculpando, com o casaco nas mãos.

Stonagal franziu o rosto e apertou o botão do interfone.

— Fredericka, venha pegar o casaco do homem. O que há com você?

— Sinto muito, sr. Planchette — disse ela, entrando apressada.

No momento em que a secretária saiu, Stonagal abordou o ponto.

— Diga-me como estão as coisas na Casa Carpathia. Como vai a sra. Ivinisova?

— Bem, ela é chamada exclusivamente Viv Ivins agora e...

— Por quê?

— Para esconder sua etnia russa, penso eu.

— Outra vez, qual a razão?

— Não sei. Nicolae admitiu Leonardo Fortunato como conselheiro. Deu-lhe um escritório em seu complexo.

— Ótimo. Ótimo. Conheço Leon. Tem o potencial para ser um embusteiro, mas será também útil.

— Os negócios iam bem até o problema com o Intercontinental.

— Mais do que um problema, eu diria. Verei novamente os meus cem milhões?

— Isso está fora de minha área de especialização — Planchette respondeu. — Corona está confiante, mas o fracasso os atingiu bastante também. Se Carpathia faltasse, seria o pior que poderia acontecer. Seu adversário político com certeza usaria isso para esmagá-lo. Se não o fizer, Nicolae parece um candidato tido como já eleito.

— Ele precisa continuar nessa posição. Garanta a ele que cobrirei o empréstimo. Quero o dinheiro de volta, não se engane, mas irei garanti-lo pessoalmente por enquanto. Desse modo, ele pode negar categoricamente qualquer acusação de Tismaneanu. Mal posso esperar pela eleição. Quando vai ser?

— Na primeira semana de março.

— Será ótimo ver aquele velho tolo fora dali.

— E o nosso homem dentro.

Isso fez Stonagal sorrir.

— E nosso homem dentro. Esse é apenas o primeiro passo de muitos outros bem grandes, Reiche. Parece que já faz um quarto de século que começamos?

— O tempo voou, sr. Stonagal. Tem sido um privilégio.

— Fale-me sobre o nosso rapaz. Que tipo de homem ele se tornou? Ficaremos orgulhosos dele uma vez que seja eleito?

Dirk, é claro, não tinha nada a perder e coisa alguma importante que o esperasse em Princeton, portanto Cameron não podia reclamar de que dormisse profundamente durante a situação.

Uma pequena pousada familiar permitira que os estudantes dormissem em sofás no saguão até que um quarto se desocupasse de madrugada, quando uma equipe de trabalhadores de resgate saísse. Cameron passou a maior parte do tempo andando de um lado para o outro e telefonando para ver se poderia chegar ao aeroporto a tempo para seu vôo até Tucson. Nada feito.

Quando o relógio finalmente passou da hora em que um milagre poderia ter permitido que as coisas se encaixassem, Cameron tentou dormir, deixando para depois o temido telefonema para a família. Conseguiu afinal dormir, entrecortadamente, por algumas horas, até ser acordado por um sol forte. Infelizmente, embora a neve tivesse cessado, o sol só derretera neve e gelo suficientes para interditar as estradas quando a temperatura baixou de novo. Até as máquinas removedoras de neve estavam com dificuldades na estrada.

Cameron e Dirk ficaram presos.

— Sua mãe vai ficar terrivelmente desapontada, Cameron — disse o pai ao telefone.

— Eu também estou, pai. Não sei o que mais poderia ter feito.

— Talvez devesse ter vindo para cá, em vez de ir a Boston.

— Tem razão, essa talvez fosse a coisa certa a fazer. Mas mamãe queria que eu fosse, e eu teria perdido uma oportunidade única de emprego.

Ele contou ao pai tudo a respeito, mas sentiu-se frustrado com a resposta pouco entusiástica dele. Pediu então para falar com a mãe.

— Não dá agora, Cam. Ela está tendo um de seus maus dias.

— O que isso quer dizer?

— Dorme e acorda. Não consegue comer. Não está coerente. O médico acha que devemos levá-la para o hospital, mas ela fica tão irritada quando tentamos...

— Está piorando?

— O quê? Onde tem estado, rapaz? É claro que está piorando. É isso que o câncer faz. Mata você no fim.

— Sei disso, pai. Só queria saber se é iminente ou...

— Não tenho idéia do que *iminente* significa, mas acho que você deve vir para cá o mais depressa possível.

— Pai, estou quebrado. Minha passagem não era reembolsável. Meu carro está provavelmente perdido. Nem sei como vou voltar para a escola.

— É melhor pensar em alguma coisa, Cameron. Sua mãe quer vê-lo.

Nicolae teve de admitir: Fortunato provara estar certo com relação a Tismaneanu e ao desafio para o debate. As desculpas para o seu não envolvimento novamente fizeram o adversário parecer um perdedor.

— Nada é servido com esse desperdício de tempo — disse Tismaneanu. — Acho que o sr. Carpathia deve ter coisas mais importantes em sua agenda do que investir suas energias em criticar tudo que tentei fazer para o povo da Romênia. Por exemplo, ele poderia aplicar-se em tirar seu vasto império de uma enorme dívida. Se abrisse falência por causa de um investimento impetuoso em um esquema tecnológico americano, os contribuintes teriam de arcar com a conta. Acredito que evitar isso seria um uso mais digno do seu tempo.

As forças de Nicolae imediatamente responderam ao tiroteio com um desafio para provar que a Carpathian Trading devesse um só centavo.

Tismaneanu mordeu fundo, anunciando que um exame da documentação pública do Intercontinental Bank provaria suas acusações.

No espaço de uma hora, as notícias cobriram Bucareste, anunciando que o Intercontinental confirmara que "Nicolae Carpathia e a Carpathian International Trading são clientes respeitados nesta instituição financeira e nem o homem nem sua empresa têm qualquer dívida. Ao contrário, grande parte dos bens do sr. Carpathia está investida aqui".

Isso foi praticamente o fim de Tismaneanu e sua candidatura. Para todos os propósitos práticos, ele estava acabado.

Jamais iria recuperar-se, e ficou claro que Nicolae Carpathia seria eleito.

Cameron ficou sentado cabisbaixo no dormitório de Dirk Burton, enquanto o amigo somava na calculadora as faturas do guincho do seu carro e as contas do conserto.

— Este é o feliz total — disse Dirk, tirando o papel e colocando-o à frente do nariz de Cameron.

— Puxa! Nem sei como vou conseguir viajar para Tucson nas férias da primavera.

— Por que não pedir um adiantamento ao *Globe?*

Essa era uma boa idéia. Cameron não gostava de pedir. Seria um telefonema difícil. Contudo, depois de falar com o irmão, ficou mais disposto a aceitar a sugestão de Dirk.

Estava sozinho em seu quarto tarde naquela noite quando Jeff telefonou.

— Você não entendeu, ou o quê?

— É claro que entendi. O que quer que eu faça?

— Venha para cá! É tão difícil de entender? Você não tem prioridades?

— Você tem uma varinha mágica, Jeff? Estou desesperadamente endividado aqui.

— Peça, tome emprestado, roube, faça alguma coisa. Mamãe está morrendo. Ela se encontra na UTI, chamando por você.

— Obrigado por me fazer sentir culpado.

— Achei que tinha de saber. Não fica nada bem, Cam. Você sabe que é o favorito dela, e...

— Não comece com isso de novo, Jeff.

— Eu não me importo. Acho apenas que deve corresponder. Tudo que fiz foi ficar aqui e batalhar ao máximo pela família, pelo negócio. E o que recebo? Você está aí fazendo o que quer, descobrindo a si mesmo, perseguindo o seu sonho e ficando na pior depois de receber um prêmio. E quem é que ela está chamando?

— Sinto muito, Jeff. Estou certo de que ela aprecia tudo que você fez. Ela apenas...

— Você não entende, Cam. Na verdade, nunca entendeu. Eu não me importo. Estou fazendo o que acho certo. O ponto é este: se ela quer vê-lo antes de morrer, quero que veja você antes disso. Venha para cá de qualquer jeito, está bem?

— Vou fazer o possível.

Na manhã seguinte, com as mãos trêmulas, Cameron telefonou para Dizzy Rowland.

— Ótimo ouvir sua voz, filho. Tem uma história para nós?

— Não, gostaria muito de ter.

— O que posso fazer por você?

— Eu estava meio que esperando que tivesse uma história para mim.

— Iremos entrar em contato com você se surgir alguma coisa aí que deva estar no *Globe*. Você pode ter uma idéia melhor sobre ela do que nós.

— Que tal uma história de interesse humano?

— Claro. Esse é o seu ponto forte, e teríamos de contar com você para consegui-la. Não há muitas notícias em Princeton que os leitores de Boston não possam obter em outra parte. Portanto, sim, algum drama, interesse humano, algo patético. Tem algo em mente?

— Que tal a história de um estudante da faculdade que não pode ir para casa para ver sua mãe que está morrendo por se encontrar sem dinheiro e porque seu carro acabou?

Rowland ficou um momento em silêncio.

— Isso poderia funcionar se for tratado com delicadeza, é claro. Não sentimental demais. Bem direto. Quem sabe dizendo como o garoto finalmente fez a viagem acontecer. Os amigos colaboram, esse tipo de coisa.

— Posso mandar para você?

— Claro, damos uma olhada.

— Olhe, esta é a pergunta difícil.

— Diga.

— Há algum meio de receber um adiantamento por essa história?

— Num artigo especial? E se não aceitarmos?

— Eu ficaria então devendo.

— Você está sem dinheiro, Cameron? Precisa de algum?

— Preciso.

— É bastante incomum, mas, se for por uma boa causa, posso dar um jeito. Só desta vez, sabe. Não somos um banco.

— Eu sei. Porém, veja, eu sou o sujeito da história.

Rowland suspirou alto.

— Por que não me disse, filho? De quanto precisa? E não explore essa história, a não ser que haja realmente algo nela. Diga-me para onde mandar o dinheiro.

VINTE E UM

— Estou morrendo, espiritualmente, de inanição — afirmou Irene.

Jackie se achava com ela no parque, vigiando Raymie e Brianna nas barras.

— Você pode imaginar como isso me faz sentir, Irene? Lamento muito.

— Não, Jackie! O que você transmite para mim a cada semana é fabuloso. Estou aprendendo tanto e também crescendo, espero. Não basta, porém. Tento fazer as tarefas diárias — a leitura, o estudo, as orações, mas gostaria de estar envolvida em uma igreja onde pudesse ser usada. Onde pudesse saturar-me do ensino bíblico e da pregação todos os domingos.

— Você é sempre bem-vinda na Nova Esperança, Irene.

— Eu sei. Talvez chegue o dia em que vou estar pronta para exigir isso de Rayford. Por enquanto, tudo em nosso casamento é como ele quer. Não há uma verdadeira troca. Ele é um bom provedor e ótimo pai. As crianças são loucas por ele. Se apenas tivesse um mínimo de consideração, eu ficaria mais do que feliz em deixar que minha vida girasse em torno dele. Alguma coisa me diz, entretanto, que ele tem a idéia errada do que significa ser o chefe da casa.

— Veja bem — disse Jackie. — Até os homens cristãos muitas vezes não entendem isso. Dooley e eu tivemos de trabalhar esse aspecto bem cedo em nosso casamento. Ele foi criado em uma igreja onde ensinavam que, pelo fato de o homem ser o cabeça do casal, isso significava que ele tomava todas as decisões. Íamos aonde ele queria ir, comíamos o que ele queria comer — até mesmo *quando* ele queria comer. Sempre que havia uma divergência, ele ganhava. Eu me sentia um fracasso, ficava ressentida e achava que estava deixando de amá-lo.

— Vocês dois parecem tão unidos agora — a não ser que seja só aparência.

— Não, tudo está bem hoje. Ele se transformou por completo.

— Como? O que aconteceu?

— Aprendeu alguns ensinamentos bíblicos sólidos. O pastor Billings é um homem muito sábio. Está casado há muito tempo com uma mulher que continua apaixonada por ele, e vice-versa.

— Como conseguiu isso?

— Ele deve praticar o que ensina, não acha?

— O que ele diz sobre o aspecto do cabeça da casa?

Jackie chamou Brianna e limpou o nariz dela, depois mandou-a de volta aos brinquedos.

— Ele adverte os maridos de que a responsabilidade espiritual é uma tarefa séria que exige muita prestação de contas. Diz a eles que terão de responder pela saúde espiritual da esposa um dia. Sem dúvida, destrói a idéia de que receber autoridade espiritual significa fazer o que quiser, o tempo todo. Diz também que o papel só deve ser colocado em prática quando marido e mulher chegam a um impasse em relação a um problema importante. Caso contrário — diz ele — você deveria submeter-se ao outro e colocar o outro acima de você.

— A melhor parte foi quando ensinou que o homem deve tratar sua mulher como um investimento. Quanto mais você investe, tanto mais lucra. Trate-a bem, ame-a, dê-lhe honra, e você obterá eventualmente o mesmo em troca. Consulte a ela, aceite seus conselhos e ame-a como Cristo amou a Igreja. Pensar que a liderança espiritual significa que você faz tudo do seu jeito está bem longe do conceito de dispor-se a morrer por sua esposa. Estou lhe dizendo, Irene, o Dooley nunca mais foi o mesmo depois de aprender isso. Nosso casamento também mudou.

Irene desviou os olhos para esconder as lágrimas. Quanto tempo fazia desde que se sentira querida por Rayford? E essa idéia de um cônjuge ser um investimento... e se ela investisse em Rayford, esperando pelos dividendos que precisava? Como ele poderia apreciá-la, se ela não provasse que também o apreciava?

— Boas notícias, Jeff — disse Cameron. Ele contou ao irmão sobre o adiantamento do *Globe* e como isso permitiria que fosse para casa nas férias da primavera.

— Diga isso a mamãe, está bem? Se ela estiver disposta a conversar, me avise e telefono... Jeff? Você está aí?

— Estou aqui.

— Você me ouviu?

— Ouvi.

— E?

— Você sabe, Cameron, é nessas horas que não admiro você. Todo mundo tem pena de mim porque sou o irmão mais velho, e você, a estrela.

— Jeff.

— Você é o grande sucesso. Partiu para buscar fama e fortuna, e eu não passo de um caminhoneiro pateta.

— Pare com isso, Jeff. O que deu em você?

— O fato de você ainda não entender! Não sei outra maneira de dizer isso, Cam. Para um garoto esperto, você não é muito inteligente, não é? Se tem os meios de vir para cá, por que não está num avião? Vou buscá-lo no aeroporto.

— Jeff, não posso ir agora. Perdi tempo com o problema do carro, a nevasca e tudo o mais. Estou atolado em aulas, projetos, o jornal da escola, todo tipo de...

— Quer ver sua mãe antes que ela morra?

— Claro que sim, eu...

— Confie em mim. Ela vai estar enterrada há dois meses quando chegarem suas férias da primavera.

— Está falando sério?

— Claro!

— É iminente então.

— Pode ser a qualquer hora, Cam. Não quero mais continuar com esta conversa. A única coisa que mantém a mamãe viva é pensar que você chegará a qualquer minuto.

— Muito bem. Ouça. Tenho uma prova amanhã à tarde e um compromisso na manhã seguinte. Pego um avião nessa noite. Não vou poder demorar muito, mas...

— Você nem chegou ainda e já está pensando na volta.

Cameron teve um vislumbre de si mesmo no espelho, passando a mão no cabelo. Viu também a si mesmo nos comentários de Jeff e não gostou do que viu em ambos os reflexos.

— Tem razão — disse ele. — Desculpe-me. Vejo você em breve.

A família Steele inteira sentou-se para jantar, uma das poucas vezes em que isso acontecia a cada mês. Chloe tinha um brilho nos olhos verdes e usou as duas mãos para pôr o cabelo loiro atrás da orelha.

— Prontos para a minha surpresa? — disse ela.

Irene levantou os olhos.

— Você tem uma surpresa?

— Não. Só disse isso à toa.

Chloe sorriu, mas Irene ficou outra vez espantada com a rapidez da resposta e o humor ácido da menina de 12 anos. No geral, quando era assim sarcástica, não estava brincando.

— O que é, Chloe? — perguntou Rayford.

Chloe levantou o prato e pegou seu boletim, entregando-o primeiro ao pai — o que magoou Irene.

— Puxa! — disse ele baixinho. — Que ótimo, mas não é na verdade uma surpresa.

— Vai ser para a mamãe. Ela acha que eu vou para o inferno.

— O quê? Eu nunca disse isso.

— Mas você acha. Sei que acha. — Chloe ainda sorria de modo desconcertante.

Rayford passou o boletim para Irene.

— Todas notas A — disse ela, e todos esses comentários dos professores: *Excelente atitude. Participação impressionante. Uma líder. Uma alegria tê-la na classe.* Isso é maravilhoso, filha. Parabéns pelo seu bom trabalho.

— Obrigada. Agora, como vamos comemorar?

— Não sei — respondeu Irene. — Sua sobremesa favorita amanhã à noite?

Raymie berrou com a boca cheia:

— Sobremesa!

— Vamos, mãe. Não tenho cinco anos. Um trimestre inteiro de trabalho duro e ótimas notas devem valer mais do que os seus biscoitos de chocolate. Embora sejam os melhores.

— Biscoitos! — gritou Raymie. — Os melhores!

— O que você estava querendo? — perguntou Rayford.

Chloe deu uma risadinha. — Você sabe o que a mamãe diz todos os anos quando perguntamos o que ela quer de aniversário? Nada senão obediência e um pouco de respeito.

Até Irene riu.

— Eu digo isso, não é?

Chloe concordou.

— Quero algo assim.

— Obediência?

— Eu não sonharia com isso, mas um pouco de respeito seria ótimo.

— Eu respeito você, Chloe. Amo você. Sabe disso — falou Irene.

— Sei que me ama, mãe. Respeito é outra história.

Quando aquela menininha crescera tanto? tão articulada? tão fria? Irene preocupou-se com a direção que a conversa estava tomando e com o impacto que poderia causar ao Raymie. Até então, ele parecera ignorá-la, exceto quando se falou de biscoitos.

— Tendo em mente que pequenos jarros têm orelhas grandes — disse Irene — o que preciso fazer para provar que respeito você?

— Você fala muito sobre jarros pequenos e orelhas grandes, mamãe. O que isso quer dizer?

— As alças de um jarro são também chamadas de orelhas, Chloe. É só uma expressão que significa que precisa ter cuidado com o que fala diante de criancinhas que ouvem tudo.

— Tanto faz.

— Levando isso em conta, qual o seu objetivo?

— Acho que já tenho idade suficiente para começar a tomar algumas de minhas próprias decisões, isso é tudo.

— Suas notas provam que é amadurecida e responsável, embora discorde que possa tomar decisões como um adulto. Eu continuo sendo a mãe, e você, a filha.

— Sei disso muito bem.

— Vamos, Irene — interrompeu Rayford. — Você nem sabe ainda o que ela quer.

— Não, mas garanto que você sabe. — Irene esperava estar errada, mas podia dizer, pelo olhar de Rayford, sem mencionar o de Chloe, que tinha acertado. Aqueles dois haviam conversado por trás dela. Rayford provavelmente ensinara Chloe como manipular a mãe com boas notas no boletim.

— Muito bem, pode falar. Qual o preço desse boletim?

— Respeito — respondeu Chloe. — Eu já disse.

— Deixe de fazer onda. O que quer em termos práticos? Quais decisões você acha que deveriam ser só suas?

— O que eu faço com os meus domingos.

Irene tentou morder a língua. Ela queria explodir, acusar Rayford de conspiração, dizer que a Escola Bíblica Dominical e a igreja não estavam em pauta. Orando em silêncio por sabedoria e moderação, ela forçou-se a comer mais um pouco. Por que ser como Jesus era tão difícil? Impossível até então, concluiu ela.

— Nada de respeito, não é? — disse Chloe.

— Cuidado com o que fala, mocinha.

— Pelo menos, me dispense da Escola Bíblica Dominical! Fico no culto com você, mas aquelas histórias tolas! E aquelas crianças tão bobas!

A verdade era que Irene achava os sermões do dr. Bohrer também tediosos. Não eram as aulas ou os cultos; era a igreja. Desde que Rayford e Chloe estavam conspirando para passar a perna nela, Irene sentiu-se livre para disparar suas armas mais agressivas.

— Está bem — disse ela. — Vou fazer um trato com você. Vamos experimentar uma igreja nova, da qual penso que ambas vamos gostar. Freqüente a Escola Bíblica Dominical e o culto durante um mês sem se queixar, e depois permito que decida se quer continuar indo ou não.

— Nada disso — interferiu Rayford. — Você não vai arrastar minha filha para aquela igreja dos puladores santos.

— Rafe! Ela é também minha filha. E não é dos puladores...

— Papai! Isso parece justo. Vou aceitar com espírito esportivo. Não imagino que seja diferente, mas posso experimentar algumas semanas, se puder realmente decidir no final.

— Não gosto disso — falou Rayford. — Isso quer dizer que terei de ir também.

Agora você está realmente pensando, refletiu Irene.

VINTE E DOIS

A pressão — a parte carnal da campanha, estava sobre Nicolae, e ele sentiu-se agradavelmente surpreso ao descobrir como apreciava isso. Fora sempre uma pessoa reservada, e a idéia de acampar em um ônibus ou estação de trens, ou fora de uma fábrica no final de um dia de trabalho — só para apresentar-se às pessoas — a princípio o repeliu.

Ele gostava quando o procuravam e podia garantir — ou escolher não garantir — público. Leon, no entanto, insistiu em que um homem não poderia esperar influenciar as massas sem provar que era um deles.

— Mas eu não sou — disse Nicolae.

— É claro que não. As pessoas sabem instintivamente disso. Essa é a razão de ser tão importante para você provar, em essência, que não se importa de condescender com o nível deles. Você deve, porém, Nicolae, vender essa idéia. Nada de correr para a limusine no momento em que fica livre. Nada de compartilhar com eles em sua lanchonete e meia hora depois ser visto em um café elegante. Olhe nos olhos deles, ouça, cumprimente cordialmente. Pareça sincero.

— Ou finja.

— É claro.

— Está dizendo que não vamos usar os meus carros para ir a esses lugares?

— Será melhor usar o meu. É grande, confortável e talvez mais apropriado.

O carro de Fortunato era um SUV que atraía pouca atenção. Nicolae começou ficando do lado de fora do portão de uma siderúrgica. Enquanto os homens e mulheres saíam, cobertos de fuligem e graxa, claramente exaustos, Nicolae ficou debaixo de um grande letreiro e estendeu a mão a cada passante.

— Olá, meu nome é Nicolae e sou candidato ao Parlamento.

Muitos o ignoraram, o que foi para ele uma experiência nova que o enfureceu. Outros, especialmente mulheres, disseram: — Sei quem você é. Eu o vi na televisão. — Mais da metade desejou-lhe boa sorte e disseram que iriam votar nele. Outros informaram que apoiavam Tismaneanu; mas, de maneira estranha, estavam sempre prontos a apertar-lhe a mão.

— Já trabalhou algum dia em sua vida? — perguntou um homem, fixando os olhos nos de Nicolae. Outros ouviram a pergunta e se aproximaram. Isso atraiu outros ainda, perguntando o que estava acontecendo. Quando a pergunta era sussurrada em seus ouvidos, chamavam novos interessados.

Isso estava mais de acordo. Nicolae sentiu-se ofendido com a pergunta, mas gostava de uma audiência, e aquela era a oportunidade para praticar sua recém-fabricada humildade.

— Obrigado por perguntar — disse ele. — É uma pergunta justa. Terei todo o prazer em responder.

— Vocês talvez se espantem ao saber que fui criado por uma mãe solteira e que era esperado que fizesse a minha parte na casa e na fazenda. Fui criado no campo e limpei minha cota de estábulos. Sempre fui um bom aluno, com inclinação para os negócios. Aceitei então um risco, usei meu próprio dinheiro e montei uma empresa.

— Ouso dizer que não trabalho tão duro quanto vocês e que isso me faz admirá-los. Mas me ocupo durante muitas horas e forneço empregos, salários e benefícios para uma porção de gente. Quero ver mudança e reforma em meu país, assim como tenho certeza de que vocês também querem. Espero poder contar com os seus votos.

Nicolae afastou-se debaixo de aplausos calorosos e um sentimento profundo, faminto. Ele gostava de se comunicar com grupos. Queria fazer isso outra vez. A parada seguinte foi numa estação de trens, onde as pessoas pareciam ter ainda mais pressa em movimentar-se. A experiência foi a mesma. Ele cumprimentava os que se detinham — alguns o observaram, outros não; muitos o reconheciam, poucos não. De repente, alguém fazia uma pergunta difícil, as pessoas o rodeavam, e Nicolae então se exibia.

De volta ao carro, ao se dirigirem para casa, ele disse a Leon:

— Temos de tornar essas aparições mais eficientes. O aperto de mãos de um em um é bom e vai parecer ótimo no jornal e nos noticiários. Mas as coisas começam realmente a acontecer quando sou desafiado e posso me defender.

— Qual a sua sugestão?

— Que insinuemos essas perguntas, que elas sejam colocadas no ar logo após minha chegada. Desse modo, não haverá perda de tempo e a parte embaraçosa de encontrar as pessoas e cumprimentá-las individualmente, pois iremos diretamente para o ponto crucial.

— Brilhante — afirmou Leon. — Você nasceu para isso.

Cameron Williams estava esperando no portão pelo seu vôo para Tucson quando atendeu a um telefonema do irmão, Jeff.

— Quando vai ser o seu vôo de retorno?

— Depois de amanhã.

— Tem tempo para mudar isso antes de entrar no avião?

— Se for necessário. Por quê?

— O sepultamento é depois de amanhã. Vai precisar de pelo menos mais um dia aqui.

— Jeff! Está dizendo...?

— Há uma hora. Não queria lhe dizer isto, Cameron, mas ela ficou perguntando por você até o fim.

Cameron praguejou.

— Eu não precisava ouvir isso.

— Precisava, sim. Deveria estar aqui.

— Está bem. Eu sei. Estou a caminho.

— Um dia atrasado e...

— Não diga nada, Jeff, por favor!

O vôo foi normal, mas pareceu mais longo do que nunca. Cameron não tinha apetite e, embora cansado por ter corrido para deixar tudo em ordem antes de partir, não conseguiu dormir. É claro que a mãe estava em seus pensamentos o tempo todo.

Eles tiveram um relacionamento longo e estranho. Quando adolescente, Cameron descobrira que a mãe acreditava em tudo que ele dizia e começou então a contar-lhe o que ela precisava ou queria ouvir. A mãe confiava nele, o admirava, cria nele, e o filho tirara, deslavadamente, proveito disso.

Cameron não fora um mau filho. Típico apenas. Gostava de festas e farras, mas na maior parte tinha sido um aluno consciencioso e um jovem jornalista de uma curiosidade insaciável. Por ter decidido cedo o que pretendia ser na vida, ele parecia mais maduro que os amigos, especialmente para os professores, autoridades e adultos de todas as faixas.

Trabalhara também com o pai, o suficiente para saber que não queria ficar preso à gasolina e ao óleo a vida inteira. Isso e muitas outras diferenças, como é natural, provocaram um rompimento entre ele e o irmão.

Cameron não gostava de pensar no confronto. Estivera errado; isso era tudo. Achara difícil acreditar que a mãe se achasse à beira da morte, especialmente por nunca tê-la visto desse modo. Fazia tempo que ela mantinha excesso de peso e mostrava sua idade, mas, de outro lado, era forte e cheia de energia, sempre ativa. Sempre gostara da próxima coisa nova que aparecia. Até imaginá-la no hospital fora difícil para Cameron.

Agora ela se fora. Culpado? Claro que sim. Mas também prático. Cameron não contribuíra para a sua morte e não iria castigar-se por isso. Poderia tentar parecer assim, para que seus parentes não sentissem necessidade de puni-lo; mas, além de sentir-se mal por não ter dado à mãe o prazer da sua companhia durante suas horas mais tristes, ele não sabia o que mais poderia fazer ou deveria ter feito.

Jeff nem sequer apertou a mão de Cameron, muito menos deu-lhe um abraço quando foi buscá-lo no aeroporto.

— Como está o papai? — perguntou Cameron, enquanto levavam suas malas para o carro.

— Ele sabia que esse dia chegaria, mas continua difícil. Vai ser bom ter os amigos e a família por perto. — Isso era o máximo que Jeff teria a dizer quanto a apreciar a presença dele ali, concluiu Cameron.

Cameron ficou aliviado ao descobrir que Sharon e as crianças esperavam no carro. Sua cunhada cumprimentou-o cordialmente e expressou sua simpatia. Jeff estava mais impassível do que nunca enquanto dirigia. Cameron tentou conversar sobre assuntos sem importância, mas foi repelido por respostas incisivas sempre que tentava.

Cameron virou-se finalmente para ele.

— Por que você não diz o que tem a dizer e desabafa de uma vez?

Jeff continuou a olhar para a estrada, mas respondeu:

— Talvez faça isso. Pensei que você nunca iria perguntar. Estou zangado, Cameron, tão zangado com você quanto nunca estive.

Você sempre foi egoísta, nunca se importou com mais ninguém. Mas isso é o cúmulo. O papai e eu tentamos mostrar a você de várias formas como era importante que viesse para cá antes que fosse tarde demais, e o que aconteceu? Chegou atrasado.

— Sinto muito, Jeff. Não sei mais o que dizer.

— Sente muito. Isso é fácil de falar agora, e a mamãe não pode ouvi-lo.

— Está bem, vai me deixar em paz?

Jeff apenas sacudiu a cabeça.

— Não se segure, se quiser falar mais — disse Cameron. — Não preciso desse tratamento o tempo todo em que eu estiver aqui.

— O que for mais conveniente para você, Cam. Basta avisar.

Cameron teve vontade de socar o irmão, sabendo muito bem que Jeff provavelmente desejava também socá-lo. Isso talvez ajudasse a aliviar a tensão entre eles. Quem sabe brigarem no funeral e deixar que a família inteira visse isso.

Sharon, sentada atrás de Cameron, pôs a mão em seu ombro, e Cameron ficou pasmo com o efeito que isso teve sobre ele. Ela não disse palavra, mas ele sentiu que comunicava simpatia, perdão, uma advertência para manter a calma, tudo isso. Ficou então na expectativa de um momento de diálogo com a cunhada a qualquer hora durante os dias que se seguissem.

Para imensa decepção de Irene, Rayford trocou os horários com alguém e teve de voar no domingo. Ela estava certa de que ele fizera isso de propósito, mas não permitiu que o fato a impedisse de levar Chloe e Raymie à Nova Esperança.

Ela nem sequer contara a Jackie que estava indo, e só a expressão no rosto da amiga valeu a viagem. Jackie imediatamente apresentou-a ao pastor Vernon Billings, um homem no fim da casa dos 50, amável e de boa aparência. Irene ficou bem impressionada com a maneira acessível dele para com todos. A Nova Esperança, é claro, era muito menor do que a sua igreja, mas de qualquer forma ela não estava habituada a um pastor que se misturava à congregação daquele jeito.

Irene ficou triste porque Raymie pareceu paralisado com o lugar e as pessoas desconhecidas, mas foi corajoso e não chorou. Ela garantiu-lhe que ele iria gostar e que, se tivesse um bom comportamento, os três iriam ao restaurante depois do culto.

Chloe estava em plena adolescentite, de cara fechada e mau humor, embora fizesse um esforço para ser amável com Jackie. Irene perguntou se a filha queria ajuda para encontrar sua classe da Escola Bíblica Dominical. Chloe respondeu:

— Oh!, não sei, mãe. Você acha que serei capaz de encontrá-la neste prédio enorme? Quer segurar minha mão e apresentar-me à professora?

— Vá indo então.

— Não vai pregar o meu nome na blusa?

— Vá!

Tudo que Irene queria era uma experiência mais pessoal e genuína com Deus, a qual se ajustasse ao seu novo relacionamento com Ele. Decidira não permitir que coisa alguma que descobrisse na Nova Esperança viesse a refletir-se negativamente sobre a sua igreja. Mas não conseguiu.

A primeira coisa que percebeu, depois da humanidade do pastor, foi a maneira de as pessoas lhe darem as boas-vindas. Perguntavam o seu nome e diziam estar contentes com a sua presença. Achou interessante que ninguém tivesse perguntado sobre seu marido ou família. Talvez tivessem aprendido a evitar embaraços para as divorciadas ou viúvas e esperar para saber a situação familiar dos recém-chegados.

O culto acabou sendo bem mais informal do que qualquer outro do qual participara. A igreja cantava hinos parecidos com aqueles com os quais estava familiarizada, mas pareciam mais fortes e vigorosos. Pensou que Rayford iria gostar, mas quem poderia dizer? Ele talvez o achasse aberto demais.

A oração era também diferente. Informal. Não fora escrita e lida. Mas o que comoveu realmente Irene foi o sermão. Nada de homilia e vocabulário elevado. Nenhuma representação. O pastor Billings simplesmente indicava a passagem que iria explanar e em todo o santuário se ouvia o virar das páginas de papel fino.

Irene localizou rapidamente 1João 2.12-14:

> *Filhinhos, eu vos escrevo, porque os vossos pecados são perdoados, por causa do seu nome. Pais, eu vos escrevo, porque conheceis aquele que existe desde o princípio. Jovens, eu vos escrevo, porque tendes vencido o Maligno. Filhinhos, eu vos escrevi, porque conheceis o Pai. Pais, eu vos escrevi, porque conheceis aquele que existe desde o princípio. Jovens, eu vos escrevi, porque sois fortes, e a palavra de Deus permanece em vós, e tendes vencido o Maligno..*

Aquela era uma passagem realmente confusa. Irene não pôde deixar de pensar por que nunca a ouvira antes em todos os seus anos de igreja. Provavelmente por ser obscura e necessitar alguma explicação. Não era uma das passagens majestosas, belas, mas parecia boa de se ouvir

VINTE E TRÊS

Em vista de os parentes terem ido de todo o Sudeste ao sepultamento, Cameron viu-se obrigado a enfrentar todos eles na véspera. Um a um e em grupos e famílias, eles invadiram o lar da sua infância.

Cameron nunca se sentira tanto como um estranho. Não tinha idéia se a sua imaginação estava acelerada ou se conseguia realmente ler os pensamentos de todos pelas suas expressões, tons de voz, maneirismos e linguagem corporal.

Uma das tias pareceu supor que ele se sentia tão grato por estar em casa e distante da estranha e exótica Costa Leste que poderia até considerar transferir-se para a Universidade do Arizona.

— Eles têm um programa de redação, não é?

— Um curso de jornalismo. Claro que sim. Mas só tenho alguns meses antes da formatura em Princeton, e então...

— É mesmo, ouvi falar do emprego num grande jornal. O *Boston Sun* ou coisa parecida.

— O *Globe*.

— Ah!, sei. Ficamos então imaginando se esses brâmanes sequer ouviram falar de Tucson.

— Pode acreditar que ouviram, e vou tentar representar-nos bem ali.

Outros eram tão abertamente agradáveis que Cameron leu em suas mentes a crença de que ele se sentia terrivelmente culpado por não ter visto a mãe antes de sua morte. Uma prima idosa cacarejou que ele deveria perdoar a si mesmo.

— Sei que teria vindo se pudesse — disse.

Outros ainda eram sinceros em seu julgamento a respeito dele. Um tio indagou como acontecera de chegar tarde.

— Você não pôde tomar algum dinheiro emprestado, obter uma passagem de emergência, conseguir que um amigo o ajudasse a estar aqui de algum modo?

— Fiz tudo o que pude. Infelizmente, perdi a oportunidade de vê-la.

— Você não sabia qual era o estado dela?

— O papai e o Jeff tentaram me contar, mas talvez eu apenas não quisesse aceitar.

— Você deveria ter vindo.

— Você estava aqui? — perguntou Cameron. — Você a viu?

— Não... não. Mas eu sabia que iria acontecer em breve. De qualquer modo, Cammy, ela é sua mãe.

Sei disso.

Cameron ficou impressionado com o pai e ao mesmo tempo preocupado com ele. Seus pais não tinham tido um ótimo casamento, mas davam-se bem e passaram quase trinta anos juntos. Ele vira fotos dos tempos de namoro, quando ambos eram jovens e magros, evidentemente procurando parecer o melhor possível. Davam a impressão de estar muito apaixonados em algumas fotos, algo que ele não conseguia lembrar de ter visto pessoalmente. Não eram física ou verbalmente afetuosos, mas suficientemente amáveis um com o outro.

Cameron tinha a certeza de que seu pai entraria em pane e se sentiria perdido sem ela durante algum tempo. Mas ele estava sendo o melhor dos anfitriões, expressando gratidão a cada um, individualmente, por ter comparecido e dizendo as coisas certas. Sentia-se bem, afirmava. Era difícil, embora soubesse que iria acontecer. Sentia-se um pouco entorpecido, chorava em particular e estava certo de que choraria ainda mais. Todavia, por enquanto, queria lembrar-se de como ela era antes de o câncer tê-la vencido.

O que mais impressionou Cameron, no entanto, foi Sharon, a mulher de Jeff. Enquanto Jeff se mostrava distante e calado — e a maioria das pessoas dava a ele espaço — Sharon pediu que o cunhado cuidasse de seu filho e filha, aparentemente para ocupá-lo. Cameron estava só adivinhando, mas parecia que Sharon não queria Jeff parecendo infeliz, dizendo coisas duras, caluniando seu irmão mais novo.

Era evidente que, pelo seu comportamento, Jeff iria fixar-se na indolência de Cameron até que não pudesse tirar mais nada dela. A atenção parecera estar sempre sobre Cameron, mas havia agora um meio de ficar sob os holofotes. Jeff era uma personagem simpática, o sujeito firme como uma rocha que ficara em casa.

Em vista de o sepultamento ter sido planejado para o meio da manhã seguinte, os hóspedes e parentes começaram a deixar a casa em direção a seus hotéis no início da noite. Jeff levou os filhos para casa, a fim de pô-los na cama, enquanto Sharon ficou para ajudar o sogro a arrumar as coisas. Cameron tentou fazer o pai sentar-se, mas ele insistiu em manter-se ocupado. Com a ajuda deles três, a casa ficou em ordem em menos tempo do que Cameron poderia prever.

Quando seu pai decidiu acatar a sugestão de deitar-se cedo, Sharon começou a preparar-se para sair. Embora pegasse o casaco e se dirigisse para a porta, parou e sentou-se na sala de estar olhando para Cameron.

— Como você está, Cam, realmente?

— Estou bem. Eu deveria ter vindo antes, mas não posso fazer nada sobre isso agora.

— Jeff vai superar — disse Sharon. — Acho que a ira dele não está bem dirigida. Há outras coisas acontecendo. Você é apenas um alvo conveniente.

Cameron fungou.

— Sempre fui. Por que isso vai mudar agora?

— Ele ama você, Cam.

Cameron rejeitou a idéia.

— Estou falando sério. Ele o ama. Não fala muito sobre isso. Há inveja no meio, é verdade. E justiça própria. Mas uma esposa sabe. Jeff fala muito sobre você. Fica pensando. Preocupa-se. Importa-se.

— Não diga.

— Digo. Sabe como posso saber o que ele realmente pensa de você? Pelo que diz às outras pessoas. Ninguém pode conversar com ele cinco minutos sem que Jeff fale o seu nome e o que está fazendo.

— Estou surpreso.

— Não fique. Ele sempre quis também sair de Tucson. Apenas sentiu-se obrigado a ficar, especialmente quando você foi embora.

— De novo, então, a culpa é minha.

— Não quis dizer isso. Talvez quando seu pai se for, Jeff possa vender o negócio e fazer o que deseja onde julgar melhor.

— O quê?

— Você não sabe?

— Ele não conversa comigo, Sharon. Quase nunca falou, mesmo quando éramos crianças.

— Você pelo menos sabe quanto ele gosta de cavalos e da vida rural.

— É verdade. Essa era a coisa favorita dele quando criança: passar tempo em um rancho, cuidando do gado, fazendo rodeios. Está então dizendo que ele se tornaria fazendeiro?

Ela assentiu.

— Provavelmente no Texas.

— Ótimo para ele. Contanto que o deixe feliz.

— Eu também penso assim — disse Sharon. — As crianças o fazem feliz. Eu não sei se ainda o faço feliz.

Cameron ficou curioso como sempre, mas não tinha certeza de que desejava entrar no assunto. De fato, estava convencido de que não queria. Mas Sharon pareceu acomodar-se no sofá, como se disposta a falar e esperando que Cameron desse continuidade à conversa.

— Amanhã é um grande dia, não é? — perguntou ele. — Suponho que você tem muito trabalho a fazer no sepultamento. Foi bom vê-la ajudando aqui. Como se fosse uma filha, em vez de uma nora.

Sharon sorriu, mas não pôde esconder a fadiga ao redor dos olhos.

— Olhe, Cam, quando me casei, aceitei tudo. Goste ou não, sou agora da família.

— Não me entenda mal. Gosto que você seja da família.

— Mesmo?

— Claro que sim.

— Que bom que pensa desse modo. Não tenho certeza de que é um sentimento compartilhado por todos.

Qual o rumo dessa conversa? Cameron sentia que, se estivesse conversando com outra pessoa, alguém que não fosse parente, estaria ansioso para enveredar por todas as trilhas, seguir todas as perguntas, ir ao fundo das peculiaridades de cada relacionamento. Isso, porém, era chegar demasiado perto. Ele não queria mais saber por que Sharon não se sentia bem-vinda, assim como a razão de ela não mais tornar Jeff feliz.

Como veio a descobrir, as duas incertezas estavam fundamentadas no mesmo medo.

— As pessoas ficam desconcertadas por causa da minha fé — disse ela.

Cameron sabia disso, mas como deveria responder?

— Ficam? — perguntou.

Ela assentiu.

— Acho que levo um tanto a sério. Ou é o que eles acham. Parece-me que, se todos cremos em Deus e vamos à igreja, isso deveria ser a coisa mais importante em nossa vida. Ou será que não estou entendendo alguma coisa? O que você acha, Cam?

Ele encolheu os ombros.

— Cada qual com a sua opinião, penso. Algumas pessoas são mais religiosas do que outras.

— Não estou falando de religião, Cameron, mas de Jesus.

E ela ainda se questionava por que as pessoas ficavam desconcertadas? Quantas pessoas se punham a falar de Jesus? Deus era uma coisa. Até mesmo Cristo era um pouco mais teórico. Mas falar de Jesus como se você chamasse pelo primeiro nome o Jesus verdadeiro da Bíblia? Cameron não queria dizer, mas havia algo um tanto desrespeitoso nisso. Ele admirou o fato de Sharon ter sido suficientemente franca; entretanto, ela não deveria surpreender-se com a idéia de alguns se sentirem desconfortáveis. Pessoas como ele.

— Hum-hum — foi tudo que pôde dizer.

— E você, Cam? Onde você se situa em tudo isso?

Sharon tocara no ponto nevrálgico. Se ela iria colocar a coisa nesses termos, ele seria honesto, com toda a certeza.

— Tenho de admitir que estou provavelmente onde o Jeff está. Ele e eu fugimos da igreja tão logo tivemos idade bastante para convencer nossos pais. Eles ficaram desapontados, mas não criaram muitos problemas. Eu os respeitei por isso. Continuaram indo e nos convidavam para eventos especiais. Algumas vezes, íamos. Tenho, porém, de dizer-lhe, Sharon, que, se a igreja em que crescemos é tudo o que Deus é, posso afirmar-lhe que Ele é tedioso. E repito *tedioso.*

— Essa igreja não é representativa, tenho certeza. Esse é o problema. Pelo menos, você e Jeff foram sinceros e fizeram bem em afastar-se. O seu erro — peço perdão por ser tão direta — é que vocês pensaram que todas as igrejas fossem iguais. Uma vez que saíram daquela igreja, ficaram fora de todas. Estou certa, ou você está freqüentando alguma lá em Nova Jersey?

Ele sacudiu a cabeça.

— Ocupado demais. Com o trabalho, a escola e...

Ela olhou fixamente para ele.

— Não se trata de negócios, Cameron. Você acabou de dizer. Desligou-se da igreja, senão teria encontrado uma.

— A verdade dói — disse ele.

— Dói, mas é menos penosa do que ficar mentindo para si mesmo.

Era bondoso da parte dela ter-se referido ao pecado dele como o da negação, em vez de dizer que estivera mentindo para ela, que era o que tinha feito. Sharon poderia ter seus defeitos, mas não tinha medo da verdade.

Ele respondeu:

— Culpado conforme a acusação.

Sharon pôs-se em pé.

— É melhor eu ir, mas posso lhe dar um conselho?

— Conselho?

— Desde que todos nesta família me consideram uma lunática devota, posso muito bem tirar algum proveito disso. Olhe, Cameron. Gosto de você e me importo com você como se fosse meu próprio irmão. A sua igreja foi uma representação pobre de Deus e de Jesus e de tudo que eles são. Deus ama você. Ele enviou Jesus para morrer pelos seus pecados. Ele quer que O busque, quer torná-lo Seu filho e vê-lo interagindo com Ele em uma igreja que saiba qual é o seu alvo. Pense nisso. Porém, pelo menos, saiba por que a família me vê como o faz, e você tem agora a sua própria história que pode contar às minhas costas.

Cameron ficou em pé e abraçou-a. — Sharon — disse. — Nunca farei isso. Aprecio você por ser tão sincera e direta. E por se importar.

VINTE E QUATRO

Não havia nada espalhafatoso ou dramático sobre o pastor Vernon Billings. Ele simplesmente tinha um estilo natural, sabia como prender a atenção do auditório e enfatizar a mensagem, e não a sua pessoa. Na verdade, parecia estar até prendendo a atenção de Chloe, coisa bem incomum. Irene mal podia esperar para descobrir o que ela pensara de sua primeira aula da Escola Bíblica Dominical na nova igreja.

A mensagem do pastor Billings foi direta e informativa. Ele tornou a Escritura muito clara que Irene sentiu como se estivesse bebendo água fresca, embora não fosse uma passagem fácil de explicar. Pelo menos achava que não era.

Seu ponto básico era que o apóstolo João escrevera sobre duas famílias: a família de Deus e a família de Satanás. Os cristãos foram perdoados e removidos da família de Satanás, sendo agora parte da família de Deus. Não deveriam amar Satanás ou sua família, nem mesmo o mundo controlado por ele.

Entretanto, qual o significado daquela parte da carta de João que falava sobre filhinhos, pais e jovens? O pastor explicou que o termo grego traduzido por "filhinhos" no versículo 2 era na verdade diferente da palavra traduzida do mesmo modo no versículo 13. A primeira palavra, explicou, referia-se a filhos de qualquer idade, enquanto a segunda referência era literalmente aos filhos pequenos. Segundo o pastor, João repetiu sua mensagem para gravar a idéia de o crente pertencer à família de Deus.

Quanto à referência aos pais, jovens e crianças pequenas, significava estágios diferentes de maturidade espiritual. Irene sentiu que essas palavras eram dirigidas a ela! Queria tanto crescer e amadurecer na fé. Achava, porém, que estava estagnando. Como desejaria fazer da Nova Esperança a sua igreja...

A pessoa verdadeiramente espiritual — os pais, disse o pastor — era espiritualmente madura porque passara a conhecer Deus em Sua plenitude. Ele se referiu a Filipenses 3.10: "[...] para conhecê-la, e o poder da sua ressurreição, e a participação dos seus sofrimentos, conformando-me a ele na sua morte".

O pastor Billings explicou ainda que o segundo estágio da maturidade espiritual — os jovens — era composto daqueles que talvez ainda não conhecessem Deus no poder da Sua ressurreição e na comunhão dos Seus sofrimentos, mas que conheciam a sã doutrina. Haviam lido e aprendido, dispondo, então, de armas que poderiam ajudá-los a resistir às estratégias do diabo.

Era nesse ponto que Irene achava que se encontrava ou, pelo menos, ao qual chegaria com a ajuda de Jackie. Já não tinha tanta certeza.

O pastor explicou finalmente que o primeiro estágio da maturidade espiritual do crente — os filhinhos — abrangia os que tinham apenas um conhecimento rudimentar de Deus e precisavam crescer mais do que todos. Irene temeu que o resto de sua família não estivesse sequer nessa porta ainda, ficando então vulneráveis às falsidades e enganos que o diabo tenta impingir às pessoas.

A cabeça e o coração de Irene estavam tão cheios quando ela e Jackie foram buscar os filhos que mal sabia por onde começar.

— Achou bom? — Jackie indagou.

— Jackie, eu deveria estar bem mais adiantada como crente. Estou aprendendo muito com você, com a Bíblia e ao orar, mas isso não aparece em minha vida.

— Eu acho que aparece.

— Olhe, Jackie. Quero ser o melhor possível quando estou com você, mas é claro que sempre procuro mostrar o meu lado positivo. Preciso viver isso diante de Rayford. Meu objetivo é alcançá-lo, mas tudo que digo e faço o afasta. Não posso culpá-lo. Parece que não consigo me controlar. Faço o oposto do que quero. Eu o amo. Eu me importo com ele. Quero ganhá-lo, levá-lo a Cristo. Todavia, se devo ser o exemplo de Jesus para ele, estou fracassando.

Para crédito de Jackie, ela não contestou. Sem dizer palavra, o olhar de simpatia de Jackie falou de uma forma grandiosa. Irene sabia que estava certa, que deveria fazer um exame introspectivo e mudar completamente a sua abordagem.

Cameron teve o que só podia chamar de experiência quase fora do corpo no sepultamento da mãe. O culto fora tão formal, tão tradicional, e tão cheio de lugares-comuns e discursos vazios que ele se viu imaginando a mãe lavando as mãos de tudo aquilo.

Cameron decidira não participar, mas quase mudou de idéia ao ouvir as palavras de Jeff.

O irmão mostrou-se notavelmente articulado e sincero, contando histórias de interações entre a mãe e ele que Cameron nunca ouvira antes.

Era estranho que Sharon tivesse chorado durante todo o culto, inconsolável, incapaz sequer de levantar os olhos.

Cameron só podia imaginar o que a perturbara tanto. Ela fora íntima de sua mãe, mas era também do conhecimento de todos que as duas mulheres tinham sido sinceras uma com a outra. Essa era uma coisa que ele podia dizer a respeito da mãe: ela era absolutamente franca quando encontrava franqueza.

Por mais que sua mãe aceitasse e até amasse a única nora, ela nunca ocultara que não apreciava a religião de Sharon. Esta era crítica demais, gostava de julgar as pessoas, não deixava as coisas em paz. A mãe de Cameron sempre afirmara que a religião do indivíduo era tão particular quanto as suas opiniões políticas e que seria indelicado sondar qualquer delas.

Isso não deteve Sharon. Ela convidara os sogros para irem a sua igreja, e eles tinham ido mais de uma vez — na maioria das vezes, para assistirem à apresentação dos netos nas programações especiais. Sharon, no entanto, não conseguiu deixar as coisas nesse ponto. Ela os interrogava mais tarde, perguntando se a igreja deles cria nas mesmas coisas que a sua. A pessoa podia nascer de novo na igreja deles? O que pensaram do convite do pastor para "entregar a vida ao Senhor"?

Jeff se divertira no começo e regalara Cameron com histórias de como o pai pulava logo fora para evitar compromissos ou confrontos. Ele respondia a todas as perguntas, dizendo:

— É mesmo, isso foi bom. Impressionante.

E a mãe de Cameron? Não. Honesta até o fim, como dizia o pai.

— Isso me contrariou — afirmava. — Sugerir que eu não sou uma pessoa boa ou uma cristã se não fui salva exatamente como o pregador disse...

— Você achou que ele estava falando para você, mamãe? — perguntou Sharon.

— Estava falando para todos os de fora e nos fazendo sentir assim. Achei rude. Convidou-nos para tirar fotos de nossos queridos netos e depois bateu com a Bíblia em nossa cabeça, insinuando que não correspondemos.

Sharon não desistiu. Ela tocou no assunto repetidamente até que a sogra deu um basta.

— Entendo, está bem? Entendo. A decisão não é minha?

Jeff contou que a mulher dissera que sim, claro que sim.

— Vou falar uma coisa, Sharon — disse a mãe. — Acho que é bom para você, mas vou me arriscar a ficar onde me sinto confortável.

Quando Sharon quis certificar-se, ao afirmar: "Você pode estar confortável agora, mas queimará no inferno mais tarde", esse foi quase o fim do relacionamento. As duas mal se falaram por mais de seis meses.

Todavia, quando a mãe de Cameron começou a lutar contra o câncer, quem foi a primeira pessoa que ela quis ver? Quem passou horas ao lado de seu leito, atendendo a cada uma de suas necessidades — e o Jeff enfatizou o *cada*? Sharon, é claro. As duas mulheres desenvolveram um laço que só se rompeu na morte, mas não havia indicação de a sra. Williams ter recebido Cristo.

É possível que fosse essa a aflição de Sharon agora. Tinha saudades da amiga, mas talvez temesse que sua sogra estivesse no inferno. A agonia de Sharon acompanhou-a até o cemitério e a mais uma recepção na casa. Cumpriu seus deveres, servindo e fazendo o papel de anfitriã, mas as lágrimas corriam, e seu rosto estava vermelho. Quanto mais pessoas a abraçavam e tentavam consolá-la, tanto mais ela parecia sofrer.

O pai de Cameron era o enigma. O homem parecia ter perdido toda a vitalidade. Parecia tão exausto mais tarde em casa que todos começaram a insistir em que deveria descansar. Ele se recusou a fazê-lo. Não era do seu feitio abandonar uma casa cheia de visitantes, quaisquer que fossem as circunstâncias. No fim da tarde, sentou-se afinal, tentando claramente manter os olhos abertos, enquanto dezenas de pessoas iram expressar novamente suas condolências e despedir-se.

As emoções do próprio Cameron eram complicadas. Estava envolvido por lembranças de seu relacionamento com a mãe na infância, quando a idolatrava e ela fora o objeto de seus jogos de faz-de-conta. Quantas vezes a resgatara do inimigo, a salvara de um prédio incendiado, a removera dos trilhos do trem com a locomotiva se aproximando?

Sabia que de alguma forma extirpara da mente lembranças de tê-la enganado quando era adolescente. Ela teria percebido? Não parecia. Seu amor e dedicação a ele nunca pareceram diminuir. Isso deixava Cameron sentindo-se constrangido, e parte dele desejava ter confessado tudo a ela para poderem rir juntos, e então sentiria ter sido perdoado.

Por que os pré-adolescentes são tão enlouquecedoramente imprevisíveis? Irene poderia apostar que Chloe tinha um milhão de queixas a fazer no caminho de casa depois da igreja e começara falando em como estava dando à experiência uma chance razoável, mas que não iria acabar do jeito que a mãe desejava.

Raymie estava quieto e cochilando, e Chloe manteve-se calada a maior parte do tempo. Se havia uma coisa pior do que discutir com uma filha pouco razoável, era extrair opiniões dela uma sílaba de cada vez. Irene recusou-se a fazer isso.

Não se tratava de Chloe estar inteiramente silenciosa. De fato, a filha disse coisas que fizeram Irene sentir-se tentada a agarrar-se a elas. Mas Irene sabia a inutilidade de ceder, porque, na hora em que concluísse que havia convencido Chloe, esta iria desapontá-la com uma decisão unilateral.

Chloe ficou sentada no assento dianteiro, com ar amável, mas nada acessível. Irene olhou algumas vezes para ela, resistindo à vontade de dizer "E então...?".

Quando Irene entrou no *drive-in* do restaurante, Chloe falou:
— Pelo menos esses garotos são mais reais do que aqueles em nossa igreja.

— Mais reais?

— São mais bobocas e meio fora do ar, mas parecem autênticos. Sabe o que quero dizer?

— Acho que não.

— Eles podem estar fingindo, como todos fazemos em nossa igreja, mas...

— Nem todos nós fingimos, Chloe.

— Eu estava falando dos garotos, mãe. Exceto por uns dois, nós até já desistimos de fingir. Mas nessa igreja eles pareciam saber bastante sobre a lição e tudo o mais. Quando a professora orou em voz alta, ela até pediu aos alunos que também orassem, se quisessem.

— Você orou?

— Está brincando? Se eu não faço isso com pessoas que conheço, como poderia fazer com um grupo de estranhos? Mas alguns oraram, e pareciam ter o costume de orar bastante.

— Isso impressionou você?

— Acho que sim. Não tenho certeza de que eu gostaria de fazer a mesma coisa, mas penso que não estavam fingindo. Pelo menos em minha opinião.

— Qual o tema da lição?

— O mesmo do sermão, o que foi uma idéia de certa forma interessante. Não sei se entendi bem, mas faz algum sentido, não acha? Como se fosse de propósito. Eles fazem alguma coisa de propósito em nossa igreja?

Irene não quis dizer nada negativo sobre a sua igreja. Todavia, bem na hora em que Chloe parecia estar admitindo que o novo lugar não era tão mau assim, ela pediu à mãe que a lembrasse de quando a experiência acabaria e se o pai teria de ir também.

— Não sou a mãe de seu pai — respondeu Irene. — Estou pedindo que você faça uma experiência e depois vou pedir que continue freqüentando, mesmo que prefira não ir.

— Eu sabia! — disse Chloe, acordando Raymie a tempo de ele sentir o cheiro do frango e querer um pedaço. — Você não vai respeitar absolutamente a minha decisão!

— O fato é, Chloe, que estou com medo. Quero que saiba que a amo e respeito, mas desejo o melhor para você. Jamais me perdoaria se permitisse que fizesse chantagem emocional comigo para não ir à igreja todos os domingos. Que tipo de mãe eu seria?

— Uma mãe que trata a filha como um ser humano, e não como um objeto que lhe pertence.

— Isso não é justo.

— Não me fale de justiça, mãe. Você não está sendo nada justa. Vou fazer a minha parte, manter o que prometi, mas você também precisa fazer a sua. A idéia era que a decisão seria minha.

— Estava esperando que a sua fosse uma decisão que eu pudesse apoiar.

— Então a decisão é minha desde que eu escolha aquilo que quer para mim?

— Você me faz parecer muito inflexível, Chloe.

— Estou errada?

— Por favor, suspenda sua decisão por algumas semanas.

— Não vai ser fácil.

— Eu sei, mas faça isso por mim.

— Tudo que faço é por você. Gostaria que fizesse alguma coisa por mim pelo menos uma vez.

Algum dia, Irene tinha certeza, Chloe teria um filho, e esperava que ela caísse então em si e lamentasse esse comentário. Enquanto isso, Irene faria tudo que tinha condições de fazer por sua filha amada. Oraria por ela com todas as suas forças, esperando que Deus mudasse sua mente e, eventualmente, o seu coração.

VINTE E CINCO

— Estou preocupada com as mulheres, Nicolae — disse Viv Ivins. — E não sou a única.

Carpathia cruzou as mãos e recostou-se na cadeira do escritório. — As mulheres? Já lhe disse que não passam de brincadeira. Não tenho qualquer interesse sério por nenhuma delas.

— É a isso que me refiro, amado. Não me importo com o que você faz para divertir-se, mas precisa ser discreto. A eleição está próxima. E outras pessoas parecem nervosas...

— Isso é outra coisa! — afirmou Nicolae, endireitando a cadeira. — Não me fale sobre outros ou que você não é a única preocupada! Se alguém tem algo a discutir comigo, deve falar diretamente comigo. A que estamos então nos referindo?

— Não sei se devo falar.

— Tia Viv! *Você* levantou o assunto. *Você* disse que não era a única. De quem se trata?

— Essas pessoas têm os seus melhores interesses em foco, Nicolae. Elas não devem ser prejudicadas por se importarem com você e seu futuro.

— Aprecio isso, Viv, mas o que isso diz sobre a preocupação delas comigo e sua lealdade a mim, se estão correndo por trás das minhas costas, falando com você e quem sabe com quem mais sobre minhas...?

— Não tenho evidência disso.

— Então o quê? O que estão dizendo? E quem são para eu poder tranqüilizá-los?

Viv olhou para os seus sapatos, e Nicolae percebeu que ela cederia se apenas esperasse um pouco.

— Tristan — disse ela baixinho.

— Meu motorista do turno da noite? Diga-me que não está falando sério! Mande que ele venha aqui.

— Ele está dormindo neste momento, Nicolae, como é natural. Posso pedir-lhe que chegue um pouco mais cedo esta noite. Porém, não esqueça, ele faz parte da sua equipe mais leal e é um grande admirador de...

— Ele vai ter uma chance de confirmar isso em breve. E explicar-se, é claro.

Ficou evidente para Irene que Rayford e Chloe haviam novamente conspirado contra ela. Os dois não admitiriam isso, e ela não tinha uma confirmação, mas de repente Chloe decidiu que, apesar do que era bom ou interessante na Nova Esperança, ela ficaria na antiga igreja, enquanto a mãe insistisse que ela continuasse a freqüentá-la.

— É para lá que eu também vou — disse Rayford, e Irene compreendeu que não lhe restava nada a fazer. O que havia na Nova Esperança para ameaçar tanto Rayford? Ele estava essencialmente declarando que apoiaria a sua insistência em que Chloe ficasse na igreja mais alguns anos — contra a vontade dela — e que até ele compareceria mais vezes, desde que permanecessem na igreja que eles sempre freqüentaram.

— Gostaríamos que você fosse conosco — afirmou Rayford.

— Oh!, *nós* gostaríamos, não é? — Irene não queria parecer tão rabugenta e, se tivesse esperado um pouco antes de responder, talvez pudesse ter sido mais amável. Contudo, se o comentário de Rayford não fosse uma evidência de conluio, então Irene não sabia o que era. Ela não queria dividir a família por causa da igreja que iriam freqüentar, por mais desesperada que estivesse para mudar-se para a Nova Esperança. Rayford compareceria mais vezes, e Chloe iria relutantemente todos os domingos — pelo menos por algum tempo — desde que fosse naquela igreja não ameaçadora, um verdadeiro clube de campo. Irene teria de continuar usando Jackie como salva-vidas para o crescimento espiritual autêntico. Assumiria um novo compromisso com a leitura diária da Bíblia e a oração e iria atirar-se nas sessões semanais com Jackie como nunca antes. Se não podia aprender pessoalmente com Vernon Billings, teria então de satisfazer-se com obter esses ensinamentos de outra pessoa.

E o Raymie? Em breve, ele teria idade suficiente para entender que também precisava de Jesus. Caberia a ela — e estava determinada a fazer isso — levá-lo à fé, e o filho certamente não seria guiado a uma experiência real com Cristo em uma igreja que nunca enfatizava isso.

Uma coisa era certa: embora Irene não tivesse idéia de quanto tempo Chloe levaria para deixar completamente a congregação — e Irene lutaria contra isso até o fim — esse seria igualmente o sinal para ela mudar de igreja. Não tinha intenção de murchar e morrer na vinha quando sabia pertencer a algum lugar como a Nova Esperança.

Cameron Williams estava achando difícil concentrar-se em terminar a faculdade em Princeton. Ele sabia que tinha condições de formar-se com boas notas e bastante atenção, mas seu entusiasmo pelas atividades do *campus*, jornal da escola e trabalhos do curso estava desaparecendo. O emprego no *Globe* ocupava cada vez mais lugar em sua mente, e ele mal podia esperar.

A notícia se espalhara em seus círculos, e ele passou subitamente a ser *o* jovem e celebrado jornalista do *campus*. Seu artigo muito pessoal sobre a ida ao sepultamento da mãe e como ele lamentava não tê-la visto viva serviu para apresentar o novo repórter que em breve faria parte da redação.

Cameron não tinha percebido que era um escritor emotivo e não tentou imprimir determinado tom só para obter efeito. Todavia, até Dizzy Rowland comentou que ficara impressionado com a maneira de Cameron fazer uso de linguagem simples e direta para contar uma história de impacto universal.

— Você não fabricou emoção, filho. Extraiu-a do leitor.

— Sabe de uma coisa, senhor: eu dificilmente penso sobre isso — quero dizer, quando estou escrevendo.

— Sobre o que pensa?

Cameron sacudiu a cabeça, espremeu os olhos, tentando invocar os sentimentos e emoções que se mesclavam em sua arte. Para um homem que planejava sustentar-se com palavras, estava tendo dificuldade em articular seus próprios pensamentos.

— Acho que preciso dizer que sou consumido pela curiosidade — declarou. — Tenho uma infinidade de perguntas e suponho que o leitor também as tem. Sou agente dele, querendo saber o que ele perguntaria, tentando descobrir cada detalhe que ele gostaria de esclarecer — e talvez alguns sobre os quais não pensou. Quando me concentro em escrever um artigo, fico desesperado para incluir cada detalhe convincente e deixar de lado tudo que possa torná-lo mais lento ou prejudicá-lo.

— Você não pensa em evitar clichês ou forçar a emoção.

Cameron sacudiu a cabeça.

— Acho que tudo vem naturalmente.

— Intuitivo.

— Espero que sim.

— É um dom, Cameron.

O *Globe* também enviou Cameron para entrevistar um nativo de Boston que aceitara a presidência de um departamento em Princeton, e Cameron de alguma forma conseguira fazer disso mais do que uma simples notícia. Cobrira também a história de uma família de Massachusetts que vira seus três filhos asiáticos adotivos se formarem em escolas da Ivy League, casarem-se, começarem negócios bem-sucedidos e mudarem para Nova Jersey.

Tudo que Cameron queria era sair da escola e ir para Boston, onde poderia trabalhar nisso todos os dias.

Nicolae gostava de Tristan praticamente desde o dia em que o empregara dois anos antes. O jovem era quieto e trabalhador; quando chegava a falar, usava sempre termos elogiosos em relação ao chefe. Carpathia sabia que estava acima de impressionar-se com lisonjas, mas qualquer um, concluiu ele, gostava de ser respeitado.

Decidiu receber Tristan na sala de estar, em vez de no escritório, que podia intimidar mais. Nicolae desejava obter toda informação possível do jovem motorista. Contudo, quando Tristan entrou, usando seu uniforme preto de chofer, com o boné na mão, ele parecia pálido e cauteloso.

— Sente-se, por favor — disse Nicolae, apontando para uma poltrona à frente do sofá onde se achava. — A sra. Ivins contou que você gostaria de compartilhar comigo uma preocupação.

— Oh!, sim, senhor. Porém, em vez de confidenciar a ela, eu deveria ter vindo falar-lhe diretamente.

— Tem razão. Esteja certo de que prefiro assim.

— Posso assegurar-lhe que não falei de minhas preocupações com ninguém mais.

— Então não há necessidade de você parecer tão *speriat*. Eu ficaria muito preocupado e não me importaria que ficasse nervoso se estivesse espalhando coisas sobre mim entre o pessoal e especialmente com alguém de fora.

— Oh!, não. Claro que não.

— Então, o que você está pensando, Tristan?

— A sra. Ivins não lhe disse?

— Na verdade, ela falou e também compartilha sua preocupação, como provavelmente sabe. Quero, porém, ouvir de você. Em suas palavras.

Tristan girou o boné nas duas mãos e desviou os olhos de Nicolae.

— Em primeiro lugar, não é nada de minha conta.

— Eu não sou da sua conta, Tristan? Isso é *ridicol,* absurdo. Quantas vezes eu disse ao pessoal que, para ter sucesso, todos vocês devem sentir que são donos de certa parte de mim e da empresa?

Tristan assentiu.

— Muitas vezes, eu compreendo.

— Vamos então, fale. Do que se trata?

— Eu não tenho má vontade com suas hóspedes.

— As mulheres que me visitam quase todas as noites?

— Isso mesmo. Gostaria que fizessem fila em minha porta.

— Acho que você tem um pequeno problema com relação a isso, Tristan.

— Bem, digamos que minha casa não é tão ocupada quanto a sua.

— Não passa de diversão, meu amigo. Ninguém é obrigado a me visitar.

— Ah!, entendo. Duvido que a maioria das pessoas tenha qualquer problema com isso. Mas há uma razão para mandar que eu vá buscar essas mulheres e levá-las de volta sempre à noite.

— É claro. Discrição.

— O que significa que devo manter tudo confidencial, especialmente de seus inimigos.

— Sem dúvida.

— É com isso que me preocupo, sr. Carpathia. Só posso imaginar o que o sr. Tismaneanu poderia fazer com essa informação.

— Um bom ponto e uma das razões por que eu uso alguém tão confiável quanto você para cumprir esse dever. Você tem suspeita do que ele ou seu pessoal poderia saber a esse respeito?

— Na verdade, tenho.

Nicolae não esperara essa notícia. Ele se inclinou para a frente, na expectativa, seu olhar pedindo detalhes.

— Conheço um homem que trabalha para Tismaneanu. Dizer que o conheço bem é provavelmente um exagero. É apenas um conhecido eventual, amigo de um amigo.

— E o que esse homem faz para Emil?

— Não sei. Só sei que não é educado e parece um *delincuent*, portanto eu...

— O que um criminoso faria no emprego de Tismaneanu?

— Duvido que esteja em qualquer posição de confiança ou autoridade. É provável que trabalhe do lado de fora da casa. É possível que seu patrão tenha perguntado a alguém de lá se conhecia alguém daqui.

— Talvez. E ele entrou em contato com você.

— Sim, com uma pergunta estranha e um pedido. Perguntou se eu queria ganhar algum dinheiro extra — dinheiro inocente, disse. Assegurei-lhe que era bem pago e não estava procurando mais trabalho. Ele disse que não seria mais trabalho. Só que, quando eu trouxesse hóspedes tarde da noite e saísse com elas antes do amanhecer, deveria parar debaixo da luz na passagem circular, em vez de passar no pórtico coberto na entrada. Ele disse que ninguém perceberia e que eu poderia receber algumas centenas de dólares trabalhando menos de uma semana. É claro que não seria trabalho, só exigiria que andasse uns sete metros a mais com suas hóspedes.

Nicolae olhou para o teto e depois fechou os olhos.

— Ele quer que elas sejam nítidas, não é?

— Parece que sim. E pode me chamar de *prost*, mas não compreendo a razão.

— Eu nunca chamaria você de estúpido, Tristan. Mas você pode certamente adivinhar o motivo.

— Examinei o lugar de todos os ângulos e não consegui achar nenhum ponto onde alguém pudesse montar uma câmera.

— Com a moderna tecnologia, Tristan, eles podem ficar bem distantes. Iluminação é a chave. A alternativa, como fica claro, é segui-lo até onde você pega as hóspedes e as deixa, e talvez a luz seja melhor ali.

— Uma foto da saída delas e da volta da sua residência é claramente o que Tismaneanu deseja. O senhor supõe que ele pretende arruiná-lo com isso? Vender as fotografias para os jornais?

Nicolae ficou em pé e encolheu os ombros.

— Isto poderia estar abaixo até do velho Emil. Mas não me surpreenderia se um emissário dele viesse e me mostrasse as fotos, tentando extorquir alguma concessão da minha parte.

— Concessão?

— Sair da corrida nesse estágio final. Alguma coisa assim.

— Não devemos permitir que isso aconteça! O senhor vai vencer, a não ser que a informação seja divulgada. Precisamos do senhor no Parlamento.

— Não pense mais nisso, Tristan. Obrigado por contar-me e lembre-se do que fazer no futuro.

— Só contar ao senhor.

— Ótimo, homem. Estou agora prestes a fazer arranjos para a noite de amanhã e talvez queira que concorde com os desejos de seu conhecido.

— Mas eu já recusei.

— Não é possível mudar de idéia? Diga a si mesmo que não haveria prejuízo nisso e que você sempre pode usar mais alguns dólares.

— Talvez. Se desejar.

— Aviso você. Tenho algum trabalho a fazer primeiro.

VINTE E SEIS

Um telefonema de Sharon, mulher de Jeff? Alguma coisa deveria estar errada. Cameron ligou para ela no momento em que pôde isolar-se na privacidade do seu quarto.

— Jeff está falando em ir embora de novo.

— Ir embora? Para onde?

— Qualquer lugar, menos aqui.

— Ele tem comprador para o negócio. O papai não pode...

— Ele não está deixando Tucson ou o negócio, Cameron. Está falando de me deixar, de deixar-nos.

— Ele não faria isso. E as crianças? Quero dizer... ele também não deixaria você, não é? E, afinal, por que faria isso?

— Ele já fez isso antes, Cam. Deve estar lembrado.

— Sim, mas foi diferente. Vocês não tinham filhos e eram ambos jovens. Ele não sabia ainda como ser um marido.

— Você sabe por que ele partiu.

— Sim. Mas você está diferente agora, não é, Sharon?

— Menos estridente, quer dizer?

— Acho que sim.

— Assim espero. Contudo, desde que sua mãe morreu, Jeff tem estado tenso. Eu nunca o obriguei ou pressionei a ir à igreja comigo. Mas ele sente a tensão. Eu vou e levo as crianças, é claro. Ele deve sentir-se mal, especialmente porque não tem mais nada a fazer, nenhuma desculpa. Não joga golfe, boliche ou pôquer. Não posso sequer dizer-lhe que tem amigos. Quando não está trabalhando, fica sentado, lendo o jornal e assistindo à televisão. Não me ressinto disso. Embora deseje que ele volte para Deus, volte à igreja, sei que a decisão pertence só a ele. Não quero perdê-lo. Você fala com ele, Cameron?

— Eu?

— Quem mais?

— Sou o irmão mais moço, Sharon, está lembrada? Ele pode ter orgulho de mim, mas não quer que eu saiba disso. Duvido que me ouça. E eu nunca namorei ninguém mais do que três vezes seguidas, muito menos me casei. Quem sou eu para aconselhá-lo?

Cameron podia ouvir a respiração de Sharon e tinha certeza de que a cunhada sabia que ele estava certo. Não tinha, porém, alternativa. O pai de Cameron não teria certamente condições de confrontar Jeff.

— Como o papai vai indo?

— Oh!, constantemente à nossa volta. Começou a se afastar do negócio, você sabe, especialmente durante os últimos meses de sua mãe. Mas precisa de algo para fazer agora, e tanto o Jeff quanto eu insistimos que voltasse. Não deveríamos ter feito isso. Nós pensamos que ele ajudaria na loja, vigiaria os mecânicos, esse tipo de coisa.

— Não deu certo?

— Nem um pouco. Jeff não pôde viajar mais a trabalho, porque, quando não está, o papai pensa que deve tomar conta de tudo. Na opinião dele, as coisas precisam voltar a ser como eram antes, e todo mundo se sente frustrado.

— Que pena.

— Essa não é a questão, Cam. Não posso perder o Jeff. Por mais frustrante que ele seja, eu o amo e quero que fique por perto. As crianças precisam dele. Jeff é um ótimo pai.

— Você falou com mais alguém sobre o assunto?

— Não.

— Ele vai saber então quem me contou.

— Não faz mal.

— Vou falar com ele, Sharon, mas não estou otimista.

Leon estava deslumbrado com sua tarefa.

— Vou usar minha melhor roupa — disse.

— Não, faça isso por telefone, Leon — recomendou Nicolae. — Você não pode arriscar-se a ser visto com ela.

— É claro.

— E seja rápido. Isso pode ser crucial.

Leon telefonou para Luciana Tismaneanu, a filha adulta de Emil, que as páginas sociais haviam anunciado recentemente que estava noiva e se casaria logo depois da eleição parlamentar.

Leon identificou-se e perguntou se Luciana sabia do relacionamento do pai dela com o sr. Carpathia.

— Só que estão competindo pelo mesmo cargo, senhor. Sei que disseram coisas inflamadas um contra o outro, mas meu pai me afirmou que é só política; ele não conserva nenhuma animosidade pessoal.

— Isso é ótimo de ouvir, srta. Tismaneanu. Posso assegurar-lhe que o sentimento do sr. Carpathia é o mesmo. Ele admira grandemente seu pai e o considera um amigo.

— Amigo? Não sabia que eles se conheciam assim tão bem.

— Estão se conhecendo cada vez melhor — disse Leon. — E íntimos o suficiente para saber que o aniversário de seu pai se aproxima.

— É verdade, daqui a uma semana. Planejamos uma reunião familiar.

— Maravilhoso. Estou agora pensando se poderia consultá-la sobre algo em total sigilo.

— Claro, acho eu.

— O sr. Carpathia está decidido a manter essa eleição no grau de moralidade mais elevado possível e suspender completamente qualquer difamação.

— Meu pai ficará contentíssimo ao ouvir isso e estou certa de que haverá reciprocidade.

— O sr. Carpathia quer permanecer amigo de seu pai, independentemente dos resultados da eleição.

— Suponho não ser surpresa, sr. Fortunato, que as primeiras pesquisas mostrem que a vitória de meu pai é improvável. Ele continua esperançoso, é claro, e está planejando anunciar algumas novas iniciativas. É, porém, um realista, um pragmático. Ficou apenas desapontado, creio eu, por pensar sinceramente que mais um mandato no Parlamento iria ajudá-lo a candidatar-se à Câmara Alta e eventualmente à presidência.

— Isso é muito interessante, srta. Tismaneanu, porque a verdade é que a única hesitação do sr. Carpathia sobre vencer essa eleição é que espera não prejudicar o potencial de seu pai para chefiar a nação.

Houve um breve silêncio do outro lado da linha. A srta. Tismaneanu disse finalmente:

— Está falando sério? O sr. Carpathia pensa realmente que meu pai é material presidenciável?

— Ficaria surpresa com a estima que o sr. Carpathia tem por seu pai.

— *Estou* surpresa.

— Fique então preparada para ouvir mais. Sabemos perfeitamente que aquilo que vou propor poderia parecer um estratagema político barato, mas afirmo que não é. O sr.

Carpathia deseja realizar uma recepção-surpresa de aniversário para seu pai, uma pequena reunião aqui em sua casa apenas para sua família e associados próximos, assim como alguns hóspedes do nosso lado. O sr. Carpathia promete absoluto sigilo, de modo que ele não receberia qualquer benefício político ou da mídia. Almeja simplesmente fazer isso como um sinal de sua admiração por um adversário digno.

— Sinto-me atônita — disse ela. — E meu pai também ficaria.

— O ponto é que — continuou Leon — teríamos de trabalhar muito para surpreendê-lo, não é?

— Muito.

— É nesse ponto que a srta. entra. O sr. Carpathia apreciaria se pudesse encontrá-la em particular para planejar a noite e combinar a melhor maneira de trazer seu pai aqui para a surpresa.

— Nicolae Carpathia quer encontrar-se comigo?

— Exatamente. Seria conforme a sua conveniência, teria de ser totalmente confidencial, é claro, e ele estaria preparado para mandar buscá-la e levá-la de volta a sua casa.

— Moro no centro, no apartamento em que meu noivo e eu iremos residir depois do casamento.

— Nenhum problema. Está disposta? Estaremos esperando que marque uma noite próxima em um horário tardio.

Da segunda vez em que Hattie Durham pediu a Rayford uma carona para casa, ele sugeriu levá-la a partir daquele dia.

— Tem certeza, capitão? É um favor muito grande.

— Não me importo. Não fica tão longe assim do meu itinerário, e estou certo de que sua companheira de quarto gostará da folga.

— É verdade. Ela está fora da cidade por alguns dias, e meu carro quebrou.

Rayford não sabia se Hattie dissera aquilo para explicar seu problema ou se apenas queria que ele soubesse que estava sozinha em casa. Ele não pretendia sugerir nada, mas teve de admitir para si mesmo que ficaria lisonjeado se Hattie o convidasse para subir. Disse a si mesmo que declinaria, mas sentiu-se desapontado quando ela não o convidou.

Para encobrir as coisas, contou a Irene a respeito dessa sua disposição para com Hattie.

— Foi delicado da sua parte, desde que ela não esteja apaixonada por você.

Rayford bufou.

— Tenho quase idade para ser pai dela. Você ficaria aborrecida demais se ela *estivesse* gostando de mim?

Irene riu.

— É claro. Mas não me surpreenderia. Não posso ser a única mulher em Illinois com bom gosto.

Isso machucou Rayford. Tudo que ele a fizera sofrer, como se tornara frio, quão formal era o casamento deles... e ela continuava dizendo coisas amáveis. Desejaria merecer isso.

Cameron estava ao telefone com Jeff.

— Ela contou então para você, não é?

— É.

— E ela quer que você, dentre todo mundo, me faça desistir?

— Mostra como ela está desesperada, Jeff. Você se lembra quando a deixou da última vez e não se comportou?

— Eu sei. Saí de casa e depois dei razão a ela por não me aceitar de volta.

— Mas aceitou. E por quê?

— Eu sei, Cam. Ela era uma pessoa melhor do que eu e provavelmente ainda é.

— Não seja então tolo. O que está fazendo? Por que quer ir embora?

— Porque ela tem tudo organizado, homem. Odeio meu trabalho. Odeio o que nosso pai está fazendo. Não odeio você, mas deveria.

— Então vá em frente e me odeie.

— Não vou fazer isso, Cam, mas também não gosto que você se intrometa em meu casamento.

— Você acha que gosto? Ela me telefonou, Jeff.

— É provável que eu não faça isso. Não sei como explicaria às crianças.

— Fácil. Diga que a mãe deles é uma pessoa melhor do que você e que você é um idiota que não sabe apreciar o que tem.

— Está bem, Cam. Eu disse que provavelmente não vou fazer isso.

— Pode me fazer um favor e dar-me o crédito se ficar? Poderia usar esses pontos com sua mulher.

— Por quê? Ela disse que pensa que você também está perdido?

— Não nessas palavras — replicou Cameron.

— Não, mas entendemos bem, não é? Você compreende como é difícil viver com uma santa?

— Não posso imaginar. Especialmente quando você é o oposto.

Cerca de trinta pessoas apareceram na festa-surpresa para Emil Tismaneanu, e ficou claro para Nicolae que o homem realmente se espantara. Ele pareceu pregar um sorriso agradecido no rosto para sua família, que estivera toda envolvida de alguma forma no ardil. Seus olhos transmitiram, no entanto, algo bem diferente quando fitou Nicolae.

Quando finalmente conseguiram distanciar-se dos outros por um momento, Tismaneanu disse:

— Preciso dar uma palavrinha com você quando for conveniente.

— Ainda esta noite? — perguntou Nicolae.

— Se possível.

— Vamos desaparecer neste momento? Ir para o meu escritório?

— Espere até que eu cubra minhas pegadas. — Ele falou brevemente com a mulher, seu chefe do pessoal e depois com um homem que parecia fazer parte de sua segurança. O homem entregou-lhe um envelope, e Emil voltou até Carpathia.

— Tudo pronto? Siga-me.

Em seu escritório, Carpathia sentou-se em uma pequena mesa de conferências à frente do rival.

— Espero que esta tenha sido uma surpresa agradável, Emil.

— Por favor, vamos cortar as *bãlegar*, Carpathia. Não confio em você nem por um segundo.

— Eu garanto que a imprensa não sabe nada a esse respeito, senhor, e planejo manter as coisas assim. Não vou explorar isso politicamente em proveito próprio.

— O que então? Tem de haver alguma coisa nisso para você.

— Só a sua presença e amizade.

— Você me deixa doente.

— Emil, por favor, estou estendendo um ramo de oliveira a você.

— Deixe-me mostrar-lhe o que estou estendendo. — Tismaneanu empurrou o envelope por sobre a mesa.

Nicolae abriu-o avidamente.

— Olhe só isto — disse ele sorrindo. — Acho que é a minha casa. Meu carro. Meu motorista. Mas quem é esta jovem? Parece familiar. Encantadora, não concorda?

Tismaneanu ficou sentado impassível, olhando para Carpathia.

— Diga-me, Emil, se você não acha que ela é mais do que *atrăgător?* — Ele virou a foto para mostrá-la a Tismaneanu.

O homem mais velho não quis olhar.

— Não me surpreende que você receba mulheres atraentes, Carpathia. Os eleitores, porém, poderiam surpreender-se.

Carpathia fingiu seu olhar mais indagador.

— Os eleitores? Não compreendo, Emil. O que está dizendo?

— Estou dizendo que, se você não desistir da candidatura em quarenta e oito horas, essa fotografia irá para a mídia.

— Emil, você sabe com certeza que tenho as mesmas fotos. Minha entrada é inteiramente coberta por câmeras de segurança vinte e quatro horas por dia.

— E?

— Será que minhas fotos são mais claras? Quem sabe as minhas mostrarão quem é a jovem senhora. Ela parece familiar, não é?

Ele bateu na fotografia, e Tismaneanu finalmente olhou-a. Carpathia deliciou-se com o reconhecimento gradual que surgiu na face do homem. Ele ficou em pé, pálido e trêmulo.

— Vou matá-lo, Carpathia — disse.

Nicolae ficou em pé e voltou-se para alcançar dois botões na parede. Um chamou silenciosamente o pessoal da segurança. O outro deu início a uma gravação com a ameaça de Emil Tismaneanu em alta fidelidade.

— Alguém terá de retirar-se estrondosamente desta corrida — disse Nicolae. — Fico imaginando qual de nós vai ser.

Emil atirou-se sobre ele justamente no momento em que os guarda-costas de Nicolae irromperam pela porta para afastar o homem mais velho.

VINTE E SETE

Cameron não tinha francamente idéia de quão sério era seu namoro com Janet. Ele se encontrara sozinho com ela meia dúzia de vezes e se descobriu pensando nela com freqüência. Estaria amando? Como saber? Enamorado talvez. Ela era divertida, engraçada, encantadora e, claro, inteligente. Melhor que tudo, parecia sinceramente interessada em seus pensamentos, planos e sonhos.

Só errara com ela uma vez e atribuíra isso à ingenuidade. Esperava que ela também pensasse assim. Eles haviam saído no aniversário de Janet, e seu presente, um colar de jade, era, na opinião dela

— Bonito, Cameron, mas não posso aceitá-lo.

— O quê? Por quê?

— É um pouco demais para o ponto em que estamos em nosso relacionamento. Só começamos a nos conhecer. Na verdade, eu não me sentiria bem aceitando ou usando esse colar.

— Tem certeza?

— Sinto muito.

Ele encolheu os ombros e aceitou o presente de volta, sentindo-se embaraçado durante o resto da noite. No fim de semana seguinte, Janet aceitou um encontro com ele na sexta-feira à noite, mas desmarcou porque tinha outro convite. Cameron não entendeu por que isso o abalara tanto. Ele pensava que, se estava só com ela, o sentimento seria recíproco.

Perguntou aos amigos, e alguns deles disseram que estava na hora de ele dar um passo, tornar claras as suas intenções.

— Isso é tudo que ela está esperando, Cameron — afirmou um deles. — Alguma expressão de compromisso.

Ele lembrou ao amigo sobre o episódio do colar.

— Mas vocês já se encontraram outras vezes depois disso. Diga a ela qual é a sua posição. Descubra qual é a dela.

Isso parecia suficientemente direto. Portanto, na noite de sexta-feira ele perguntou se ela estaria livre no domingo à tarde. A maneira em que olhou para ele e sorriu ao dizer sim deu-lhe a confiança necessária. Ele praticou seu discurso.

— Achei que seria bom fazermos um piquenique no bosque.

— Parece perfeito — disse ela.

Cameron ficou bastante nervoso na manhã de domingo. Embora Janet tivesse se prontificado a preparar o almoço para o piquenique, ele insistiu em levá-lo de uma rotisseria. Fizeram um longo passeio no bosque e depois estenderam uma toalha em uma clareira, onde sentaram, conversaram e comeram.

— Gosto de estar com você — afirmou ele.

— Eu também — respondeu Janet.

— De fato, estive pensando que gostaria de sugerir que nossa amizade passasse para outro nível.

Ela sorriu.

— Quer dizer?

— Torná-la exclusiva. Tentar isso. Buscar um relacionamento verdadeiro. Ver o que acontece.

— Hummm.

— É um sim ou um não, Janet?

Ela continuou sorrindo.

— É um *hummm,* Cameron.

— Quer dizer?

— Quer dizer que estou pensando.

Ele sabia o suficiente para ficar em silêncio. Uma hora inteira depois, ela voltou finalmente ao assunto. Eles haviam retirado a toalha e limpado o lugar e estavam voltando para o carro dele. Ela deu-lhe a mão, mas ele soube de alguma forma que não havia um significado oculto ou implícito nesse gesto. De fato, sentiu que podia ser um gesto de simpatia que ela lhe lançava.

— Tenho de dizer não, Cameron, sinto muito.

— Verdade? Por quê? Estou errando em algum ponto? Ou há outra pessoa em quem você está mais interessada?

— Posso dizer não para as duas coisas. Gosto da minha liberdade, gosto de conhecer rapazes diferentes. Mas nenhum outro que conheço se compara a você.

— Obrigado, mas...?

Eles colocaram as coisas no carro. Janet encostou-se na porta e pegou as duas mãos de Cameron.

— Algum dia, quero ser o amor da vida de alguém — disse.

— Não da minha?

— Isso poderia ser agradável, Cameron, mas não vai acontecer.

— Como você sabe? É por essa razão que estou sugerindo darmos uma chance a nosso relacionamento.

Ela sacudiu a cabeça.

— Ouça, não estou esperando que tenha perdido a cabeça por mim, mas...

— Tenho sido sincero com você, Janet. Não posso dizer ainda que a estou amando. Só gostaria de ver se chegaríamos a isso se dermos mais tempo e atenção um ao outro.

— Estou dizendo não, Cameron.

— Você então decidiu que nunca iremos nos apaixonar.

— Eu poderia, você não.

— Está decidindo por mim?

Ela riu.

— Conheço você melhor do que se conhece a si mesmo. — Ele começou a puxar as mãos, mas ela segurou-as com firmeza.

— Ouça, Cameron. Você é uma pessoa maravilhosa, cheia de talento a oferecer. E já está apaixonado.

— O que está dizendo?

— Você está apaixonado pela sua carreira.

— Nem tenho ainda uma carreira.

— É claro que tem. Está mais perto dos seus alvos para uma carreira do que qualquer outro que conheço em Princeton. Já está trabalhando para o *Globe*. Em alguns meses, vai trabalhar em tempo integral e estará a caminho. Isso será provavelmente um trampolim para coisas maiores e melhores. Você vai provavelmente acabar na televisão, um daqueles correspondentes internacionais transmitindo de Tel-Aviv, Bonn, Roma.

Cameron inclinou a cabeça. — Eu poderia viver assim.

— Eu não.

— Não?

— Não, Cameron. Gostaria de segurar um espelho à sua frente quando fala sobre jornalismo. Ficaria surpresa se viesse a amar qualquer coisa quanto ama isso. Você fica com um ar distante, um brilho nos olhos. Seu entusiasmo é imenso nessa área. Quem quer que fique com você, terá de competir com essa amante a vida inteira.

— É tão mau assim?

— É. Eu nem sequer tentaria fazê-lo abandonar sua meta. Gostaria de estar tão consumida por alguém ou alguma coisa desse modo.

— Você não acha que eu poderia mudar, fazer um auto-exame e administrar isso?

— Eu não desejaria que mudasse, Cameron. Você sente a mais pura das alegrias nessa sua busca, e eu lhe prestaria um desserviço se pedisse para sublimá-la em mim. E você me prestaria um desserviço se tentasse se concentrar em mim enquanto perseguisse seu verdadeiro amor.

Cameron soltou as mãos das dela e colocou-as nos bolsos.

— Uau! — disse ele. — Eu poderia realmente usar alguém como você em minha vida.

— Sei que poderia, mas não será eu. Espero que compreenda e que não fique magoado.

— Acho que compreendo. Obrigado.

Ela rodeou o rosto dele com as mãos e beijou-o levemente nos lábios.

— Obrigada pelo seu pedido.

Irene estava fascinada com o desenvolvimento de Chloe. Loira, de olhos verdes, ela ficou subitamente desajeitada — só braços e pernas.

Usava aparelho nos dentes e óculos que logo seriam substituídos por lentes de contato e, mais tarde, cirurgia a laser. Ficou também de repente pendurada no telefone com suas amigas o tempo todo e protegia ferozmente a sua privacidade. Deixava de falar no momento em que Irene se aproximava. Franzia a testa, repreendia, resmungava e virava as costas.

Irene achava essa atitude frustrante e sentia-se mais repelida do que nunca. Mas também se divertia. Ali estava aquela garotinha vivaz, toda angulosa, desajeitada, de repente interessada em moda. O que quer que Chloe usasse, ela continuava parecendo um animalzinho recém-nascido tentando levantar-se nas próprias pernas. Os meninos, porém, aparentemente já viam o seu potencial.

Era sobre isso que Chloe conversava com as amigas. Irene já ouvira o suficiente para saber que o assunto era constante.

Estranha também era a súbita mudança de Chloe com relação a ir à igreja. Irene logo suspeitou. Rayford quase que deixara completamente de comparecer, exceto no domingo em que não havia jogo de golfe ou quando ele não arranjava para voar. Chloe, no entanto, levantava cedo no domingo, experimentava várias roupas, passava muito tempo no banheiro e emergia pronta para sair.

Ela usava os trajes e acessórios mais modernos, mas Irene tinha de esforçar-se para manter o rosto impassível, observando a desengonçada pré-adolescente tentando parecer adulta.

Quando Chloe deixou de choramingar e se queixar por ter de ir à igreja, passando a freqüentar a Escola Bíblica Dominical e os cultos, participando das atividades da juventude, Irene soube que havia alguma coisa em jogo. Essa coisa, é claro, acabou sendo *alguém*. Bobby.

Cada vez que o nome dele era pronunciado, Chloe enrubescia. Quando ele começou a sentar-se ao lado dela no culto da manhã, Irene percebeu o devaneio nos olhos deles. Ah!, o primeiro amor. Ou pelo menos a primeira paixão. Era divertido observar e fácil de ver o que eles viam um no outro. O cabelo dele tinha um topete meio selvagem. Ele era mais baixo que Chloe e também usava aparelho e óculos.

Ambos pareciam extremamente calados, mas não podiam esconder que seus dedos se tocavam sob o hinário e que flertavam durante o período de oração. Irene queria informar Chloe sobre meninos, mas não era provável que estivessem namorando. Era bem possível que mal se falassem.

Bobby parecia praticamente inofensivo, e, quando Irene soube que ele pertencia a uma antiga família da igreja, respirou aliviada. O que ou quem estivesse levando sua filha à igreja todos os domingos estava bom para ela.

Nicolae nunca vira Reiche Planchette tão claramente abalado. Seus lábios pareciam finos e pálidos, e seus olhos se moviam rapidamente de um lado para o outro. O homem insistira em uma reunião com o gabinete principal da Carpathian Trading: Nicolae, Leon, Viv e ele.

— Fui ameaçado — disse. — Fomos todos ameaçados.

— Por quem? — perguntou Nicolae calmamente.

— Não disse o nome, mas ficou claro a quem representava.

— Comece do início — disse Nicolae.

— Está bem. Como sabe, gosto de tomar um aperitivo no fim da tarde.

— No Longshoreman.

— Fui aparentemente visto lá.

— Só por todo mundo em Bucareste uma vez ou outra — assegurou Nicolae.

— Eu me achava no bar quando um homem se aproximou e perguntou se poderia juntar-me a ele em sua mesa. Eu disse: "Será que o conheço?" Respondeu: "Não, mas eu o conheço. Peço apenas um minuto do seu tempo". Não é preciso dizer que fiquei curioso. Levei minha bebida para a mesa dele, em um lugar isolado. Ele não parecia um assassino. Tinha boa aparência e falava bem.

— Chegue ao ponto, Reiche, por favor — interrompeu Nicolae.

— Desculpe-me. O homem inclinou-se e sussurrou: "Você, seu chefe e os outros dois membros de seu círculo íntimo e seus entes queridos estão correndo risco". Estou parafraseando, é claro, mas...

— Eu não esperaria que você lembrasse cada palavra, Reiche.

— Obrigado, mas jamais esquecerei o significado do recado dele. Eu disse: "Que risco?" Ele respondeu: "Risco de vida". Disse "risco de vida" quase como se saísse de uma peça de Shakespeare. Perguntei-lhe: "Por quê?". Ele respondeu: "Acho que sabe".

— Você teria se orgulhado de mim, Nicolae. Respondi: "Não sei; portanto, se tem realmente uma mensagem para mim, seria melhor ser mais claro".

— Bom trabalho — declarou Nicolae, tentando conter o riso.

— Ele foi então mais claro, dizendo: "A não ser que eu possa assegurar a meu chefe que ele não tem de sair dessa competição, um de vocês ou um ente querido vai morrer. Você tem vinte e quatro horas".

— Diga-me — falou Nicolae — que ele foi suficientemente estúpido para dizer que se encontraria com você outra vez no mesmo lugar. Vou prendê-lo na mesma hora se tiver feito isso.

— Não. Tinha instruções bem específicas para você.

— Para mim?

— Você deve acrescentar algo no seu próximo discurso, que, se não me engano, está marcado para amanhã cedo...

— Certo.

— ...sobre seu estimado oponente, e deve usar exatamente estas palavras. Deve admitir que irá apoiá-lo como candidato a presidente e está à espera do dia em que poderá fazer justamente isso. A seguir, deve indicar que está considerando — apenas considerando — abandonar a competição e que permitirá que o público fique sabendo dentro de um ou dois dias.

— Sair da competição apenas alguns dias antes dela — disse Nicolae sorrindo.

— Só considerando.

— Não seja louco, Reiche. Se eu dissesse à imprensa e ao público que estou sequer pensando em algo desse tipo, a corrida acabaria para mim. Quem votaria em alguém tão indeciso?

— É isso mesmo — disse Leon. — De qualquer modo, não tememos Emil Tismaneanu e seus comparsas.

— Medo? — aparteou Nicolae. — Vou enfrentar agressão com agressão.

— Eu os temo — afirmou Viv. — Não me atrai a idéia de correr riscos.

— Esconda-se então por algum tempo, Viv. E você, Reiche, depois do discurso de amanhã, eu evitaria o Longshoreman.

— O que está dizendo?

— Se precisa perguntar isso, Reiche, você poderia então até considerar não sair de casa por alguns dias.

— Estou supondo que você não vai ceder aos desejos deles, não é?

— Não permitir que meu adversário escreva meus discursos? Não, Reiche, não vou ceder aos desejos deles. De fato, vão ter de ceder aos meus, o que deixei claro para o Emil quando esteve aqui.

— Estamos então chegando a isto? — perguntou Reiche, parecendo subitamente esgotado.

— Sim! — disse Leon, e parecia energizado.

VINTE E OITO

Rayford nunca fora chamado para uma repreensão e, portanto, estava praticamente certo de que a convocação para o escritório de Earl Halliday era para algo diferente. Ao ver o sorriso de Earl, ficou aliviado.

— Não sei se foi toda aquela cobertura que você obteve por pousar com segurança em Los Angeles, ou seu passado na ROTC — disse Earl — mas os chefões da CIA e do Departamento de Defesa querem falar com você.

— Acha que tem algo a ver com o fato de eu me achar na lista de reservas da *Força Aérea Um* e *Dois?*

— Não tenho idéia, mas fique certo que eles sabem disso. É provável que tenham um registro de cada multa de trânsito que você já recebeu e se foi apanhado mascando chiclete na escola.

— As crianças ainda são castigadas por isso, Earl?

— Como vou saber? Isso mostra a minha idade. De qualquer maneira, estou mudando seu próximo destino, e vai, portanto, voar para Reagan, tendo então tempo suficiente para se encontrar com esses rapazes. Eles deixaram claro que seria algo da mais alta categoria, confidencial e tudo o mais, mas você tem de me prometer, Ray. Prometa que vai lembrar de cada palavra.

— Oh!, esqueci. Você ama toda essa coisa de capa e espada.

— Você não?

— Claro. Mas quem sabe para que me chamaram?

— Eu não sei.

— Deixe-me ver a lista da tripulação para o plano original.

Earl produziu-a em seu computador, e Rayford a examinou. Teria de telefonar para Hattie e dizer que precisava de outro transporte para casa.

O discurso matinal de Nicolae estava programado para uma campanha do Um Único Mundo, na Universidade da Romênia, em Bucareste. Por alguma razão, os estudantes dali, especialmente os que pertenciam a clubes da causa liberal, haviam deixado de lado seu velho favorito, Emil Tismaneanu, e decidido que ele fazia agora parte do sistema governante. Tinham, porém, de ficar alertas para o fato de que Nicolae Carpathia era tão materialista e capitalista quanto Tismaneanu, mas era também jovem — não muito mais velho do que eles — e possuía charme e energia, com os quais os outros políticos de que se lembravam não podiam comparar-se.

Além disso, Carpathia raramente falava de negócios e comércio. Mencionava os pobres, os oprimidos, os desprivilegiados. Ele falou de abrir a Romênia para o resto do mundo — uma mensagem facilmente aceita em uma campanha a favor da globalização.

Nicolae subiu ao palanque sob aplausos e supôs que os estudantes e professores tinham visto as últimas pesquisas que mostravam seu nome na frente em quase dez pontos. Suspeitava dos motivos deles. Se não tivesse essa dianteira, todos teriam comparecido e mostrariam tamanho entusiasmo se pensassem que haviam se decidido por em um perdedor?

Nicolae sentiu-se otimista e manteve-se firme em seu ponto. Disse o que a turma da educação queria ouvir, depois estendeu-se eloqüentemente sobre a globalização e a necessidade de não reforçar as fronteiras nacionais. Foi interrompido várias vezes por vivas e aplausos.

— É neste ponto em que meu adversário e eu discordamos — disse ele. — Estimo meu adversário? De modo algum.

Aplausos desenfreados.

— Mas acontece que Emil Tismaneanu é um amigo pessoal e, espero, que o seja por muito tempo, mesmo depois de tê-lo derrotado. Vou fazer isso com a ajuda de vocês! Ficaram surpresos ao saber que ele e eu somos amigos? Iria chocá-los se soubessem que dei recentemente uma festa em sua honra? Espero contar com a reciprocidade dele quando eu estiver procurando um espaço para comemorar a vitória.

— Incomodo, porém, meu amigo porque discordamos em pontos fundamentais. Um homem sincero? Sim, ele é. Ama seu país? Com toda a certeza. Nisso está, entretanto, a dificuldade. Ele nos isolaria, fortaleceria as fronteiras com seu nacionalismo, impediria que fôssemos cosmopolitas. Há uma razão para Emil Tismaneanu ser um empresário bem-sucedido. Ele não gosta de compartilhar a riqueza.

E acabou assim. Nicolae não só não usara a linguagem codificada prescrita na ameaça, como também fizera o oposto. Quebrara igualmente sua promessa de não usar a festa-surpresa com fins políticos. Havia ainda mais. Nicolae enfiara a faca. Restava agora girá-la.

— Vou deixar para meu estimado adversário, exceto nesse aspecto, a explicação do motivo de sua campanha estar enfraquecida e por que eu absolutamente não ficaria surpreso se ele desistisse, mesmo nesta data tardia. Ele na verdade falou comigo a esse respeito, e um de seus representantes discutiu seu afastamento com um dos membros de minha equipe ainda ontem. Não sei sobre vocês, mas eu preferiria no Parlamento um homem comprometido com um futuro a longo prazo, um homem que conhecesse sua própria mente, que não vacilasse em relação ao seu futuro. Mas isto sou eu quem diz. Não sou aquele que examina os números da pesquisa mostrando uma causa praticamente sem esperança.

Nicolae desceu da plataforma debaixo de vivas e uma ovação em pé, deixando a bola diretamente na quadra de Emil Tismaneanu.

— Eleições na classe a esta altura do ano? — perguntou Irene.

Chloe assentiu, sorrindo por entre seu aparelho.

— É para o próximo ano escolar, mas vai ser agora. Estou competindo para presidente da sétima série.

— É mesmo? E quais são as suas chances?

Chloe pareceu desanimada.

— Você não acredita que posso vencer.

— Eu não disse isso. É claro que pode ganhar. Só queria saber o seu grau de confiança.

— Total, mamãe. De fato, a única outra pessoa que sei com certeza que está competindo é um jogador de futebol. Ele é parecido com a versão masculina de brincadeira da "loira burra".

— Cuidado, você também é loira.

— Não quero dizer literalmente, mãe. O cabelo dele é castanho. Mas é um atleta do começo ao fim.

— Ele é popular?

— Claro. Mas este não é um concurso de popularidade; é de questões.

— Não se iluda. Toda eleição é um concurso de popularidade.

— Mãe! Por que você tem de jogar água fria em tudo?

— Não. Não sou uma desmancha-prazeres. Só quero que seja pragmática.

— Você não acha que sou popular.

— Sei que deve ser.

— Então por que diz isso? Você não sabe nada sobre mim!

Nicolae sentou-se no banco de trás do monstruoso SUV preto de Leon Fortunato. Quando o seu motorista entrou no trânsito, Leon sorriu.

— Você gostou do discurso, Leon? — perguntou Carpathia.

— Fantástico. Essa é a resposta à tática do braço-forte de Tismaneanu. Se ele tinha alguma dúvida ou pergunta, não tem mais nenhuma.

Nicolae encostou a cabeça no banco.

— Só espero que tenha dado razão a ele para fazer algo que me dê razão para responder.

— Não duvido — replicou Leon.

Depois de um dia cheio de aparições, conferências com a imprensa e reuniões, eles estavam finalmente indo para casa quando Leon recebeu um telefonema.

— Devagar, Viv. O que sabemos com certeza?

— Dê-me esse telefone, Leon — disse Nicolae, tirando-o dos dedos de Fortunato.

— Qual o problema, Viv?

— Você queria que o Reiche se ocultasse, e, depois do que ouvi no noticiário esta manhã, esse foi um sábio conselho.

— E então?

— Ele recusou minha oferta de tomar uma bebida aqui. Acabou de sair.

— Certamente não foi ao Longshoreman.

— Não. Disse alguma coisa sobre o *Bisericã Stranã.*

— O Church Pew! Ele não sabe onde isso fica?

— Onde?

— Na vizinhança de Tismaneanu. Reiche deve estar com mania suicida. Telefone para ele e mande-o voltar imediatamente. Preciso vê-lo.

— Sinto muito ouvir isso, capitão — disse Hattie. — Iria agradecer sua gentileza oferecendo um jantar em minha casa.

Rayford hesitou. Desde que não ia mesmo acontecer, ele poderia dizer o que quisesse sem medo de repercussão.

— Oh! Que pena! Quem sabe outro dia, mas é claro que o jantar é totalmente desnecessário.

— Eu sei.

— Tenho prazer em levá-la para casa.

— O prazer é todo meu.

O motorista de Leon estava entrando na propriedade de Carpathia quando Nicolae recebeu outro chamado de Viv.

— O telefone de Reiche não responde — disse ela. — Nicolae, estou com medo.

— É melhor não nos preocuparmos com as coisas que não podemos controlar. Creio que você me ensinou isso, tia Viv.

— Por que o Reiche tem de sair todos os dias? Por que não pode apenas tomar alguma coisa de seu armário de bebidas?

— Tem razão. Acontece que ele é um homem inteligente, espiritual, sem um grama de bom senso.

— Alguém está entrando neste momento.

— Somos nós, Viv.

— Gostaria que ele entrasse logo depois de você. O Reiche vai voltar logo, não vai?

— Podemos esperar que sim — disse Nicolae. Em particular, no entanto, ele desejava o pior. Estava falando sério sobre o seu desejo de uma razão para retaliar. Se tivesse de escolher um membro dispensável de seu círculo íntimo, seria o Reiche. Fortunato era insubstituível. Viv era fraca, mas gostava sinceramente dele. Reiche sempre fora um adulador e sempre o seria.

— Continue tentando o telefone dele, Viv — disse Nicolae logo depois de entrar e ver como ela estava aflita. Isso lhe daria alguma coisa para fazer.

A cada tentativa falha de entrar em contato com ele, porém, ela foi ficando cada vez mais angustiada.

— Vou telefonar para o bar — disse.

— Ponha no alto-falante. Talvez tenhamos de ir para lá — falou Leon.

O número foi discado, e a chamada completada.

— Alô. Está fechado.

— Fechado? Mas...

— Tivemos um incidente. Houve um crime aqui.

— O que aconteceu? Quem foi...?

Click

VINTE E NOVE

Rayford tinha pouca experiência com reuniões de alto nível — além de um encontro com o presidente da Pan-Con — especialmente em Washington. Ele decidiu que poderia facilmente acostumar-se com a hospitalidade.

Seu contato da CIA perguntou se queria voar em um jato militar ou de primeira classe em avião comercial, ou se preferia sua viagem grátis usual na Pan-Con.

— A Pan-Con arranjou na verdade para que eu mesmo pilotasse um avião, com algumas centenas de convidados, mas acho que eles não irão participar do nosso encontro.

Nenhum riso. Nenhuma resposta. Tudo bem, então nenhum senso de humor.

— Eles fizeram um plano com uma parada temporária suficiente para acomodar meu compromisso com os senhores.

— Vai então usar seu uniforme da Pan-Con?

— Vou, embora possa levar uma muda de roupa se um terno for mais apropriado.

Seu uniforme está ótimo, capitão. Teremos também militares aqui; portanto, vai ajustar-se muito bem.

Rayford pensou em outra piada, mas decidiu não tentar. Não tinha também certeza de que o traje bastante austero da Pan-Con combinaria com o uniforme militar de altas patentes, especialmente aquele usado por alguém com decorações suficientes para alcançar esse nível.

— Dois homens no começo da casa dos 30, parecendo quase gêmeos, ambos com cabelo preto e curto, vão esperá-lo no terminal da Jetway. Eles não estarão portando nenhuma identificação, mas têm sua foto e irão reconhecê-lo.

— Nada de troca de frases em código então, acho eu — disse Rayford e pestanejou quando não teve de novo resposta.

Ouviu finalmente um suspiro e depois detectou certa hilaridade.

— Se isso o desaponta, capitão, posso fazer um deles lhe dizer que tem o ioiô. Você pode então responder: "Eu tenho o fio".

— Não! — respondeu Rayford rindo. — Estou contente porque você já encontrou rústicos como eu antes.

— Todos os dias — disse o homem. — Estou também certo de que sabe que as pessoas que vai encontrar não terão provavelmente tempo ou interesse em frivolidades.

— Sei disso. Obrigado por me tolerar. Terminei então.

— Nenhum problema, capitão. Não vou vê-lo aqui, mas desejo-lhe o melhor e agradeço o seu tempo.

Nicolae agradeceu porque as janelas do SUV de Leon eram escuras, e ninguém poderia ver nada dentro do veículo. O motorista de Leon levou-os rapidamente para o bar The Church Pew, mas ficaram parados a um quarteirão e meio de distância por causa de todos os veículos de emergência. Nicolae escondeu-se quando Leon abaixou o vidro e perguntou a um transeunte o que havia ocorrido.

— O que dizem por aí é que foi uma espécie de ataque de uma gangue — disse um homem.

— Verdade?

— Sim. Um sujeito levou seis tiros de uma calibre 22 na parte de trás da cabeça. Rápido e fácil. Liquidado. A arma do crime foi encontrada no local, mas ninguém viu nada. Isso foi o fim dele.

— Alguma idéia de quem era?

O homem sacudiu a cabeça. — Alguém disse que já vão removê-lo de lá.

— Feche a janela, Leon — sussurrou Nicolae. — Depois vá lá e veja se pode confirmar quem é.

Irene ficou intrigada com o chamado de Rayford para ir a Washington.

— E você não tem idéia do que eles querem?

Ele sacudiu a cabeça.

— Não posso imaginar, embora suponha que Earl tem razão. Ele está imaginando que seja alguma coisa ligada a terrorismo e como ele afeta os vôos, pilotos, o convés superior dos porta-aviões, esse tipo de coisa.

— Tire então fotos e registre tudo — disse ela.

— Acho que isso não é permitido na sede da CIA. De qualquer forma, isso não pareceria um tanto turístico?

— Eu não me importaria de ser uma turista.

— Quer ir comigo, Irene? Eu gostaria muito.

Irene sentiu-se comovida. Ele parecia sincero.

— Está falando sério?

— Você não poderia ir comigo à reunião, é claro. Mas talvez pudesse visitar a sede. Caso negativo, há muita coisa para ver em Washington. Você conheceria o distrito federal, fica a dezesseis quilômetros de distância.

— Não me tente.

— Deveria ir.

— Rayford, quanto tempo eu ficaria com você? Está pilotando na ida e na volta, e, enquanto estivermos lá, vai a um encontro do qual não poderei participar. Além do mais, prometi a Jackie que iria a uma reunião com ela.

— Que reunião? Onde?

— Nova Esperança — respondeu Irene baixinho. Ela não queria desagradá-lo, mas aparentemente era tarde demais. Ele passou do desejo de levá-la a Washington para repreendê-la por causa do seu compromisso.

— Está bem, qual é a reunião?

— É o planejamento da EBF.

— EBF? O que é isso?

— Escola Bíblica de Férias. É como uma Escola Dominical diária, durante uma semana, nas férias de verão. Para crianças de todas as idades. Quero que o Raymie participe.

— Na Nova Esperança, é claro.

Ela teve vontade de dizer "Evidentemente. Nossa igreja não planejaria isso", mas se refreou e apenas assentiu.

Rayford sacudiu a cabeça e suspirou.

— Você quer que façamos mais coisas juntos, e esta é a sua oportunidade. Porém, não. Vai ficar na Nova Esperança planejando o Acampamento Bíblico de Verão.

— Escola Bíblica de Férias.

— Não importa.

— Rafe, se você apenas tentasse a Nova Esperança, gostaria de ir novamente à igreja. — Ela não queria briga, simplesmente desejava mostrar-lhe como estava sendo sincera.

— Duvido — ele respondeu.

— Descobri finalmente a diferença entre a Nova Esperança e a nossa igreja.

— Diga.

— Verdade.

— Verdade?

— Exatamente. Nossa igreja dança em redor da verdade. Cantamos, lemos alguns versículos, o pastor Boherer nem sequer prega — e nunca ensina — porque só compartilha pensamentos. Como uma homilia. Ouvi-lo é como ler esses livros inspiradores, cheios de histórias parcialmente verídicas, mas na maior parte inventadas, sobre gatinhos há muito perdidos encontrando o caminho de casa, órfãos ensinando a algum avarento uma lição de vida, uma mulher idosa...

— Está bem, está bem. Já entendi.

Irene, entretanto, estava eufórica, sentindo-se confiante, cansada de recuar, quando Rayford parecia entediado. Sua nova resolução parecia ter-se perdido em algum ponto da conversa.

— Posso dizer, pelo que estou aprendendo de Jackie, que a Nova Esperança ensina a verdade. Verdade real. Quando a Bíblia diz algo, eles investigam o significado até chegarem a uma conclusão. Você sabe o que a Bíblia diz sobre a verdade?

— Não. Não sei. Mas sinto que você está prestes a me dizer.

— João 8.32 diz: "Conhecereis a verdade e a verdade vos libertará". Você sabe quem disse isso?

— Não sei. Deixe-me adivinhar. Desde que você disse que está em João, vou dar um palpite, foi João?

— Não. Jesus.

— Ah!, lá vai você. A propósito, como sabe esse versículo?

— Sei uma porção de versículos.

— Você está ficando fanática, Irene.

— Não. Estou no caminho certo. Nos Salmos, Davi diz que ele escondeu a Palavra de Deus em seu coração para não pecar. É isso que quero fazer. É por essa razão que tento memorizar uma porção de versículos.

— Por favor. Melhor para você. Só me deixe fora disso.

Irene sentou-se no braço do sofá.

— Sabe de uma coisa, Rafe? Posso agüentar essa discussão sobre este assunto, mas o que você acabou de dizer cortou fundo. Dizer-me para deixá-lo de fora me fere mais do que estou certa de que você desejava.

Rayford pareceu atônito.

— Você tem razão, Irene. Não queria magoá-la de modo algum. Não estava pensando em você, mas em mim. Não quero participar disso. Se minha decisão magoa você, lamento muito.

— Sabe o que eu lamento? Que você se conheça tão bem e mesmo assim não queira fazer nada a respeito.

— Eu me conheço tão bem?

— Acabou de dizer isso. Não estava pensando em mim, mas em você.

Quando Rayford saiu do quarto sem dizer mais nada, Irene fechou vagarosamente os olhos. Se ele nunca aceitasse a verdade, decidiu, seria por sua causa. Ela e a sua boca solta.

Quando o SUV ficou novamente em segurança e Leon estava andando apressado pela rua movimentada, Nicolae sentou-se e espiou na direção da taverna.

— Veja só — disse ao motorista — o pessoal da emergência médica está carregando uma maca. Olhe essas pessoas procurando lugar para ver o que puderem.

— É verdade — respondeu o motorista. — Parece que estão fazendo o mesmo que nós.

Leon chegou nessa hora e entrou no carro, onde sentou-se resfolegando por causa do esforço.

— Puxa! — disse ele. — Sua cabeça e rosto estavam cobertos, mas era mesmo o Planchette.

— Que coisa! — comentou Nicolae, fazendo sinal para o motorista fechar a janela à prova de som entre os assentos da frente e os de trás.

— Sinto muito — disse Leon, enquanto o motorista dava partida.

— Não sinta — respondeu Nicolae. — Esta é toda a instigação de que preciso.

— Ele era seu amigo — afirmou Leon.

— Nem tanto. Ouça, Leon. Você pode fazer o trabalho de Reiche e melhor do que ele. O homem apenas me serviu da melhor maneira possível.

Leon pareceu espantado.

— Você é um homem frio, Nicolae Carpathia. Creio que é mais cruel e insensível do que eu.

Nicolae sorriu para ele, e Leon apertou-lhe a mão.

Conforme fora avisado, Rayford encontrou os operadores da CIA à sua espera no terminal da Jetway no Aeroporto Internacional Reagan. Eles pareciam sombrios, mas provaram ser cordiais e atenciosos. Perguntaram se queria dar algumas voltas ou precisava de algo antes de ir para a sede.

— Prefiro ir para a reunião, se vocês não se importam.

— Fomos designados para fazê-lo visitar a sede. Quando terminarmos, todos estarão reunidos. Estão na verdade realizando essa reunião no auditório.

— Sério? Quantos estarão lá?

— Não chegarão a encher seiscentos e cinqüenta lugares — respondeu um deles rindo. — Haverá menos do que dez. Creio que desejam apenas que a reunião fique debaixo do radar.

— Precisam preocupar-se com isso até na CIA, não é?

— Você não faz idéia.

— Nicolae, você não pode estar falando sério — disse Leon. Eles se achavam no escritório na casa de Carpathia. — Você não se vinga da morte de um soldado raso removendo o general.

— Você não faz isso?

— Não.

— É possível que não faça, mas eu faço. Nunca serei convencional, Leon. Você tem ou não acesso ao pessoal de que necessito?

— Claro que tenho. Só quero que pense a respeito. Você nem sequer informou a sra. Ivins de que seu velho amigo e mentor se foi e agora quer assassinar uma figura política importante?

— Importa a ordem em que essas coisas sejam executadas? Se acha tão crucial fazer a tia Viv saber o que aconteceu, vá chamá-la.

Os operadores entraram no complexo da CIA e começaram o circuito ainda no carro. Contaram a Rayford sobre os quase duzentos e cinqüenta acres e quatro mil e seiscentos metros de área construída. Fizeram-no andar do prédio original de concreto pré-moldado até a adição mais nova de aço e vidro, com agora décadas de idade, e lhe mostraram as duas torres gêmeas de seis andares e o edifício principal de quatro andares.

Rayford ficou impressionado porque todo o conjunto parecia um *campus* de faculdade. E achou interessante ver o emblema maciço da CIA gravado no chão do vestíbulo central.

O mais surpreendente, porém, foi algo que o fez parar e fixar os olhos. Percebeu os dois homens se entreolhando, mas não podia desviar o olhar da sentença esculpida na parede. Se jamais tivera a sensação de que alguém estava tentando dizer-lhe algo, isso estava acontecendo naquele momento.

A inscrição dizia: "E conhecereis a verdade e a verdade vos libertará". João 8.32.

TRINTA

Viv tremia ao sentar-se.

— Alguma coisa aconteceu ao Reiche — disse. — Sei que aconteceu. Quando voltou e veio direto para cá, o que mais eu podia pensar?

— Pensou certo, tia Viv — disse Nicolae. — Ele foi assassinado.

— Oh, não! Não, não, não!

— Não se preocupe, Viv. Iremos vingar-nos no nível mais alto.

— Não, não, não!

— Não está me ouvindo, tia. Vamos fazer Tismaneanu arrepender-se disso e bloquearemos a eleição.

Viv olhou-o zangada, com as lágrimas correndo pelo rosto.

— Você não tem coração? Como qualquer plano que possa fazer trará de volta meu querido amigo, meu professor?

Nicolae olhou para Leon e depois novamente para Viv.

— Você não é adulta? — disse ele. — Trazer de volta seu querido amigo? Já conheceu alguém que tenha voltado dentre os mortos? Reiche Planchette não vai voltar. Quanto mais cedo você aceitar isso, tanto melhor. Faremos agora o que pudermos, e o melhor é o que vai resultar disso, que sentimos ter licença para fazer.

— Isso é tudo em que você pensa, Nicolae? O que irá melhor servi-lo?

Ele ficou confuso. Em que outra coisa a pessoa deveria pensar:

— O que é melhor para mim, será melhor para a Romênia. Para a Europa. E o mundo.

— O seu ego não tem limites — disse ela soluçando.

— Tenha cuidado, tia Viv. Lembre-se com quem está falando.

Ela sentou sacudindo a cabeça.

— Diga alguma coisa, Leon — disse Nicolae. — Não posso consolar uma mulher enlouquecida.

— Não sou louca! Estou sofrendo! Não pode ver isso?

Leon foi para o lado dela, ajoelhando-se e pondo uma das mãos em seu ombro.

— Sinto muito a sua perda, sra. Ivins. Reiche Planchette era um verdadeiro amigo e um empregado leal. Sei a opinião que tinham um do outro. Nada que eu diga ou faça pode melhorar a situação, mas saiba que simpatizo com a sra. e me importo.

Nicolae ficou espantado ao ver a mudança em Viv. Ela limpou o rosto e começou a assentir. Depois sussurrou:

— Obrigada, sr. Fortunato, por essas bondosas palavras. Quero envolver-me no serviço do funeral do sr. Planchette, convidando seus muitos amigos e parentes, é claro.

— É claro — Leon voltou-se para Nicolae. — Acho que a sra. Ivins seria a escolha perfeita para essa tarefa, sr. Carpathia. Não concorda?

— O quê? — disse Nicolae levantando os olhos de suas anotações. — Um momento. "...saiba que simpatizo e me importo". Essa foi boa, Leon. Muito boa. Agora, o que foi?

— Estou aconselhando-o a aceitar a oferta da sra. Ivins para encarregar-se dos funerais do sr. Planchette.

— Oh!, está bem, certamente. E, Viv, para mostrar minha simpatia e cuidado, acho que você vai sentir-se muito melhor logo que Emil Tismaneanu esteja morto.

Viv ficou em pé, olhou para Nicolae e, em seguida, retirou-se da sala.

Quando ela saiu, ele encolheu os ombros.

— Há algumas pessoas no mundo, Leon, às quais você simplesmente não consegue agradar.

Os funcionários da CIA mostraram a Rayford várias esculturas e objetos de arte no prédio principal, na parte de fora e em dois andares diferentes. No final, fizeram que atravessasse um túnel até o auditório, em forma de cúpula, ligado ao edifício original.

— Para que são os grandes anéis de gesso? — perguntou Rayford, apontando para cima e para dentro da cúpula.

— Em parte, para embelezar e, em parte, por causa do som — disse um deles, e Rayford ficou impressionado com a acústica.

— Veja isto agora.

O operador apertou um botão, e uma tela de projeção apareceu.

— Vamos deixá-la exposta — disse ele —, pois o encarregado da reunião pretende usá-la hoje.

Uma porta lateral abriu-se, e três homens de terno e três outros de uniforme militar entraram. O encarregado da reunião apresentou-se como Jack Graham e introduziu rapidamente os demais. Rayford ficou subitamente perdido no mar de nomes e títulos. Só Graham era da CIA, dois eram do Departamento de Defesa, e os três em uniforme faziam parte de várias forças-tarefas sob uma Junta de Chefes de Estado.

Todos cumprimentaram Rayford formalmente pelo nome, apertando-lhe a mão e agradecendo sua presença. Graham levou o grupo à primeira fila de cadeiras e ficou à frente deles, com os joelhos no assento rebaixado de uma cadeira na primeira fila. Rayford percebeu que seus primeiros anfitriões haviam desaparecido.

— Temos um problema — começou Graham — e, capitão Steele, estamos esperando que possa lançar alguma luz. Compreendemos que sua experiência militar é limitada e que não é um perito em munições ou antiterrorismo.

— Posso confirmar isso — afirmou Rayford.

— Você está aqui como representante de todo piloto comercial neste país. Estamos esperando que você use menos perícia técnica do que uma reação espontânea de como pensa que seus colegas vão responder ao nosso dilema. Um antigo problema ressurgiu, e seria um desastre se não pudéssemos eliminá-lo.

— Posso aconselhá-lo, Nicolae? — indagou Leon.

— Não faz isso sempre?

— Sim, mas não quero ser crítico e certamente não desejo ofender. Eu simplesmente almejo que você seja o melhor líder possível. Amarrei meu vagão à sua estrela.

— Você o quê?

— Emerson.

— Quem? O poeta?

— Não importa. Quero servi-lo por muito tempo e bem, Nicolae. Suas tentativas de humildade estão funcionando, e tenho visto você influenciar massas com a nova abordagem.

— Não é fácil, Leon. Como sabe...

— Sim, você não tem praticamente nada de que se humilhar. Mas sua falta de compaixão e empatia é quase desumana.

— Eu talvez não seja humano. Você já considerou isso?

— Na verdade, já. Mas o fato é que você foi o produto de um espermatozóide e um óvulo, nascido de uma mulher fertilizada por um homem.

— Dois homens.

— Muito bem. No máximo, você foi o primeiro, mas não será o último de uma geração híbrida. Um caso pode ser apresentado de que é totalmente humano.

— E então?

— Deve então agir assim. Dizer à sua tia que um de seus mais queridos amigos sofreu uma morte horrível, como ela temera, e depois parecer surpreso com o choque e a tristeza dela... esse não é simplesmente um comportamento humano normal. Não sentiu nada por ela?

— Não.

— Pelo menos é sincero.

— Ou pelo menos direto. Você perguntou.

— Perguntei. Estou dizendo agora que você deve no mínimo fingir uma atitude de empatia, a capacidade de colocar-se no lugar da outra pessoa.

— Você me viu fazendo anotações, não viu?

— Vi. Anotações sobre o quê?

— Não estou completamente alheio, Leon. Reconheci que você foi bem-sucedido com aquele pequeno ato e não me importo de dizer-lhe que pretendo apropriar-me dele da próxima vez.

— Não era um ato.

— Não era? Você se importa mesmo com uma mulher que mal conhece? Uma mulher que gostaria que você não estivesse aqui com tamanha facilidade de acesso a mim?

— Sim e posso até sentir empatia por ela nesse ponto. A princípio, tive ciúmes e me ressenti de Reiche. Depois ficou claro que você estava menos que enamorado dele e de sua contribuição, e isso me aliviou.

— Não sente o mesmo pela tia Viv?

— Ciúmes dela? Ameaçado? Não. Ela é mulher. Você claramente relega as mulheres a um plano secundário, uma rara inclinação que admiro atualmente. Ela colabora com forças e dons únicos, e do meu lado me alegro por não ter de contribuir da mesma forma.

— Você gosta de ser meu principal conselheiro.

— Exatamente.

— Está vendo? — declarou Nicolae. — Como eu disse, não estou totalmente alheio. Acabamos agora com esta pequena lição de vida? Podemos planejar a morte de meu oponente?

— Está aqui, capitão Steele, porque alguns de nós nos impressionamos com a maneira pela qual executa seu trabalho, inclusive quando está sob pressão, em crise, ou lidando com a imprensa. Corrija-nos, se estivermos errados, mas gostaríamos de pensar que tem capacidade para permanecer reservado e discreto.

— Eu gostaria de pensar também assim.

— Nosso problema é o ressurgimento de mísseis disparados do ombro no mercado clandestino.

— Capazes de abater aviões comerciais — disse Rayford — especialmente na decolagem e aterrissagem.

— Isso mesmo. Você respondeu como se tivesse refletido sobre isso.

— É realmente discutido entre os pilotos. Estamos todos nervosos. Mesmo com a presença ocasional do marechal-do-ar a bordo, e o aumento da segurança — portas grossas duplas, sistema de fechamento sofisticado, novos procedimentos secretos — todos sabemos que não há mais garantias.

Um dos militares indagou:

— Você diria que um míssil disparado pessoalmente, terra-ar, está no topo da lista de ansiedades de um piloto?

Rayford levantou a cabeça.

— Por um lado, nunca houve — segundo nosso conhecimento — um ataque desse tipo em nosso espaço aéreo. A não ser que saibam algo que eu não sei.

— Tivemos algumas suspeitas, mas, sem evidências concretas, não vimos razão para alarmar o público.

— Ou os pilotos — disse Rayford.

— Exatamente. O problema, capitão, é que mais desses tipos de armas estão aparecendo nos centros de mercado clandestino geralmente suspeitos ao redor do mundo. Algumas foram vendidas a compradores furtivos, e um número limitado foi confiscado em incursões e batidas. Estamos, porém, preocupados com a proliferação. Os números que estamos ouvindo tornam a restrição improvável e um ataque ou ataques quase inevitável.

Rayford sacudiu a cabeça.

— Eu não estava esperando ouvir isso hoje. Suponho que vou me sentir diferente na cabina a caminho de casa. Se acham que isso vai causar impacto nos pilotos, vai. Não penso, no entanto, que me trouxeram aqui para confirmar o óbvio.

— Não — disse Graham. — O que queremos realmente é apresentar-lhe algumas de nossas iniciativas estratégicas. Ver o que pensa do custo e da complexidade e dar-nos sua melhor idéia quanto à reação de seus colegas.

Outro militar intercalou:

— Preferimos contar ao mesmo tempo o problema e a solução aos pilotos menos categorizados. O plano não vai ser barato. Não que custasse um centavo sequer ao piloto.

— Exceto que, se o preço das passagens subisse estritamente para contrabalançar este custo — que imagino seja de bilhões — meus colegas e eu não iríamos provavelmente receber aumentos apropriados por algum tempo.

Os homens assentiram.

— Sem mencionar — continuou Rayford — que, se a cura proposta tiver algo a ver com armar de alguma forma as aeronaves comerciais, então não seríamos mais comerciais, não é? Seríamos novamente pilotos militares. Guerreiros voadores pesados, morosos e lentos.

— Você leu a nossa mente, capitão. Mas não vemos francamente alternativas. Você sabe que Israel há muito equipou certos aviões civis com sistemas de alarme contra mísseis. A Jordânia é agora líder nessa tecnologia.

Rayford assentiu.

— Alguns desses pilotos não são também habilitados a lançar chamas ou outros dispositivos incendiários ou pelo menos um míssil?

Os homens se entreolharam, e Rayford esperava perceber simpatia da parte deles porque sabia algo sobre o assunto.

— O problema maior — disse um — é que teríamos de armar mais de oito mil aviões deste país. Isso nos faria chegar a quase quinze bilhões de dólares, mais dois bilhões por ano para manter um sistema que provamos com B-52s que irá funcionar, mas...

Rayford comprimiu os lábios.

— E vocês querem saber o que eu acho que meus irmãos e irmãs pilotos vão pensar da ética e segurança ligadas a isso?

TRINTA E UM

Jack Graham tirou um dispositivo do bolso e apontou-o na direção de uma tela gigante atrás dele. Surgiu a imagem de um jovem do Oriente Médio, rosto escanhoado, com botas de combate, bermuda cáqui, blusão militar e turbante.

Ele parecia estar no início da casa dos 20 anos, de pele morena, olhos pretos, cabelos pretos aparecendo sob o turbante. Os olhos dele contavam uma história, pensou Rayford. Ali estava um homem inteligente, refletido, instruído.

— Abdullah Ababneh — disse Jack Graham. — Um piloto de avião de combate e amigo dos Estados Unidos. Inimigo dos terroristas. Ababneh é praticamente recém-casado, casou-se há menos de três anos, tem dois filhos — um menino e uma menina. Muçulmano.

— Ele freqüentou a Universidade Mu'tah, em Karak, ala militar. Perito em munições e armas. Inteligência acima do normal. Quando afirmo que é um amigo dos Estados Unidos, estou falando apenas a metade. É um estudioso da América, tão apaixonado por nós e dedicado a nós que insiste em falar inglês quase o tempo todo. Seus colegas começaram a chamá-lo de Smith ou Smitty, por dizerem que é mais americano do que jordaniano — apesar do seu forte sotaque. Ele gostou tanto do apelido que faz uso exclusivo dele agora.

— Capitão Steele, gostaríamos que o conhecesse. Damos valor aos laços entre os países que compartilham nossa opinião sobre as ameaças terroristas e estão dispostos a colaborar na luta contra elas. Temos diplomatas e contatos suficientes com os altos níveis do governo e do Exército. O que desejamos é um relacionamento informal baseado em uma área comum... como a aviação. Está interessado?

Rayford não sabia o que pensar. Interessado no quê? Em conhecer um piloto de avião de combate? Claro. Por que não? Mas onde? Quando? Com que propósito? Ele fez todas essas perguntas.

— Você voaria para a Jordânia. Passaria ali um ou dois dias conhecendo o homem. Compartilhe idéias, estratégia e volte para um interrogatório.

— Por que eu? — redargüiu Rayford.

Com o rosto em tamanho pequeno do jordaniano bem próximo deles, Graham sentou-se de frente para Rayford. — Ababneh — ou deveria dizer Smith — tem muito a oferecer no plano de idéias, segundo seus superiores. Sabe muitas coisas, reflete sobre elas e é na verdade o melhor piloto deles. O problema é que se trata de um indivíduo calado e aparentemente muito tímido. Atua melhor em situações um-a-um quando passa a confiar em alguém. Torna-se então subitamente uma fonte de informações.

— Eles o colocaram em situações desconfortáveis com dignitários, diplomatas e outros. O rapaz se fecha. Não queremos que você falsifique ou fabrique nada. É nosso intuito ver se pode tornar-se amigo dele. Embora isso possa levar algum tempo, você compreende que o terrorismo não faz parte do calendário ou relógio de outra pessoa. Se esse sujeito tem tanto a oferecer quanto pensamos, é necessário começar a extrair dele o que for possível. Está disposto? Se concorda, quando pode ir?

Dois dias antes das eleições parlamentares romenas, Emil Tismaneanu, sua esposa, o motorista e um guarda-costas morreram quando seu automóvel explodiu tão logo a ignição foi acionada.

Nicolae se encontrava em seu escritório vendo o noticiário na tela de TV na parede. Ele cerrou os punhos e gritou: — Sim! — vibrando com a emoção.

Os telefones começaram a tocar, e ele correu para o chuveiro, vestindo-se a seguir com seu terno mais conservador e caro. Em um espaço de meia hora, a imprensa encheu a entrada da casa, e ele deu instruções a Leon Fortunato para informá-los de que faria um pronunciamento em dez minutos, mas não responderia a perguntas.

Em exatos dez minutos, apareceu sozinho e foi até um estrado improvisado com quase uma dúzia de microfones. Olhou para um mar de câmeras. Com expressão e tom sombrios, a garganta parecendo apertada pela tristeza, inclinou-se na direção dos microfones.

— Tenho uma mensagem para o povo da Romênia e especialmente para os cidadãos de Bucareste. Nossa nação sofreu hoje uma grande perda, e eu perdi um amigo querido. Peço naturalmente ao nosso governo e a cada departamento apropriado que realizem uma investigação minuciosa e levem à justiça os covardes que perpetraram este ato hediondo.

— Esta tem sido uma campanha difícil porque Emil e eu — neste ponto Carpathia fez uma pausa e mordeu o lábio, aparentemente com dificuldade para continuar — discordávamos sobre assuntos políticos bastante triviais; éramos como irmãos. Muitos não sabem que cada um de nós havia prometido ao outro todo apoio, sem levar em conta quem vencesse, e estaríamos trabalhando juntos para o bem da cidadania — o vencedor na Câmara dos Deputados, o perdedor nos bastidores.

— Embora pesquisas recentes mostrassem ser eu o favorito, fui absolutamente sincero em minha promessa de apoiar meu mui estimado adversário — disse isto para entendimento dos astutos — no caso de ele vir a disputar a presidência.

— Agora não estou em posição oficial com poder para efetuar isso. Pedirei ao governo da Romênia que adie a eleição, a fim de dar a outro representante das idéias de Emil tempo para montar uma campanha. No caso de isso ser impossível, comprometo-me aqui e agora, em honra de meu caro amigo, a retirar-me da corrida e permitir que o povo escolha o seu próprio representante.

— Em minha abjeta tristeza, perdi o ímpeto de permanecer competindo. Portanto, se a eleição não puder ser adiada, neste momento retiro-me e insisto que a população inscreva seu próprio candidato. Prometo apoiar a vontade do povo.

— Pedi respeitosamente que não fossem feitas perguntas nesta ocasião e solicito à imprensa e ao público um breve intervalo de silêncio e contemplação enquanto pranteio a minha perda. Obrigado.

Irene estava zangada e decidida a não demonstrar, mas não conseguia se conter. Ela queria gritar, atirar coisas, exigir que Rayford mudasse de idéia.

— Esta é a primeira vez em que você teve vários dias de folga nesses dois anos e iria nos levar à Disney?

— Eu sei, Irene, mas quando seu país pede que você faça algo, você não acha que é seu dever?

— Seu dever é aqui, com as crianças. Precisamos de você, Rafe. De tempo com você. Não vê a família se afastando como aconteceu com nós dois? Eu também preciso disso. Certamente há outras pessoas qualificadas para esta tarefa.

— Talvez haja, mas eles me escolheram, e sinto-me honrado.

— Estou honrada *por* você, Rayford, mas, se eles realmente pensam que você é indispensável, deixe que combinem com a Pan-Con para dar-lhe o tempo de que necessita, sem usar seus próprios dias de férias.

— Já disse a eles que iria e também quando.

Leon aguardava no escritório de Nicolae quando este voltou. Carpathia ainda usava sua máscara de tristeza até fechar a porta atrás dele. A seguir, os dois se abraçaram, bateram palmas e riram.

— Isso foi um toque de gênio! — disse Leon, sacudindo a cabeça.

— Será que acreditaram?

— Claro! Eu quase acreditei! — E os dois gargalharam outra vez.

— Vamos assistir à cobertura — acrescentou Leon.

Em cada canal, pessoas instruídas falavam sobre a tragédia e a resposta comovente por parte do favorito na eleição. Os jornalistas veteranos já estavam escrevendo editoriais no sentido de que a eleição não deveria ser adiada, que Carpathia não deveria se retirar, que o país necessitava mais dele agora do que nunca.

— Prepare uma matéria para a imprensa, Leon — disse Nicolae. — Confirmo que estou decidido a me retirar. Não me esquivando do dever, apenas de luto e comprometido com a vontade do povo.

Nicolae sentou-se no chão, mudando de canais, saboreando os elogios, enquanto Leon sentava na mesa dele, preparando e transmitindo a informação para a mídia. Nicolae achou graça quando Fortunato terminou e foi juntar-se a ele no chão, seu corpo robusto lutando para acomodar-se confortavelmente em seu terno.

Eles ficaram assistindo até que foram interrompidos por uma batida urgente.

— Nicolae? — Viv chamou através da porta. — Preciso falar com você.

Nicolae fez sinal a Leon, que levantou-se e abriu a porta.

Viv olhou para além dele, para Nicolae.

— Luciana Tismaneanu está a caminho daqui, insistindo em falar com você.

— Ótimo — disse ele. — Leon, este vai ser o verdadeiro teste. Verifique se ela está sozinha e faça-a passar pelos detectores de metais nas colunas do portal sul. Se trouxer o noivo, faça-o esperar. Diga-lhe que não estou disposto a ver mais ninguém, especialmente alguém que não conheço. Oh!, Leon, se eu puder convencê-la...

— Vocês estão esperando as nossas férias, filhos? — perguntou Rayford no jantar.

— Claro que sim — disse Chloe. — Não vou para a Disney desde que tinha a idade do Raymie.

— Disney! — gritou Raymie. — Mickey!

Quando Rayford contou a eles que não iriam mais, ficou claro que Raymie não compreendeu. Irene interrompeu com uma alternativa, prometendo que o levaria ao parque Kiddieland local, onde ele gostava de andar de trem e de carrossel. O garotinho em breve estava gritando de alegria com a idéia, e Rayford estudou Chloe para ver a verdadeira reação dela.

A menina deu de ombros.

— Eu queria ir, mas essa notícia é ótima. O governo quer que você vá?

Ele assentiu.

— O problema é que é sigiloso, ninguém pode saber.

— Não posso contar às minhas amigas? O que devo dizer sobre não ir à Disney?

— Ponha a culpa em mim. Apenas não seja específica. Meu plano mudou, precisei cumprir o novo programa, não pude escapar.

Nicolae Carpathia, no mesmo terno elegante que usara diante das câmeras, sentou-se à mesa do escritório com o rosto entre as mãos. O paletó do terno estava nas costas da cadeira, a gravata, afrouxada, e o primeiro botão da camisa, aberto.

Quando Luciana Tismaneanu foi introduzida, ele levantou-se depressa, enxugando as lágrimas do rosto e limpando as mãos nas calças.

— Oh, srta. Tismaneanu! Sinto tanto a sua perda. Quero apresentar-lhe meus mais profundos...

Luciana rejeitou seu abraço e enrijeceu o corpo.

— Pode parar com a *piesă de teatru* — disse ela.

— Oh, senhorita! Não é um ato — respondeu Nicolae, com novas lágrimas correndo. — Não é fingimento. Estou desolado e posso imaginar sua dor. Um homem tão notável e, suponho, um excelente pai.

— Meus pais não eram perfeitos, sr. Carpathia. Mas eram meus pais, e nós nos amávamos.

— Por favor, sente-se. Por favor.

— Meu noivo está esperando, e não vou tomar muito o seu tempo.

— Tome o tempo que quiser, minha querida. Não tenho prioridade mais elevada.

Ela sentou-se.

— Diga-me que não é verdade, senhor. Diga-me que não me usou, me fotografou, só para atingir meu pai.

— O quê?! — Nicolae parecia tão genuinamente atônito quanto era possível.

— O pessoal de meu pai afirma que me atraiu para cá sob o pretexto de planejar a festa-surpresa para meu pai, apenas para mostrar a ele uma foto minha visitando-o tarde da noite. As implicações são abomináveis e...

— Nunca! Nunca, nunca. O triste fato é, srta. Tismaneanu — e se não tivesse feito esta terrível acusação eu jamais lhe diria — que foi seu próprio pai quem mostrou a sua fotografia a mim. Ela foi tirada pelo pessoal dele. Estavam tentando arruinar a minha reputação, afirmando que algumas senhoras amigas me visitavam todas as noites. Nada podia estar mais longe da verdade, é claro, mas na noite em que escolheram para documentar isso, não perceberam que eu tinha uma visitante legítima e que era a senhorita.

— Não acredito.

— Luciana, ouça. Por que eu precisaria fotografar você? Minhas câmeras de segurança funcionam vinte e quatro horas por dia. Além disso, quando seu pai reconheceu você na foto, ele já sabia por que estivera aqui. Quem quer que esteja colocando essas suspeitas em sua cabeça não é um amigo. Por que eles não podem deixar simplesmente que você passe pelo seu luto sem torná-la irada e incentivá-la a culpar quem não é culpado?

— Se eu tivesse feito isso, se estivesse por trás de qualquer desses eventos trágicos, por que retiraria minha candidatura? Qual o proveito disso para mim? Estou profundamente ferido, primeiro pela perda de meu amigo, seu pai, e, agora, porque alguém enganou você.

TRINTA E DOIS

Rayford estava próximo da experiência necessária para fazer vôos internacionais para a Pan-Con e, portanto, gostou de voar em um jato para a Jordânia a bordo de um transporte supersônico da Força Aérea Americana. Ao sobrevoar o Atlântico a toda velocidade no meio da noite, ele imaginou como seria manter um 747 de continente a continente.

Rayford achou propício que Abdullah "Smitty" Ababneh estivesse ausente a serviço quando chegou, pois assim pôde dormir e livrar-se da diferença de fuso horário no bonito hotel Four Seasons (cortesia do governo norte-americano) e passear por Amã para conhecer a cidade. Visitou o anfiteatro romano e A Cidadela, mas ignorou a Eagle, uma destilaria, pois isso só o faria ficar sedento por coisas que não deveria beber. Rayford percebera que estava se tornando cada vez menos cuidadoso com a bebida quando estava de folga; portanto, resolveu consigo mesmo que aquela viagem seria estritamente de acordo com o dever. Não tinha dúvidas de que estava sendo vigiado de perto, se não seguido. Os federais deveriam ter ficado bem impressionados com o seu currículo e folha de serviço para confiar-lhe uma missão diplomática como aquela, mas naturalmente desejariam que mantivesse um comportamento à altura e não lhes causasse nenhum constrangimento.

Rayford sentiu que, exceto por ser premiado com essas rotas internacionais, ele havia praticamente alcançado o pináculo da sua profissão. Ter obtido a atenção do governo e estar pelo menos na longa lista para pilotar para o presidente ou vice-presidente — tudo isso era gratificante. Precisava, entretanto, de novas metas e sonhos e não pretendia estragá-los com uísque escocês.

Rayford tinha um encontro marcado com Abdullah e seus superiores para almoçar na Base Aérea de Al Matar. Foi transportado de seu hotel até lá por um jipe da Força Aérea Jordaniana, com um motorista que mal entendia inglês. Rayford não entendia por que haviam enviado a um americano um homem que só falava sua própria língua. Ele avaliava tudo — tentando descobrir se os seus anfitriões estavam contentes com a sua presença ou procuravam dizer-lhe — de uma forma passivo-agressiva como aquela — que não era bem-vindo ou que tinham suspeitas. A pior hipótese, a seu ver, seria os jordanianos se sentirem de alguma forma pressionados a hospedá-lo.

Esses temores logo se dissiparam, porém, quando Rayford foi levado a um refeitório comum na base aérea. Três homens o receberam sorrindo e aparentemente interessados em conhecê-lo. Reconheceu Abdullah pela sua foto. Os homens foram apresentados em ordem de posto, e Ababneh foi o último.

Ficara evidente, porém, que Abdullah era um favorito entre aqueles homens. Sempre que falava ou alguém lhe dizia alguma coisa, os outros olhavam para ele sorridentes. Era como se fosse a alma da festa, e Rayford ficou se perguntando se poderia ser verdade — sua reputação de timidez e de ser homem de poucas palavras.

Ele se mostrou silencioso com a presença de Rayford; isso era um fato. Os outros homens, falando todos um inglês passável, tinham muitas perguntas para Rayford, algumas delas de caráter pessoal. O oficial no comando comentou sobre as semelhanças entre Rayford e Smitty.

— Suponho que compreende por que o chamamos de sr. Smith?

— Ouvi falar disso.

Todos riram, e Abdullah, se Rayford pôde ler uma mudança em seu rosto moreno, pareceu enrubescer.

— É pelo fato de ele ser um admirador tão entusiasta dos Estados Unidos que até deseja ser americano. Alguns acreditam que realmente é e esteja aqui disfarçado.

— Seu próprio espião ianque, não é? — disse Rayford, e os homens riram.

— Isso mesmo e, como você, casou-se com uma mulher boa demais para ele e tem um filho e uma filha.

O comandante pediu que Rayford sentasse perto de Abdullah.

— Ele vai ser seu guia e intérprete — declarou.

— Mas todos vocês falam inglês tão bem — disse Rayford.

— Peço desculpas; eu quis dizer que ele vai interpretar nossos costumes e práticas. Penso que esta seja a sua primeira visita à Jordânia.

— Tem razão.

— Abdullah está então bem preparado para informá-lo do que está acontecendo. No geral, a nossa principal refeição é ao meio-dia, o que compreendo que não se aplica ao lugar de onde veio.

— Certo. Nossa refeição principal é à noite.

— Preparamos uma festa para você. Trouxemos vários ajudantes para cozinhar e ajudar a servir.

— Sinto-me honrado — disse Rayford.

— O prazer é nosso.

Os olhos de Abdullah se iluminaram, e ele finalmente falou:
— Minha tarefa é levá-lo para algumas acrobacias no F-16 imediatamente depois de ter se alimentado.

— Fiquei sentado com o noivo dela — disse Leon. — Ela pareceu menos agitada quando chegou. Você conseguiu convencê-la?

— Não sei — respondeu Nicolae. — E também não me importa. Gostaria de supor que ela vai pensar duas vezes antes de falar mal de mim pelas costas, mas ela não é uma ameaça. Não tem plataforma. Será vista como a filha magoada, chorosa, a noiva que terá de adiar o casamento até uma hora oportuna depois do funeral. Devo comparecer a ambos, não é?

— O funeral e o casamento? No primeiro, é claro. Quanto ao casamento, precisaria de um convite, e, a não ser que a tenha realmente convencido, não prevejo isso.

— Você é míope, Leon.

— O quê? Por quê? Você acha que vai ser convidado?

— Não! Seria um choque para mim. Mas o que ela ou o seu pessoal faria se eu comparecesse? Proibiriam? Me expulsariam? Seria um escândalo. Vou levar um presente fino, aproveitar a festa, brindar a noiva e o noivo.

Fortunato olhou para ele com aparente admiração.

— Não sei onde você arranja esses planos. Mas você é único.

— Vai gostar do *mansaf* — disse Abdullah. — É não só o meu prato favorito, como o de quase todos. Prova que meu sangue é realmente jordaniano. Porém, por favor, me chame de Smitty.

Os aperitivos, que Abdullah chamava de *Mazza*, deram início à refeição e consistiam em uma variedade de pratos quentes e frios que poderiam ter servido perfeitamente de almoço.

A seguir, vieram as saladas e pilhas de pão para ser comido seco ou mergulhado em um dos muitos molhos. O aroma em si inebriou Rayford, mas Abdullah assegurou-lhe que haviam apenas começado.

Quando chegou a hora do prato principal, Rayford nunca vira antes tanto arroz servido em vasilhas transbordantes, soltando fumaça. O *mansaf* provou ser cordeiro temperado com ervas e especiarias leves, cozido em iogurte e servido com o arroz. Rayford havia imaginado se acharia a comida exótica demais. Aquela ele jamais esqueceria.

O pão por si mesmo o satisfaria, e o arroz provou ser arrasador. Havia ainda doces como sobremesa — incluindo *baklava* e *katayerff* — e, quando finalmente terminou, o aroma forte do café flutuou da cozinha.

— Há outro cheiro que não sinto no café americano — disse Rayford.

Abdullah sorriu.

— Sementes de cardamomo. Você vai gostar.

O café foi servido em recipientes de cobre, com cabos longos, e Rayford achou estranho que só algumas gotas fossem colocadas em cada xícara. Ele cometeu o erro de ingeri-lo como se fosse uma amostra. Os homens riram quando atingiu seu sistema e despertou-o. Sua xícara era novamente enchida cada vez que tomava um gole, mas logo pecebeu que, quando haviam bebido o suficiente, os outros emborcavam a xícara. Uma vez feito isso, o reabastecimento terminou. Rayford não sabia se fora o cardamomo ou a cafeína, mas algo o reanimara.

Rayford sentiu uma dor deliciosa e percebeu que seus anfitriões deveriam estar sentindo o mesmo. Todos ficaram sentados, batendo na barriga enquanto conversavam. Todos, menos Abdullah. O mais baixo e mais ágil entre eles, o jovem comera bastante, mas não tanto quanto Rayford e os outros tinham consumido.

Enquanto a mesa era tirada, um som alto e lamentoso veio dos alto-falantes ao redor da base, e os homens se levantaram rapidamente.

— Está na hora do *Salaah* do meio-dia — disse Abdullah. — Você não precisa participar, é claro, e tive permissão para simplesmente explicá-lo a você.

— O *Salaah?* — perguntou Rayford.

— Nosso ritual muçulmano de oração. Fazemos isso cinco vezes por dia e, quando possível, devemos primeiro tomar banho e depois ir a uma mesquita. As pessoas em ocupações pouco comuns — como a nossa — que não podem ir até a mesquita têm liberdade para realizar o ritual onde puderem.

Os outros homens se apressaram a ir ao banheiro e, ao voltar, pegaram tapetes em um canto, ajoelhando-se diante de uma janela na direção de Meca.

— O que acabou de ouvir, capitão Steele, foi o *exan*, que é feito pelo *muezzin*, chamando-nos para a oração.

— Parece uma canção bem comprida — disse Rayford. — O que ele está dizendo?

— Diz quatro vezes "Alá é o maior". Depois, duas vezes, "Testemunho de que não há deus senão Alá". E mais duas vezes "Testemunho de que Maomé é o mensageiro de Alá". Duas vezes, de novo, "Venham orar". Repete mais duas vezes "Venham para o bom". Finalmente, mais duas vezes, "Alá é o maior".

— Durante o chamado da madrugada, o *muezzin* acrescenta duas vezes "Orar é melhor do que dormir" — sussurrou Abdullah. — Para falar francamente, capitão, há manhãs em que não tenho tanta certeza disso.

Enquanto Rayford observava, os homens se puseram em pé em seus tapetes, com as mãos nos ouvidos; depois entrelaçaram as mãos no peito, a direita sobre a esquerda. Curvaram-se e colocaram as mãos nos joelhos e, depois, ficaram novamente em pé. A seguir, se prostraram no chão, sentando-se depois e repetindo o ritual. Durante todo o tempo, eles murmuravam frases de louvor a Alá. No final, sentando-se outra vez, cada um cumprimentava o outro.

Abbdullah interpretou:

— "Paz sobre você e a misericórdia de Alá". Alguns dizem que o adorador está cumprimentando os companheiros muçulmanos, mas outros, que está falando com um anjo em cada ombro, que registra seus atos bons e maus.

Rayford não sabia a razão, mas isso tudo o afetou como terrivelmente ritualista e deprimente. De várias maneiras, o fazia lembrar de suas próprias e frágeis tentativas na religião: a obrigação de ir à igreja quando podia e culpa ao apresentar desculpas para não ir.

Abdullah confirmou a suspeita de Rayford.

— Este ritual fixo é tão rígido que em nossa religião não é possível fugir dele. O praticante devoto faz isso cinco vezes por dia, purificando-se e indo à mesquita sempre que possível com o resto da congregação.

— E eles tomam banho antes de cada vez?

Abdullah acenou afirmativamente com a cabeça.

— É chamado de ablução e, quando possível, inclui lavar o rosto, as mãos, os pés e algumas vezes o corpo todo.

— Mesmo?

— Sim. Se você estiver em condição de impureza cerimonial, o livro santo exige que tome banho completo.

— E se não tiver acesso à água?

— Tem de usar então areia e terra.

— Cinco vezes por dia?

Abdullah assentiu.

— E isso não é tudo. Há muitas outras orações e rituais, mas as cinco por dia são o requisito mínimo. Há a oração da manhã, que pode ser oferecida a qualquer hora entre o nascer do sol e duas horas mais tarde. A oração do meio-dia, que pode ser oferecida a qualquer tempo depois que o sol começa a declinar. A terceira oração começa depois do meio da tarde. Os calendários marcam o horário de cada oração, mas, caso contrário, a pessoa deve recorrer a seu próprio critério.

A oração do pôr-do-sol começa no ocaso e se estende até desaparecer o brilho no horizonte A oração da noite continua até antes da madrugada.

— Qual o objetivo disso tudo, se não se importa com minha pergunta?

Abdullah encolheu os ombros.

— O muçulmano devoto acredita que está tornando espiritual o seu dia inteiro, desde o começo até o fim e nos intervalos. Ele combina a religião com a sua vida e crê estar construindo a sua conduta sobre fundamentos sólidos. Acredita que está transformando toda a sua vida em um exercício espiritual.

— E você, Abdullah? Tem de fazer alguma coisa para compensar por ter perdido esta oração?

— Por favor, prefiro Smith ou Smitty. Sim, se eu fosse piedoso, estaria devendo uma oração agora. — Abdullah sussurrou: — Sinto vergonha em dizer que não sou tão piedoso. A própria ablução é tão cheia de exigências e também de muitos meios em que pode ser anulada. Se estiver imaginando se temo pela minha alma imortal... sim. Fui criado como muçulmano e estou envolvido na tradição. Mas um deus impessoal e exigente parece cada vez menos acolhedor à medida que fico mais velho.

Isso, decidiu Rayford, era algo que ele e Abdullah teriam de discutir. Afastava-se bastante da missão de sua viagem, mas eram questões universais, e podia identificar-se com elas. Para ele, não importava qual fosse a religião, mas exigências excessivas tiravam dela toda a alegria.

TRINTA E TRÊS

Cameron Williams sentou-se no escritório do deão acadêmico de Princeton, sentindo-se acanhado e dizendo a si mesmo que seria a última vez em sua vida. Ele se sentira constrangido ao ser rejeitado pela moça com quem esperava namorar. Sentiu-se igualmente constrangido ao ser censurado por atrasar-se para o sepultamento de sua própria mãe.

Dirk Burton, no entanto, estivera trabalhando com ele, animando-o, fazendo-o lembrar de quem era e o que tinha a oferecer.

— Levante a cabeça, homem. Você já é alguém. Precisa de confiança para fazer o que faz com tanta habilidade. Pode acreditar em mim, quando estou na Bolsa de Valores pouco me importo com o que os britânicos dizem dos galeses. Sei tanto quanto eles e vou competir no mesmo nível que eles. Você pode mostrar deferência pelos veteranos no *Globe*, mas entre lá com confiança.

Esse não era o problema de Cameron no momento. Ele trouxera sobre si aquela crise por negligenciar o seu trabalho da escola Podia formar-se, mesmo que não fizesse mais nada, mas seu GPA seria prejudicado, e ele não poderia — como Dirk insistira — andar de cabeça erguida.

— Não vou recomendá-lo para todos os prêmios devidos em sua formatura, sr. Williams — disse o deão — se repousar sobre os seus louros e suas atividades externas. Todos os professores estão preocupados com o atraso nos seus projetos finais de estudo pessoal. Não, não lhe custará o seu emprego — parabéns, por sinal — e pode não representar muito, uma vez que venha a ser um jornalista famoso. Talvez um dia volte aqui como Aluno do Ano, discursando na graduação, ganhando um doutorado honorário. Nesse caso, como se sentiria, se tiver de admitir que andou brincando em sua última etapa do curso?

— Não muito bem.

— Claro que não. Não quero repisar o assunto, embora esteja repisando um pouco mais, mas imagine-se no *Globe* dentro de alguns anos. Digamos que seu talento prodigioso o leve a conseguir um ótimo emprego em outro lugar. Você apenas largaria tudo no *Globe*? Daria um aviso a eles e enviaria seus trabalhos por *e-mail* até mudar-se? Claro que não. Tenha algum orgulho, sr. Williams. Deixe-me orgulhoso. Torne orgulhosa esta instituição. Aja de modo que se orgulhe de si mesmo. Fará isso?

Para a felicidade de Rayford, Abdullah estivera brincando ao falar de acrobacias aéreas logo depois da refeição do meio-dia.

Rayford gostou de observar o homem mais jovem dentro e em volta das máquinas voadoras de muitos milhões de dólares. Abdullah abriu e fechou escotilhas, apertou interruptores e verificou ajustes como se ele mesmo tivesse fabricado o avião. Ali estava um indivíduo que parecia ter nascido para voar naquelas máquinas.

Não houve acrobacias nem mergulhos, mas Abdullah pareceu gostar de fazer um F-16 de dois ocupantes zunir enquanto mostrava de cima o seu país a Rayford. Para um homem calado, ele falava sem parar, apontando as planícies a leste do rio Jordão, o grande vale Rift a oeste e o lago Tiberíades — que você conhece como mar da Galiléia. — Indicou uma área que disse estar a cerca de duzentos e quinze metros abaixo do nível do mar e, é claro, o mar Morto, a quatrocentos metros abaixo do nível do mar e o ponto mais baixo da Terra.

Abdullah também sobrevoou a Faculdade de Aviação Rei Hussein, em Mafraq, e a Base Aérea de Muwaffaq Salti — para que você não tenha de dizer que veio até tão longe e não as viu pelo menos do alto.

Depois de aterrissarem e passarem algum tempo no salão dos pilotos conversando sobre tudo, menos sobre o que Rayford fora enviado para falar, o chamado da trombeta se fez ouvir novamente por meio dos alto-falantes, convocando os fiéis para a oração.

Abdullah ignorou-o deliberadamente.

— Pelo que você acha que a Jordânia é conhecida? — perguntou ele.

— Areia, calor, óleo de oliva e produtos petrolíferos — respondeu Rayford, mas estou apenas imaginando.

— Você imagina o que todos do Ocidente imaginam.

Eles supõem que somos todos beduínos, usando sandálias e vivendo em tendas. Ficaria surpreso se soubesse que também exportamos sabão, cigarros, cimento, fosfato, alimentos, papel, vidro, medicamentos e até tecidos?

— Ficaria sim.

— Eu sabia disso. Amo a América, mas tenho ciúmes da reputação do meu país.

— Admirável. Mas fale um pouco sobre a questão muçulmana, Smitty. Você é e não é muçulmano, do que chama isso? Devoto?

— Piedoso.

— Isso significa que não tem fé? Ou que não aceita as exigências?

— Suponho — disse Abdullah. — Conheço a mim mesmo bem demais. Faço muitas coisas que me desqualificam para ser conhecido como um verdadeiro muçulmano. O custo para ser franco e renunciar é muito alto, de modo que deixo, então, que as pessoas acreditem o que quiserem a meu respeito. Se estiver por perto durante as orações, curvo-me na direção de Meca. Mas não dou muita importância a isso.

— Mas, quando pode ficar fora...?

— Fico fora.

— Você se parece comigo. — Rayford não sabia por que sentia tanta liberdade para conversar sobre assuntos tão pessoais com um perfeito estranho, mas ali estava ele, a milhares de quilômetros de casa, abrindo o coração.

Abdullah disse:

— Há também a questão de como eu — como é a sua palavra para isso? — *complemento* minha renda.

— E qual é?

— Primeiro, não estamos aqui para delatar um ao outro aos nossos superiores, estamos?

— Não sobre este assunto — disse Rayford. — De modo algum.

— Eu compro e vendo, digamos, fora das rotas comerciais regulares.

Rayford levantou uma sobrancelha.

— Você trabalha no mercado clandestino?

Abdullah cruzou os braços e sorriu timidamente.

— Isso faz parecer romântico. Na verdade, é um trabalho intensivo e perigoso.

— Ilegal.

— Claro que sim. Contudo, para um membro da Força Aérea, o perigo é duplo. Apesar de muitos de meus clientes serem colegas. A propósito, há alguma coisa que você precise ou deseje?

— Talvez. O que você tem?

— Você se admirou, capitão, ao ver como pude tão rapidamente conseguir as muitas mercadorias produzidas aqui?

Rayford acenou com a cabeça.

— Para falar a verdade...

— Não o vi fumar desde que chegou. Não fuma?

Rayford balançou a cabeça.

— Nem eu. Mas eu costumava fumar e experimentei cigarros de todas as partes do mundo. Nenhum se compara ao nosso. Eles poderiam ser ótimos presentes para seus amigos fumantes.

— Quanto?

— Cerca do triplo do que pagaria nos Estados Unidos, mas é claro que não conseguiria obter o nosso lá.

— São contrabando. Vai ser fiscalizado quando subir ou descer do avião?

— Não fui na vinda.

— Então é improvável que o seja na volta. Se for, pode dizer que os recebeu de presente, mas me protegeria não dizendo que fui eu quem lhe deu o presente.

Rayford decidiu que mentir não era pior do que comprar contrabando no mercado clandestino. E quem sabe que outros presentes exóticos poderia descobrir mediante aquela fonte? Uma vez que começasse a voar para a Europa, a Jordânia não ficava assim tão longe. Abdullah Smith poderia vir a ser um contato valioso.

Enquanto isso, seria melhor que falassem de negócios e tornassem a sua viagem vantajosa.

Nicolae Carpathia nunca veio a ser oficialmente considerado suspeito do assassinato de Emil Tismaneanu, mas tornou-se também alvo da simpatia pública pela morte de seu querido amigo. Pequenos bolsões de suspeita foram eliminados quando ele cumpriu sua promessa de retirar sua candidatura, chegando a ponto de pagar as multas e entrar com os documentos para tornar o processo legal.

Nicolae apoiou a investigação do assassinato com uma enorme infusão de fundos, a ponto de o pessoal indicado para examinar o assunto tornar-se conhecido como Comissão Carpathia. Apesar do olhar impassível da filha de Tismaneanu e da expressão apreensiva de seu noivo, Carpathia não só compareceu ao funeral, como também falou brevemente — "brilhantemente", segundo a imprensa — elogiando seu antigo adversário a ponto de os editoriais de toda a Europa o elogiarem como um modelo para os políticos do futuro.

No dia seguinte ao funeral, Carpathia foi eleito para a Câmara dos Comuns do Parlamento romeno, obtendo mais de oitenta por cento dos votos como um *write-in* (candidato cujo nome não consta da cédula de votação). Seus oponentes provaram ser dezenas de diletantes e pretendentes cujos amigos os inscreveram de brincadeira.

Leon Fortunato apossou-se do crédito da idéia do *write-in*. Ele empregou dúzias de mensageiros para transmitir a informação a repórteres, comentaristas e colunistas, muitos dos quais alegaram ser a fonte da idéia. Apoio para ela varreu Bucareste, e as pesquisas refletiram imediatamente a mudança.

Com a morte de Tismaneanu e a renúncia de Carpathia, as pesquisas haviam sido praticamente interrompidas, mas na época da eleição eles previram corretamente uma maioria esmagadora de votos para Nicolae, muito acima do que fora previsto quando os dois candidatos competiam pelas urnas.

Um Carpathia atencioso, com os olhos baixos, apareceu diante dos microfones da imprensa quando as pesquisas terminaram e anunciou, com voz trêmula:

— Eu disse que não iria concorrer. Não disse que não iria servir. Estou atônito. Humildemente, rendo-me aos desejos do povo e prometo dar a este cargo, em memória de meu amigo, tudo que tenho.

Alguns dias depois, o novo membro do Parlamento compareceu como hóspede não convidado ao casamento de Luciana Tismaneanu. Leon recomendou uma chegada silenciosa, circunspecta.

— Nada de fanfarra — disse ele. — Somos deixados em uma entrada lateral e escorregamos para um banco no fundo. Nada de escolta ou sirenes.

— Mas bastante imprensa, não é? — disse Nicolae.

— Claro, de que adiantaria de outro modo?

Quando o motorista de Leon parou numa passagem estreita ao lado da igreja, o caminho foi assediado por repórteres e fotógrafos, todos pensando passar a perna nos outros. Alguém contara a cada um que a terceira ou quarta geração da cópia do itinerário de Carpathia, indicando sua hora de chegada e local, era algo de que ninguém mais estava a par.

Carpathia armou um grande espetáculo, fingindo simplesmente entrar na *biserică*. Teve, porém, de parar na porta por causa do pessoal da mídia. Ele suspirou e disse tristemente:
— Senhoras e senhores, respeitosamente afirmo que esta não é a hora e o lugar para isso. Permitam-me, por favor, que simplesmente celebre com a filha de meu falecido amigo e não prejudique de forma alguma o seu dia.

Essa demonstração de humildade foi manchete em todos os jornais e emissoras de TV, sendo enfeitada com outra notícia: "Fontes particulares nos contaram que o presente de casamento do sr. Carpathia é um fundo que irá cobrir totalmente a educação dos filhos do novo casal. Embora a noiva deva herdar vastos interesses comerciais, há alguma especulação no sentido de que questões legais e lucros decrescentes possam vir a prejudicá-la. Nenhuma declaração por enquanto sobre sua reação à generosidade do sr. Carpathia".

Conhecer a jovem e delicada esposa de Abdullah, Yasmine, e seu filho e filha pequenos, foi uma alegria para Rayford, assim como degustar outra refeição deliciosa — embora bem mais leve, à noite — na casa deles.

Rayford ficou intrigado pela interação formal entre Abdullah e a mulher. Ela era quieta e subserviente, cuidando da casa, do preparo da refeição e demais detalhes. Pareceu quase entrar em pânico quando Rayford ofereceu-se para ajudar, mas Abdullah a salvou levantando a mão e sacudindo a cabeça, o que mostrou a Rayford que estaria violando algum código cultural doméstico.

Yasmine cuidava das crianças, embora Abdullah também parecesse amá-las muito. Quando a refeição terminou e os filhos foram dormir, Yasmine desapareceu, enquanto os homens sentavam para conversar.

— Sua esposa é linda — disse Rayford.

— Eu me preocupo com ela. Quando comecei a mostrar que não era um muçulmano tão devoto quanto a fizera pensar — ignorando os chamados à oração e outras coisas — vi tristeza e espanto em seu rosto. Mas o que mais me perturbou foi que em breve ela seguiu meu exemplo.

— Vocês discutiram o assunto?

Abdullah mostrou o dedo indicador e o polegar apenas levemente separados.

— Quase nada. Minha mulher teme que Alá possa estar desapontado ou irado com ela, mas compartilha o meu sentimento de que a nossa religião tornou-se muito impessoal e rígida. Embora ela não seja o que eu chamaria de mulher moderna e de modo algum uma feminista, ela também não se sente honrada ou respeitada no sistema islâmico.

Rayford voltou para casa via Washington, D.C., onde foi interrogado pelos seus contatos na CIA e Departamento de Defesa.

— Ouvimos que vocês dois se deram muito bem — disse Jack Graham.

— É verdade. Ele é um jovem promissor.

As idéias de Abdullah para defesa dos ataques terroristas eram compreensivelmente de natureza militar: ensinar manobras ardilosas aos pilotos, equipar os aviões a jato com armas defensivas, e aumentar as medidas de segurança nas cabinas dos pilotos e passageiros — tudo isso simplesmente aumentando os já astronômicos custos projetados que cuidavam dessa nova ameaça. Graham e seus associados, porém, asseguraram a Rayford que acreditavam que a conexão com a Jordânia — e Abdullah Ababneh em particular — valia o tempo e o esforço.

Para Rayford pessoalmente, com certeza valera. Depois de avaliar as mercadorias do mercado cladestino oferecidas por Abdullah, ele acrescentara várias centenas de dólares de tesouros da Arábia à sua bagagem. Segundo seu conhecimento, nem os superiores de Abdullah nem os seus tinham qualquer noção disso. Rayford teria cuidado em não revender qualquer dos artigos, para que, na possibilidade de vir a ser questionado a respeito, pudesse dizer corretamente que todos se tratavam de presentes.

Vários dos itens do mercado clandestino — embora Rayford não os descrevesse dessa forma — foram aceitos com entusiasmo até por sua família. Irene pareceu agradar-se de um suprimento de veludo. Raymie alegrou-se com uma coleção de pequenos animais esculpidos em madeira de oliveira. Rayford ficou estupefato com a reação de Chloe a um tapete bordado, que ela imediatamente colocou em seu quarto.

— Não pensei que fosse gostar disso — disse ele, sentado na cama dela.

Chloe estava à mesa do computador.

— É lindo — respondeu. — E foi você quem trouxe.

— Sua mãe me contou sobre a eleição. Sinto muito.

Ela encolheu os ombros.

— O pessoal queria um garoto tolo; conseguiu. Pelo menos cheguei perto.

— Não se sinta frustrada com uma derrota.

— Foi mais ou menos isso que o diretor disse em sua carta a todos os perdedores. Alguma coisa sobre perder a batalha e não perder a guerra.

— Haverá mais eleições.

Chloe sacudiu a cabeça.

— Já cansei da política. Não poderia enfrentar outro desapontamento como esse. A pior parte é que a mamãe tinha razão. Foi um concurso de popularidade, e não sou popular.

— Vamos, filha. Você disse que chegou perto.

— Não perto o bastante. E você sabe, pai, há mais meninas do que meninos em nossa classe. Vamos enfrentar a realidade: vivemos em uma sociedade dominada pelos homens. Até as meninas votam nos meninos.

Rayford ficou admirado com o contraste entre sua filha inteligente e articulada e Yasmine Ababneh. Estaria ele criando uma ativista? Uma feminista? Sentiu que Chloe o faria orgulhar-se dela um dia.

TRINTA E QUATRO

Cameron Williams engrenou a marcha, terminou bem em Princeton e formou-se com honrarias, prêmios e aclamações. Ele chegou a Boston como um furacão e imediatamente fez inimigos entre o pessoal do *Globe*.

Segundo Dizzy Rowland, porém, a diretoria considerava isso em grande parte — inveja. Qualquer coisa que interrompa o *status quo* ameaça os veteranos. Quando um jovem entra e trabalha bem, eles ficam irritados. Quero, no entanto, insistir com você, Cameron, para ficar na sua. Deixe que os outros o elogiem e faça também elogios. Não critique colegas nem ofereça sugestões. Faça apenas o seu trabalho e deixe que os leitores o avaliem.

Era um bom conselho, mas difícil de atender. Cameron ficou alarmado com a preguiça da parte de outros repórteres. Ficavam ociosos, enganavam, apoiavam-se em fontes secundárias. Passavam um dia inteiro sem fazer nada, depois entrevistavam alguém apressadamente e tentavam fazer manchete com a notícia.

Cameron não conseguia compreender isso. Ele amava o seu trabalho, lia tudo que lhe caía nas mãos, procurava histórias. Usava o telefone, o computador, gastava muita sola de sapato e os pneus do carro. Tinha seus deveres regulares, mas pelo menos a cada dois dias submetia também uma história de interesse humano, uma reportagem e até mesmo alguns pontos de vista. Ele estava, em suma, servindo em tempo integral, cumprindo seus deveres regulares enquanto trabalhava também como escritor independente com uma fartura de idéias.

— Você está trabalhando bem acima do que foi chamado a fazer — disse Dizzy. — Se preferir usar seu próprio tempo, podemos pagar-lhe como *freelance.*

— Não me importo de fazer isso no horário do expediente, a não ser que considere haver um conflito — respondeu Cameron.

— Até agora, não houve.

— De todo modo, já investiguei os preços para o jornalista independente. Prefiro usar meu próprio tempo e vender em outra parte.

E foi o que fez. A vida social de Cameron era praticamente nula, exceto por uma jovem que encontrara junto às caixas de correio do prédio. Eles saíram para jantar e ir ao cinema algumas vezes, mas duas vezes ele chegou atrasado e em outra ocasião teve de cancelar o encontro. Ele não deveria ter ficado admirado, disse a si mesmo, mas ficou, quando ela finalmente fez o mesmo discurso que ouvira em Princeton. Estava apaixonado pela sua carreira e não tinha tempo para um relacionamento. Qualquer mulher que se envolvesse com ele teria de competir com o jornalismo como sua amante.

Cameron ficou deprimido com isso metade de um dia, até que felizmente encontrou-se com um jóquei em um bar, um jovem mexicano que esperava classificar-se em Suffolk Downs, a pista de corrida de puros-sangues a leste de Boston, que ficava cerca de dois quilômetros do Aeroporto Logan.

Enrique Reyes da Cidade do México ganhara fama nas pistas em sua terra natal e se aventurara para o norte a fim de conquistar as pistas norte-americanas. Ele brilhara nas sulinas, mas decidiu que não teria uma oportunidade real até que competisse nas grandes pistas de Nova York. Boston ficava no caminho, e permaneceu então ali, tentando chamar a atenção dos treinadores e proprietários em Nova York.

A vida fora dura até então para o cavaleiro, mas Cameron viu em Enrique um pouco de si mesmo. Algo em seus olhos tornava claro que ele não desistiria, e Cameron decidiu fazer uma crônica sobre uma semana na vida de um jóquei. Ele não consultou seus superiores a respeito; apenas entregou um pequeno artigo e depois escreveu a série em seu próprio tempo.

Cameron sentiu que havia algo no ar quando Dizzy Rowland pediu para vê-lo fora do expediente.

— Estou sendo censurado por não falar com você por intermédio do seu supervisor imediato — disse Rowland.

— Francamente esse é um bom conselho. Fico dizendo a você como evitar tornar os outros invejosos e, todavia, contribuo para isso fazendo você desfilar durante o dia por aqui.

Quando finalmente se encontraram, Rowland foi direto ao ponto.

— Quero dizer-lhe do que mais gosto sobre o artigo do jóquei. Foi a sua infusão pessoal na história.

— Mesmo? Fiquei preocupado com isso. Não era uma coluna, e eu não queria me intrometer.

— Intrometer-se? Você apenas mencionou que chegou às pistas pela Linha Azul. Genial. É assim que nossos leitores chegam lá, Cameron. Teria sido fácil para você dirigir e deixar que o *Globe* pagasse a quilometragem e os estacionamentos. Porém, não. Sua descrição dos passageiros no trem, como alguns compartilham os seus palpites e outros guardam os deles enquanto lêem as folhas de corridas nos jornais... ótimo, ótimo material.

— Obrigado. — Cameron contou a Rowland seu plano para a reportagem de uma semana.

— Mal posso esperar para lê-la. Se for tão boa quanto essa primeira peça, talvez a mostre a meu amigo na *Sports Illustrated.*

— Fala sério?

— Claro.

— Porque, senhor, ela vai ser melhor. Está surgindo bem e começando a parecer algo especial — mesmo que seja eu quem diga isso.

Cameron tinha de lidar com a culpa de sua carreira ter começado em uma tragédia propícia que colocou seu nome sob os holofotes nacionais. Rowland insistia em que seus instintos, habilidade e energia é que o haviam colocado a princípio na posição, mas, durante semanas, Cameron não pôde ser consolado. Ele temia que a sua projeção se devesse ao sofrimento de outrem.

A série de uma semana de Cameron sobre Enrique Reys mostrara ter caído imediatamente nas graças do público, e o contato de Dizzy Rowland na *Sports Illustrated* também se impressionou. Embora inicialmente tivesse apenas repassado a notícia, marcou uma entrevista com Cameron para que fosse a Nova York conversar sobre outros trabalhos. Antes de Cameron ir, porém, a tragédia se abateu na pista e mudou da noite para o dia a vida de Enrique e de Cameron.

Enrique estava tendo uma boa semana, prestes a ganhar mais do que já recebera em qualquer semana anterior da estação. Em uma corrida no meio da tarde, ele viu-se colocado no terceiro lugar junto à grade, montado em uma égua promissora. O favorito era o primeiro, mas Enrique contaria mais tarde a Cameron que sentira fadiga no garanhão e acreditava que poderia ganhar a corrida se conseguisse passar o segundo cavalo e ficar junto à grade.

Ao fazer a curva mais distante, o segundo cavalo caiu e atirou seu cavaleiro diretamente diante da égua de Enrique. A égua bateu na grade, e Enrique foi lançado longe, rolando até o centro do campo. Seu pé ficou preso por pouco tempo na grade, e, embora tivesse caído de cabeça e desmaiasse, o único dano grave foi em sua perna.

Grave o suficiente para encerrar sua carreira.

O artigo de Cameron versou sobre as esperanças e sonhos de um cavaleiro imigrante, passando depois para o que acontece quando uma perna e um sonho são destroçados. A perna de Enrique teve de ser amputada pouco abaixo do quadril, e, apesar de ele ter feito pronunciamentos corajosos sobre cavalgar um dia com uma prótese, isso nunca iria acontecer.

O Fundo Enrique, iniciado pelo *Globe*, angariou centenas de milhares de dólares — não sendo suficientes para pagar os custos reais dos cuidados de que necessitava, mas suficientes para levá-lo de volta à Cidade do México, onde pôde eventualmente começar uma academia de treinamento para jovens jóqueis.

A *Sports Illustrated* pediu a Cameron um novo artigo sobre a história e depois usou uma versão mais curta na revista *Time*. De uma hora para outra, Cameron ficou conhecido de todos os noticiários semanais e outros mercados de revista importantes, começando a ganhar tanto dinheiro — e renome — fora do expediente quanto nas horas regulares de trabalho.

Trabalhava no *Globe* havia menos de um ano quando soube que sua cobertura de Enrique havia sido indicada para um Prêmio Pulitzer como um exemplo especial de reportagem local — sua segunda menção. O *Globe* recebera também menções em outras categorias, inclusive uma para o próprio jornal, na categoria de Serviço Público — a única não remunerada. Os vencedores das outras categorias ganhariam prêmios em dinheiro, enquanto o jornal que vencera o prêmio de Serviço Público receberia uma medalha de ouro.

Em fins de maio, Cameron viajou para Nova York com Dizzy Rowland e meia dúzia de outros do *Globe* para o banquete do Prêmio Pulitzer, na bela e antiga biblioteca Low Library, no *campus* Morningside Heights da Universidade de Columbia.

Cameron foi o único repórter a vencer para o *Globe* naquele ano, recebendo um cheque de quinze mil dólares. O *Globe* também recebeu a medalha de ouro por Serviço Público pela sua série sobre questões de segurança no Aeroporto Logan.

No caminho de volta a Boston, Dizzy Rowland conversou particularmente com Cameron.

— Penso que você observou, filho, que é o mais jovem e mais destacado empregado novato que o *Globe* já teve. Está na hora de dedicar-se ao trabalho com vigor e determinação, assumir novo compromisso com a excelência e diligência, qualidades que o trouxeram até onde está hoje.

Cameron assentiu, imaginando qual seria o rumo daquela conversa. Esperava não ter dado a impressão de que pensava ser o máximo e que começaria a tomar liberdades como um homem privilegiado.

— Se já não teve propostas, começará a recebê-las de outros periódicos de prestígio, e muitos tentarão seduzi-lo. Não queremos perder você. Quero oferecer-lhe uma coluna três vezes por semana, que iremos também distribuir mediante uma agência sindicalizada. Seus rendimentos vão dobrar ou triplicar quase imediatamente. E você continuará livre para escrever os artigos ou reportagens que desejar.

Cameron, ainda sob a impressão de que grande parte daquilo era decorrente do desastre sofrido por Enrique Reyes, respondeu simplesmente:

— Aceito, sr. Rowland, e agradeço.

Ele não contou ao chefe que já fora contatado por outras publicadoras, desejando falar-lhe sobre novas e empolgantes oportunidades, inclusive grandes aumentos. Sentia, porém, obrigação para com o *Globe*, que fora o primeiro jornal a reconhecer o seu potencial.

De todo modo, só havia outro periódico para o qual desejava trabalhar, mas que, até então, não fizera contato, o *Global Weekly*.

TRÊS ANOS DEPOIS

TRINTA E CINCO

Com os filhos agora na escola a maior parte do dia, Irene e Jackie tinham mais liberdade e gostavam de sair juntas várias vezes por semana. As duas apreciavam visitar lojas de antiguidades e brechós. Certo dia, elas encontraram um artigo que intrigou especialmente Irene.

Estavam num mercado de quinquilharias em um depósito praticamente abandonado, e Irene encontrara uma pilha de quadros encostada em uma parede. Ela começou a examiná-los lentamente, obsevando que não passavam de cópias baratas de pinturas conhecidas, em molduras espalhafatosas, e que os vinte dólares pedidos iriam cobrir provavelmente apenas a moldura.

Passou pela *Mona Lisa, Inferno de Dante,* o *Retrato da Mãe do Pintor* de Whistler, alguns Picassos, dois Vincent van Goghs, e até um Rembrandt. Parecendo um tanto fora de lugar, mas não obstante prendendo a sua atenção, estava a *Cabeça de Cristo* de Warner Sallman, assim como o seu *Cristo à Porta do Coração.*

O último fez Irene parar, e ela ficou ali em pé a estudá-lo. Surpreendeu-se quando Jackie comentou sobre o aspecto *kitsch* da moldura, mas Irene já decidira.

— Vou substituir o rococó — disse. — Fale-me da pintura.

Mais tarde, quando levou seu tesouro barato para o carro, Irene estava estranhamente entusiamada. Já sabia onde colocá-lo, embora Rayford pudesse se horrorizar. Não teria importância. A casa era também dela, e, se ele continuava a proibi-la de freqüentar a igreja de sua escolha, não tinha o direito de dizer-lhe como decorá-la.

Já que faltava mais de uma hora para buscar Raymie na escola, Irene parou em uma loja de molduras do tipo faça-você-mesmo e trocou a sua por metade do preço de outra, de madeira escura simples. Correu para casa, pendurou-a sobre o sofá e ficou a admirá-la por algum tempo, seguindo depois para a escola.

Agora no fim da casa dos 30 e desfrutando o tempo de casa na Pan-Con, Rayford estava finalmente voando nas rotas internacionais que cobiçara. O ponto negativo era que sua única diversão — que nunca se materializara em adultério real... ainda — era Hattie Durham, e ela continuava nos vôos domésticos. Ele sabia que o objetivo da moça era também fazer parte das viagens internacionais, para poder voltar a voar com ele ocasionalmente. Hattie, entretanto, continuava ainda com 20 e poucos anos.

A parte difícil dos vôos internacionais, naturalmente, era a fadiga provocada pelo fato de voar através de tantos fusos horários. Os regulamentos exigiam que Rayford dormisse oito horas durante as vinte e quatro horas que precediam o final de seu turno. Ele achava isso um complicador. Voar era um trabalho tenso, que estressava a mente, mas ele gostava de variedade em sua vida. Quando Rayford tinha folga, ele não a desperdiçava em um quarto de hotel. Saía para fazer turismo e visitar seus vários contatos — muitos apresentados a ele por Abdullah Smith. Rayford tinha contatos com o mercado clandestino em toda a Europa e Oriente Médio e um negócio decente por baixo da mesa nos Estados Unidos.

Além do aspecto intrigante de criar filhos e tentar manter-se fiel em um casamento que se tornara tedioso, o mercado clandestino propiciava a única agitação na vida de Rayford. Sentia falta dos filhos quando estava fora e até sentia falta de Irene. Tinha, porém, de admitir que gostava mais de partir do que de voltar. Havia mais coisas a fazer na estrada.

Rayford se achava no auge da sua profissão, sendo ocasionalmente consultado pelo governo e apreciando os olhares em sua direção quando atravessava os aeroportos em seu uniforme azul de gala e esticando seus 1,82m o mais possível. De outro lado, havia dias em que se perguntava se esta seria a extensão da sua vida. Atingira todas as suas metas, embora ainda desejasse pilotar o 747 do presidente pelo menos uma vez.

Estava chovendo quando Irene finalmente entrou em casa com Raymie, agora com 8 anos. Ele ficara desapontado por não poder brincar do lado de fora, especialmente porque a mãe não o deixava mexer no computador ou assistir à televisão antes do jantar. Ela deu-lhe algo para comer e depois viu que o garoto percorria a casa procurando alguma coisa para se distrair.

Alguns minutos depois, ela o encontrou montado nas costas do sofá como se este fosse um cavalo.

— O que eu lhe disse sobre montar no sofá? — perguntou Irene.

— Que não faz mal porque precisamos de outro — respondeu ele rindo. Sua cabeça estava a centímetros do quadro novo. — O que é isto?

— O que você pensa que é?

— Jesus. E ele está na casa de alguém. Mas de quem? Zaqueu? Pensei que Jesus o encontrasse em uma árvore.

Uma coisa boa que podia ser dita pelo fato de Raymie freqüentar a Escola Bíblica Dominical todas as semanas, mesmo na igreja menos que ideal de Irene, é que havia escutado cada história bíblica e conhecia todas.

— Não conheço essa história — disse ele.

Irene sentou no sofá e olhou para o filho.

— Não é uma história da Bíblia, mas simbólica. Sabe o que quer dizer isso?

Ele sacudiu a cabeça.

— *Simbólica* quer dizer que ela mostra uma coisa que significa outra.

— O que o quadro significa então?

— Essa porta onde Jesus está batendo é como a porta do coração de uma pessoa. Jesus quer entrar em nosso coração, em nossa vida.

Raymie ficou sentado olhando para o quadro.

— Não há maçaneta — disse.

— É verdade.

— Como Ele vai abrir a porta sem maçaneta?

— O que você acha, Raymie?

— Deve haver uma maçaneta do lado de dentro. Alguém tem de abrir a porta para Ele entrar.

— Tem razão. Jesus não força entrada em nossa vida. Temos de convidá-Lo a entrar. Espere um pouco. Quero ler uma coisa para você.

Irene subiu depressa até seu quarto e voltou com sua Bíblia bem marcada. Ela a abriu em Apocalipse 3.20 e disse:

— Ouça, Raymie, o que Jesus diz: "Eis que estou à porta e bato; se alguém ouvir a minha voz, e abrir a porta, entrarei".

Sabe de uma coisa, Raymie? Eu convidei Jesus para entrar em meu coração.

— Ele estava batendo?

Ela sorriu.

— Penso que sim.

Irene teve muita vontade de forçar o filho, perguntando se ele queria fazer a mesma coisa. No entanto, ele estava numa idade em que seria capaz de pular de uma ponte se ela sugerisse.

— Ele está então dentro de você, mamãe? Em seu coração?

— É como expliquei. Isso é simbólico. Significa que o Seu Espírito vive em mim. É claro que não tenho o próprio Jesus dentro do meu corpo.

— Como você fez para Ele entrar em seu coração?

— Orei e disse a Ele que era isso que eu queria.

— E como você sabe que Ele entrou? Pode senti-Lo?

— De certo modo, posso. Sei que Ele está comigo todo o tempo.

— Olhe, mãe, você quer ser o bandido, e eu, o mocinho? Você corre para a cozinha, e eu tento atirar em você do meu cavalo.

Irene desejou dizer não. Queria perguntar a Raymie como ele podia ter um tempo tão curto de atenção, como não via a importância do que falavam, e que isso era tudo em comparação com o nada de seus jogos imaginários. Ela preferia dizer não, afirmando que estava ocupada e depois deixá-lo sozinho para pensar no que haviam discutido. Mas será que faria isso? Era bem possível que usasse o quadro de Sallman como alvo.

— Está bem — disse — mas você só tem direito a dois tiros.

Irene pulou do sofá e estava quase saindo quando ouviu o menino, surpreso, fazer o som de um tiro.

— Não me acertou! — disse, e o som se repetiu. Irene fingiu que estava ferida, bateu na parede e escorregou para o chão.
— Fui atingida. Não vou sobreviver.

Raymie riu e desceu, correndo depois para ela.

— Puxa, que bom que você tem Jesus no coração!

Embora mantendo distância do trabalho sujo, Nicolae Carpathia teve sucesso em aniquilar o restante do negócio de Emil Tismaneanu, permitindo que Leon Fortunato e Jonathan Stonagal mexessem seus pauzinhos por trás das cenas. Stonagal certificou-se de que a Tismaneanu Tech havia falhado em seus pagamentos à Corona Technologies, em Louisiana, e em breve a Carpathia Trading passou a participar de ambos os produtos principais da Corona.

As vendas se multiplicaram, e não demorou para Nicolae quitar sua dívida com Stonagal e tornar-se o empresário mais rico e bem-sucedido da Europa. A revista *Forbes* já o citava entre as dez pessoas mais ricas do mundo, e o próprio Stonagal brincava que Nicolae poderia vir a derrubá-lo de seu pedestal como número um. Carpathia rira sinceramente ao ouvir isso, pois tinha menos de cinco por cento dos bens de Stonagal, mas intimamente não achou graça.

Superar a riqueza de Stonagal era apenas um de seus vários alvos. De fato, com a lembrança de sua visita ao mundo dos espíritos ainda fresca na mente, ele sempre consideraria possuir virtualmente o mundo um direito. Queria mais do que possuí-lo. Seu desejo era governá-lo.

Chloe chegou cedo das atividades após as aulas e, como era seu costume, foi direto para o quarto.

Irene bateu de leve na porta.

— Ocupada! — Chloe gritou.

— Fazendo o quê? — respondeu a mãe. — Você acabou de entrar, Chloe. Não pode sequer cumprimentar sua mãe?

— Olá, mãe! Tchau, mãe!

— Chloe, por favor. Não posso ver minha filha pelo menos um pouco no fim do dia?

— Estou telefonando.

— Quero falar com você quando terminar. Vou estar na cozinha.

— Está bem.

Cameron Williams era escritor da equipe do *Globe Weekly* havia menos de um ano e tinha um novo apelido: Buck. Isso porque estava constantemente se opondo à tradição e ao protocolo. O escritor mais novo na redação, Cameron não se importava de tentar passar a perna nos próprios colegas.

— Você pensa que este é um jornal — disse um deles em uma reunião da equipe — onde todos estamos a fim de superar uns aos outros? Isso não funciona em Nova York, filhinho. Nós trabalhamos juntos.

— Chamar-me de filhinho não faz parecer que trabalhamos juntos, com todo o respeito. O fato é que você deve se apressar, porque, se não fizer isso, *vou* passar à sua frente. Não se engane, estou mais interessado em fazer isso com as outras revistas de notícias, mas, se você também ficar no meio da poeira, de quem é a culpa?

— Agora chega, pessoal — o editor executivo sênior, Steve Plank, disse erguendo a mão. — Vamos voltar aos negócios. Escolhemos o presidente Fitzhugh como nossa Notícia do Ano e quero que Williams faça o artigo de fundo.

— Você deve estar brincando! Ele não tem mais de 25 anos e está lhe dando...

— Vinte e seis — corrigiu Cameron.

— Enganei-me por um ano. Ele é ainda muito jovem para...

— Parece que os seus fatos estão apenas um tanto errados — afirmou Cameron.

— Agora, Buck — disse Plank, fazendo os outros rirem. E o apelido pegou. — Olhem, vocês todos, chega de brigas. Temos de trabalhar juntos nisso. Não espero que o Buck, digo, Cameron, faça todas as reportagens, de modo que vamos então completar sua entrevista um-a-um com tudo que puderem descobrir, e...

— Um-a-um? Nunca entrevistamos um presidente dessa forma.

— Falei errado. É claro que estarei lá, assim como Bailey.

— Stanton *Bailey* vai comparecer? — perguntou Cameron.

— Ele é apenas o editor — disse alguém.

— Eu sei quem ele é — atalhou Cameron. — Porém, quero dizer, uau!

— Você e Bailey estarão lá, e o Buck Rogers aqui faz a entrevista?

— Já basta — disse Plank, ficando vermelho. — Continuo sendo a autoridade aqui; portanto, deixem de desafiar minhas decisões, se querem manter o emprego.

Alguns riram, com ar de escárnio.

— Vocês acham que estou brincando? Basta forçar-me um pouco mais.

Silêncio.

— Melhor assim. O Buck ganhou essa indicação, e vocês não precisam concordar com ela. O fato é que alguns de vocês *não* ganharam. Se tivessem ganhado, estariam lá. Vocês podem pensar o que quiserem do homem mais jovem de todos ficar com a matéria, mas, se quiserem uma tarefa como essa, será melhor se levantarem e começar a trabalhar.

Mais tarde, no escritório de Plank, ele disse:

— Buck, é muito bom que eu goste de você, pois está deixando esse pessoal louco.

— Estou vendo. Mas não entendo. Pensei que trabalhar

duro fosse a essência do jornalismo. Este é o único trabalho que almejei e quero fazer mais do que apenas mantê-lo. Quero destacar-me nele.

— Você já está fazendo isso, Buck.

— Vai me chamar assim daqui por diante?

— Não sei. É provável. Gosto dele. Porém, de qualquer modo, deixe os outros em paz. A melhor vingança é o sucesso. Quer enfurecê-los? Continue à frente deles, mas não diga nada a respeito. Não se mostre superior. Vai frustrá-los terrivelmente.

— E você aprova isso?

— Talvez isso os estimule a trabalhar mais.

TRINTA E SEIS

Irene esperou por Chloe até ficar com raiva e então subiu finalmente as escadas para exigir uma audiência. Chloe tirara a carteira de motorista havia alguns meses, e seu novo senso de liberdade e independência parecia tê-la ajudado a mudar seu relacionamento com Irene, mas não para melhor.

Chloe dirigia sozinha na ida para a igreja e na volta para casa, chegando tarde e retirando-se cedo. Especialmente quando Rayford se achava ausente, ela foi relaxando no horário de voltar para casa, passando de vinte a trinta minutos da hora marcada. Irene pretendia ameaçá-la de tirar-lhe suas chaves e prendê-la em casa depois de mais uma transgressão. Porém, quando chegou ao alto da escada, ouviu Chloe e Raymie conversando.

— Não abra a minha porta sem bater, Raymie.

— Desculpe-me. Eu só queria contar uma coisa a você.

— O quê?

— Recebi Jesus no meu coração.

— Você o quê?

— Orei e pedi que Jesus entrasse em meu coração.

Irene parou, prendendo o fôlego.

— Isso é bom, eu acho. Não é?

— Claro que é bom — respondeu Raymie. — E você? Tem Jesus no seu coração?

Irene teve de respirar e ficou meio tonta, tentando manter-se quieta.

— Não, não tenho, Raymie. Mas estou contente que você tenha.

Ela está contente?

— Muito bom para você — disse Chloe.

Quanta doçura — pensou Irene. Chloe poderia ter sido fria, mesquinha, desafiadora. Agira assim com o irmãozinho mais vezes do que Irene conseguia lembrar. Seria possível que ela de algum modo tivesse compreendido a importância do assunto? Ou simplesmente não sabia como responder?

— Você também deveria ter Jesus em seu coração, Chloe. Ele ficará com você o tempo todo, e, quando você morrer, vai para o céu.

— Isso é ótimo.

— Vai fazer isso?

— Vou pensar, está bem?

— Deve pensar logo, porque...

— Não insista comigo, ou *não* vou pensar sobre isso, está bem?

— Eu estou preocupado...

— Não se preocupe comigo.

— Então até depois.

Raymie saiu correndo e desceu as escadas, dizendo olá para a mãe ao passar. Irene chegou ao quarto de Chloe no momento em que ela fechava a porta. Ela viu a mãe, olhou direto em seus olhos e fechou a porta.

— Chloe! — disse Irene.

— O quê?

— Preciso de um minuto.

— Ocupada!

— Não! Você não está! Agora abra a porta, ou não vai a lugar algum esta noite.

Chloe abriu a porta e dirigiu-se para a cama, de costas para Irene.

— O quê? — disse ela.

— Não pode me conceder um minuto de atenção?

— Sim! O quê?

— Quero lhe dizer que apreciei a forma pela qual você tratou o Raymie.

— Estava escutando?

— Não pretendia fazer isso. Vinha ver você e ouvi o que ele disse.

— Está bem, e então?

— Gostei de você não ter feito pouco das notícias dele.

— Bem que deveria. Que lavagem cerebral você está fazendo nele agora?

— Não é lavagem cerebral, Chloe. É o que eu creio, e agora é o que Raymie crê.

— Não é, porém, o que eu creio, e ele é muito criança para saber no que acredita. O que há com você, mãe, forçando essas coisas em um garoto de 8 anos?

— Quer se lembrar com quem está falando, mocinha?

— Você lembra?

Irene avisou Chloe sobre o horário de chegada dela e advertiu-a sobre perder sua liberdade.

Chloe ficou quieta e simplesmente assentiu. Ela talvez estivesse entendendo que a mãe ainda mantinha este trunfo nas mãos: as chaves do carro. E iria à biblioteca naquela noite com as amigas.

— Seu pai volta tarde hoje. Você vai querer que eu diga a ele que chegou na hora.

— Já ouvi.

Poucas coisas entusiasmavam mais Nicolae do que ler sobre a sua pessoa no jornal ou ouvir e ver notícias a seu respeito na televisão. No geral, as pesquisas de popularidade ficavam limitadas às principais posições de liderança no país, mas ele se tornara tão popular para o povo e para seus colegas — tanto aliados quanto inimigos políticos — que o instituto de pesquisas expandira sua sondagem de opinião para incluí-lo.

Embora o presidente e o primeiro-ministro estivessem praticamente no mesmo nível nos índices de popularidade, só alguns pontos acima de cinqüenta por cento, Carpathia era considerado popular por quase setenta por cento da população. Como é claro, isso o obrigava a conquistar até os oponentes, e seu plano incluía convencer a todos que ele era o supra-sumo.

Em sua corrida nas novas eleições para a Câmara dos Comuns, Nicolae apresentara sua estratégia pacifista. Em vista de os romenos estarem cansados das escaramuças e guerras civis que resultaram na morte de muitos de seus jovens, homens e mulheres, para não mencionar as ameaças de invasão pela Bulgária e Ucrânia, a oportunidade de seu projeto foi perfeita. Leon Fortunato o aconselhara mediante um debate sobre o pacifismo que captara a imaginação das massas.

Nas semanas que antecederam a eleição, seu oponente cometeu o erro de adotar o ponto de vista contrário e insistir em debater com Carpathia. Na última semana antes do pleito, as pesquisas mostraram que Nicolae estava tão na frente que até os membros do outro partido pediam a seu candidato que desistisse. Apesar do protesto dos fiéis do partido, exigindo saber quem carregaria a bandeira pelos seus valores, as pesquisas de opinião mostraram que Carpathia esperava vencer com a maior margem na história de uma eleição disputada, apenas alguns pontos abaixo dos que recebera após a morte de Emil Tismaneanu.

O adversário de Carpathia não desistiu, mas fugiu do debate final, removeu toda propaganda sobre aplicação de dinheiro e praticamente desapareceu do noticiário. Os boatos diziam que votara *in absentia* e nem sequer estaria em Bucareste no dia da eleição. Isso foi confirmado quando ele não compareceu para comentar a derrota que deu razão às pesquisas.

Cientistas políticos afirmaram que Carpathia poderia ter-se candidatado ao cargo mais alto do país e ganhado com facilidade. Eles sugeriram que esse deveria ser o seu próximo passo.

Irene estava acordada às 23h30, uma hora depois do horário marcado para a volta de Chloe e meia hora antes de Rayford chegar em casa. Ela telefonara para Chloe quatro vezes, a última às 23h20, ameaçando chamar a polícia se não recebesse um chamado em dez minutos. Estava aflita, orando e prestes a fazer o chamado quando o telefone tocou. Era Chloe.

— Acabei de trocar um pneu, mãe. Desculpe-me. Vou direto para casa depois disso.

— Por que não telefonou?

— Desculpe-me. Fiquei tão ocupada tentando encontrar alguém para ajudar que deixei o telefone no carro. Não vai acontecer de novo. Estou bem.

Irene não conseguiria dormir de modo algum. Só queria abraçar a filha. A menina a deixava furiosa, e, por causa de uma leve diferença em sua voz, Irene não sabia se podia confiar inteiramente nela. Acima de tudo, porém, Chloe era ainda sua filha, e Irene sentiu-se imensamente aliviada ao saber que ela estava bem. Seria bom estar em pé quando Rayford voltasse, pensou.

Irene ficou aliviada com a sua decisão de deixar Rayford fora do conflito até que chegasse em casa. Ela sabia que ele já deveria ter aterrissado e provavelmente deixado o aeroporto, mas não havia motivo para perturbá-lo, já que não podia fazer nada. Quando viu um carro entrando um tanto rápido, pensou que fosse o marido. Rayford não costumava fazer isso, mas ele sempre parecia ansioso para deitar-se quando ficava muito tempo ausente e chegava assim tarde.

Irene pulou ao ouvir uma batida e um estrondo, além do som de vidros estilhaçando. Ela correu para fora e encontrou Chloe descendo com dificuldade do carro e praguejando. Esmagara o farol direito no canto da garagem, e sua boca estava sangrando por ter batido os lábios no volante.

— Você não estava nem usando o cinto de segurança? — perguntou Irene, aproximando-se para abraçá-la. — Chloe!

— Obrigada por preocupar-se porque estou bem! — disse Chloe, com sarcasmo, e passou direto por Irene, entrando na casa.

Irene sentiu cheiro de bebida em seu hálito.

— Chloe!

Ela deixara o carro ligado. Irene ponderou se deveria segui-la para provar que se importava mais com a filha do que com o carro, mas não podia deixá-lo assim. Recuou o veículo cuidadosamente e estacionou-o na garagem.

Irene decidiu que era melhor tentar falar com Chloe, mas, enquanto subia a escada, ouviu:

— Não venha aqui! Estou bem! Só me deixe em paz!

— O que está fazendo com a sua boca?

— Não se preocupe, não vou manchar de sangue seu precioso tapete!

— Não estou preocupada com o tapete, querida, mas com você.

— Já disse que estou bem. Deixe-me sozinha!

— Chloe, você esteve bebendo? Estava dirigindo embriagada?

Irene não pôde dizer se foi a porta do banheiro ou a porta do quarto de Chloe, mas algo bateu tão forte que sacudiu a casa. E acordou Raymie.

— O que está acontecendo? — choramingou ele do alto da escada.

— Nada — Irene sussurrou do meio da escada. — Tudo está bem agora. Volte para a cama.

Ela voltou para fora da casa. Enquanto varria o vidro da entrada, Rayford chegou. Recebeu-o com um beijo, mas não pôde ocultar o medo e a ira, e é claro que ele viu os estragos.

— Está bem — disse ele. — Pode contar.

Abdullah Ababneh tinha levantado cedo como de costume e se preparava para ir ao campo de aviação. Yasmine já começara o desjejum. As crianças dormiam, mas alguma coisa estava errada. Yasmine não o fitava nos olhos.

— Você está bem? — perguntou.

— Sim, estou — respondeu ela.

— Quer me dizer alguma coisa? alguma coisa que eu fiz ou deixei de fazer? Ou que esqueci?

— Não — disse ela, mas ele percebeu que a esposa parecia mais triste e abatida do que nunca.

— Posso telefonar e chegar mais tarde, se é que precisamos conversar.

— Talvez mais tarde, mas não agora.

— Há alguma coisa, então?

— Sim, há, mas não estou preparada para discutir o assunto.

— Estou em dificuldades?

Ela sorriu, mas seus olhos ainda mostravam temor.

— Não, Abdullah. Não é nada disso.

— Você está então em dificuldades? — Disse isso para induzir um sorriso. A hesitação dela, porém, foi como um soco em seu estômago.

Ela sacudiu a cabeça.

— Mais tarde, por favor.

— Quando?

— Quando estiver pronta.

— Esta noite?

Yasmine parou com o trabalho e olhou para ele.

— Quando estiver pronta, Abdullah. Agora, por favor, deixe de me pressionar.

— Só quero saber e ajudar.

— Eu sei.

— Chame, se precisar que eu volte para casa.

Ela se pôs a chorar, mas, quando ele se aproximou, a mulher afastou-o.

— Por favor, coma e vá embora.

— Não queria entristecê-la.

Ela sacudiu a cabeça.

— Para falar a verdade, me emociona sentir que você se importa tanto.

TRINTA E SETE

Isto era o que Rayford menos precisava depois de um longo dia de vôo. Seu pesado avião ficara mais de uma hora na pista de Heathrow em virtude do mau tempo e do tráfego antes do vôo demorado para casa, de modo que passageiros e tripulantes tinham ficado impacientes.

Uma coisa era certa: Chloe era sua filha, até mais do que de Irene. Por que razão? A teoria de pais e filhas? Temperamentos? Competição. Pelo que Irene dissera, ficara claro que só Rayford poderia falar com ela, mas será que funcionaria?

— Vá dormir, Irene.

— Não conseguirei dormir até que saiba como foi.

— Se estiver acordada quando eu voltar, vou contar-lhe.

— Estarei sim. Pode deixar.

Eles subiram juntos os degraus, Rayford encaminhando-se para o banheiro de Chloe, onde parou do lado de fora da porta fechada.

— Já cheguei — disse.

— Oi, pai — ouviu ele, e ela parecia resignada.

— Podemos conversar quando estiver pronta?

— Sim. Espere no meu quarto.

Rayford deitou-se na cama dela. Um erro. Quase adormeceu. Mas sabia que Chloe tinha medo de enfrentá-lo. A última coisa que desejava é que a filha o encontrasse dormindo. Sentou-se e examinou o quarto. Perfeitamente arrumado. Do modo que ele gostava de viver. As paredes estavam cobertas com prêmios acadêmicos, de cidadania e extracurriculares.

Rayford voltou ao banheiro.

— Está quase pronta, querida?

— Não consigo parar o sangramento do lábio.

— Vou buscar um pouco de gelo.

Quando Rayford subiu outra vez, Chloe estava sentada na cama com uma toalha ensangüentada sobre a boca. Ele sentou-se perto dela e entregou-lhe um saco plástico cheio de gelo picado.

— Obrigada. Desculpe-me, pai.

— Pelo quê?

— Pela garagem. Pelo carro.

— E por mentir para a sua mãe?

— Não menti para ela; apenas não respondi ao telefone.

— Você disse que o pneu furou. O estepe não foi tocado.

— Oh!, isso. Está bem, sinto ter mentido também para a mamãe.

— Você vai ter de dizer isso a ela.

Chloe franziu a testa e fez que sim com a cabeça.

— Pelo que mais você sente?

Ela encolheu os ombros.

— Acho que isso é tudo.

— Você estava então onde disse que estaria esta noite?

Ela assentiu.

— Estive na biblioteca. Tenho dois livros para prová-lo.

— Quanto tempo ficou lá?

— O tempo todo.

Rayford sacudiu a cabeça e levantou-se.

— Você está quase me tirando do sério, Chloe.

— *O quê?*

— Você pensa que eu não sei que a biblioteca fecha às nove horas? E pensa que não posso sentir o cheiro de álcool em seu hálito, apesar de todo esse produto que usou para enxaguar a boca? Pensa que não sei que é uma motorista melhor do que alguém que bate na garagem quando está sóbria?

Isso funcionou, e Chloe abriu-se finalmente.

— Sinto muito, pai. Por tudo.

— O que estava bebendo e onde conseguiu?

— Pai, não me faça colocar outras pessoas em dificuldades. Estava na casa da Sherry, e ela atacou a geladeira e o armário de bebidas do pai.

— Você está doente ou apenas bêbada?

— Só um pouco tonta, acho. Penso que vou ter certeza em breve, não é?

— Você não está em seu estado normal, posso ver isso. Quer o discurso agora ou pela manhã?

— Quero o castigo primeiro.

— Tem certeza?

Ela assentiu penosamente.

— Vá pedir desculpas à sua mãe e ser sincera nisso. Você a deixou terrivelmente abalada.

— Eu sei.

— Ela ama você de todo o coração. Você sabe também disso, não é?

— Ela tem um modo estranho de mostrar esse sentimento às vezes, pai.

— Mas você sabe, não é?

— Sei.

— Vai ter de pagar pelo conserto do carro e da garagem e não vai poder pedir emprestado nenhum dos outros carros. Enquanto o seu estiver na oficina, vai ter de se agüentar. Além disso, está de castigo durante as duas próximas semanas.

— Acho que seria bom tirar o sermão do caminho também — disse Chloe — para que eu possa deixar isso para trás e começar de novo.

Parece que sou eu dizendo isso, pensou Rayford.

— Está bem. Vou dizer-lhe o que mais me desapontou, Chloe. Isto está tão abaixo de você. Você é inteligente e não só nos estudos. Se começar a entrar nesse tipo de contra-senso, vai ver suas notas baixarem, suas oportunidades de ganhar uma bolsa de estudos sumirem, as aceitações em boas escolas desaparecerem. Você quer ser uma profissional, uma mulher bem-sucedida, que vence por esforço próprio. Veja bem, isso que você fez foi também resultado do esforço próprio e não vale nada. É o que deseja?

Ela sacudiu a cabeça.

— Não faça nada agora que possa apegar-se a você pelo resto da vida. Pode imaginar se bater em outro carro quando estiver sob a influência do álcool? Ou atropelar um pedestre? Matar alguém?

— Não faça drama, pai.

— Não se engane, Chloe. Isso acontece todos os dias. Você jamais se perdoaria, e sua vida nunca mais seria a mesma.

Chloe chorava abertamente agora.

— Não quero que fique desapontado comigo, pai. Quero que me respeite.

— Isso não está sendo fácil esta noite, não é?

Ela sacudiu a cabeça.

Rayford abraçou-a, embalando-a, enquanto a filha soluçava.

— Quer me fazer um favor?

Ela afastou-se.

— O quê?

— Faça a coisa mais difícil e faça primeiro.

— O quê?

— Sua mãe ainda está acordada e precisa ouvir sua história.

— Oh, pai, não! Não esta noite! Amanhã?

Ele só olhou para ela, e Chloe arrastou-se na direção do quarto dos pais.

Irene ficou imaginando a razão da demora. Tinha de admitir seu ciúme pelo fato de Chloe falar com Rayford, mas nunca com ela — pelo menos em tom delicado.

Quando a porta se abriu e a luz fraca do corredor invadiu o quarto, ela pôde ver pela silhueta que era Chloe, e não o marido. Irene sentou-se rapidamente e acolheu a filha chorosa nos braços.

— Sinto muito — Chloe conseguiu dizer. — Não vai acontecer de novo.

— Estou aliviada porque você não se machucou muito.

— Eu menti para você, mãe. Fiquei na biblioteca apenas o tempo necessário para retirar dois livros, e depois fomos para a casa da Sherry e todos bebemos. O pneu do carro não furou, e ignorei seus telefonemas até que achei que seria melhor atender e pedir para ficar mais um tempo. Eu não deveria estar dirigindo e sinto pela garagem e pelo carro.

— Como está a sua boca?

— Vai ficar boa até de manhã. Isso significa que me perdoou?

— É claro, doçura. Amo você.

— Obrigada, mãe. Amo você também.

— Eu gostaria de mais uma desculpa.

— Pelo quê?

— Pela maneira como falou comigo sobre o Raymie.

Chloe suspirou.

— Estou cansada; seria melhor não falarmos sobre isso.

— Não está arrependida então?

— Desculpe-me por ter sido desrespeitosa, mas preciso lhe dizer, mamãe, que discordamos nesse assunto. Raymie é muito pequeno para você tentar forçar a sua religião sobre ele.

— Boa noite, Chloe.

Abudllah Ababneh ficou preocupado o dia inteiro — o que não era bom para um piloto de aviões de combate. Ele ensinou, treinou pilotos, fez testes de vôo. E tudo que podia pensar era em Yasmine. Sentia-se responsável por ela e com boas razões.

Ela sempre fora uma moça doce. Boa mãe. Boa esposa. Ele queria que ela pelo menos fosse feliz, tão feliz quanto uma mulher podia ser na sua cultura. A vida era mais dura para as mulheres do que para os homens, tinha certeza disso.

Abdullah sempre percebia quando alguma coisa perturbava Yasmine. Embora fosse naturalmente quieta, havia algo em seu comportamento, na sua presença, que mudava quando tinha um problema em mente. Ela agira dessa forma quando compreendeu pela primeira vez que ele não era mais tão rígido em suas práticas religiosas quanto fora quando se conheceram.

O que ela não sabia, é claro, é que ele nunca tinha sido tão devoto quanto fingia ser. Queria impressionar os pais que eram verdadeiros crentes muçulmanos. Desejava igualmente impressionar Yasmine para que se casasse com ele.

Quando ela abordou o assunto sobre o que havia com ele, porque parecera mudar, Abdullah surpreendeu-se com o que ela lhe dissera. Ele temera que expressasse alarme, decepção, preocupação. Na verdade, o oposto aconteceu. Ela dançou em volta do assunto durante muito tempo e depois admitiu eventualmente que também estivera falhando em sua vida de oração quando ele não estava por perto.

— Eu não tinha idéia do que você poderia pensar, Abdullah. O que acharia se eu recusasse orar com você nas horas marcadas?

Foi preciso refletir a respeito. Uma coisa era decidir sobre isso em relação a si mesmo, ou decidir por ela, que poderia assim negligenciar mais a sua vida religiosa. Mas para ela, por conta própria, rebelar-se desse modo, ele não sabia o que pensar, o que poderia dizer ou fazer se soubesse.

— Isso a faz sentir-se culpada? — perguntou.

— Algumas vezes. Menos agora do que a princípio. No começo, imaginei se Alá me odiaria, me expulsaria, me mataria. Você teme a mesma coisa, Abdullah?

Ele sorriu e acenou com a cabeça.

— Sim, no começo. Mas agora fico até imaginando se Alá realmente existe.

— Tenha cuidado.

— Eu sei. No entanto, se ele for um deus assim exigente, rigoroso, como permite que seu povo se volte contra ele desse modo?

— Você sente a falta dele, Abdullah?

— Falta dele? Não, nunca o conheci muito bem, e você?

Ela sorriu timidamente e sacudiu a cabeça.

Desde essa conversa alguns anos antes, eles não mais discutiram o assunto. Nenhum dos dois orava, a não ser em público, quando isso era esperado, e as pessoas ficariam indignadas se não o fizessem. A religião não era, porém, praticada em sua casa, nem mesmo com os filhos. Freqüentavam a mesquita apenas o suficiente para evitar suspeitas.

O que poderia estar na mente de Yasmine agora? Poderia ser algo tão medonho quanto, em essência, perder a religião? Tudo que Abdullah queria era voltar para casa e ver se ela estava disposta a conversar sobre o que a perturbava. Todavia, outra parte dele temia ficar sabendo.

TRINTA E OITO

Buck Williams — até ele acabara adotando o apelido — nunca estivera na Casa Branca. Agora, no entanto, sentado com o chefe, o chefe do seu chefe, e um fotógrafo, para não mencionar o presidente Gerald Fitzhugh e sua esposa, Wilma, Buck lutou para manter a compostura. Ele sentia-se como uma criança por dentro, louco para sair dali e contar a todos onde estivera, com quem estivera, e divulgar cada detalhe.

É claro, porém, que não se tratava dele, mas de um presidente eleito para um segundo mandato e que fora escolhido pela segunda vez como a Notícia do Ano pela *Global Weekly*. Buck deveria deixar seu entusiasmo para mais tarde. No momento, precisava parecer e agir como um profissional. Ele não queria que aquele fosse o ponto alto de sua carreira. Antevia designações internacionais e — esperava — mais histórias de capa.

Buck não tinha nem a metade da idade do presidente, mas o seu charme brotou no momento em que conheceu o homem e a primeira-dama. Manteve contato visual, ouviu com atenção, não falou de si mesmo e, todavia, conseguiu mostrar empatia e verdadeiro interesse quando mencionaram sua casa e seus filhos. A sra. Fitzhug pareceu mostrar claramente afinidade com Buck, e o presidente percebeu.

Gerald Fitzhugh em breve perdeu seu ar formal, cruzou as pernas, fez gestos mais amplos, mostrou-se mais engraçado do que o normal. A certa altura, levantou-se e tirou o paletó, enquanto a mulher sussurrava que talvez devesse reconsiderar isso, em vista do fotógrafo da revista estar filmando cada momento.

— Ah, não faz mal, Wilma — disse ele. — Não é como se eu fosse me candidatar de novo.

Cameron havia esperado que o presidente fosse vulgar e profano, conforme a sua reputação. Fitzhugh fora com freqüência comparado a um jovem Lyndon Johnson. É possível que tenha sido a presença da esposa, mas Fitzhugh não pronunciou nem sequer um leve termo insultuoso o tempo inteiro. Suas explosões eram lendárias entre os membros da equipe, mas Buck achou-o simplesmente cheio de vitalidade e vigor. Exuberante.

O estilo de Buck não era comparecer com uma lista de perguntas a serem consultadas a toda hora. Ao contrário, listou em um pequeno cartão cinco áreas que desejava que o presidente discutisse. Esperava não ter de referir-se a ele, a não ser que tivesse um lapso de memória e planejou basear suas perguntas com base nas respostas de Fitzhugh. Isso tornava a situação menos formal, mais uma conversa do que uma entrevista, e permitia a Cameron continuar envolvido em lugar de consultar a toda hora seus apontamentos. Seus colegas provaram ser mais úteis do que esperara, sugerindo perguntas difíceis e desdobramentos ainda mais difíceis, ocasionando respostas prontas.

Cada vez que Fitzhugh dava uma resposta desse tipo, Buck o pressionava, respeitosa mas energicamente, fazendo-o explicar-se ao público. Buck acreditava ser esse o dever supremo do jornalista.

Eles discutiram comércio internacional, defesa, orçamento, cuidados com a saúde e seguridade social. Buck finalmente entrou no terreno pessoal.

— É verdade? — disse ele. — O senhor gosta de gritar? Tem pavio curto?

Fitzhugh não hesitou.

— Culpado — declarou, olhando para a esposa. — É claro que não faço isso em particular. Não posso demiti-la, sabe o que quero dizer? Porém, é verdade, tenho trabalhado para baixar o tom com meu pessoal. Temos muito a fazer, e minha paciência não é grande. Posso melhorar nessa área. Será que vou? Duvido.

Pouco menos de uma hora depois, o chefe do pessoal de Fitzhugh entrou e fez sinal de que o tempo se esgotara. O presidente levantou-se, colocou de novo o paletó, estendeu a mão e sacudiu vigorosamente a mão de Buck.

— Não pense que não sei que você é na verdade um menino, filho.

— Senhor?

— Tenho uma equipe que pesquisa tudo isso. Acho que não é surpresa para você. Sei a sua idade, seu passado, suas credenciais. E posso lhe dizer que esta foi uma das horas mais agradáveis que já passei com um jornalista desde que assumi o cargo.

— Fico muito agradecido, senhor.

— Ele não está apenas fazendo um elogio — interrompeu a sra. Fitzhugh. — Poucas vezes o vejo tão à vontade. Confio em que não vá tirar proveito disso.

— De que modo?

— Ele foi mais autêntico do que o seu pessoal sugeriria.

— Bem, senhora, tudo foi gravado.

— Eu sei. Espero apenas que não tenha sido uma emboscada. Já tivemos pessoas aqui que fingem ser aliadas e depois, ao sair, escrevem coisas terríveis.

— Afirmo que sou um aliado e pode ficar certa de que não vou fazê-la cair em uma armadilha. Esta será uma matéria direta sobre o Responsável pela Notícia do Ano, dando ao presidente a oportunidade de apresentar suas idéias, o que acho que ele fez aqui.

De maneira enlouquecedora, Yasmine decidiu esperar até depois do jantar e das crianças irem dormir antes de estar pronta para falar seriamente. Isso só fez aumentar a frustração e a preocupação de Abdullah. Ele se viu comendo demais e com muita rapidez, o que não era absolutamente seu costume. A seguir, sentou-se, estudando a esposa, enquanto ela arrumava as coisas e punha os filhos na cama. Examinou seu rosto triste e tenso a fim de descobrir alguma pista do que estava para vir.

Os dois finalmente sentaram diante de uma janela aberta, Abdullah esperando até mesmo uma leve brisa, qualquer coisa para mover o ar dentro de casa onde a temperatura permanecia sufocante.

Ficaram ali sentados durante muito tempo, Abdullah esperando, Yasmine suspirando como se fosse começar e, depois, calando-se outra vez. Abdullah pensou que iria enlouquecer. Não conseguiu então permanecer calado.

— O que foi Yasmine? Diga.

— Encontrei alguém — respondeu ela baixinho.

Abdullah gelou e, em seguida, se pôs em pé.

— Você *encontrou* alguém? Há outro homem?

— Sente-se Abdullah. Não era um homem.

— Você acha que isso melhora as coisas? Encontrou alguém e é uma mulher?

— Sente. Não é isso. Não precisa se preocupar com minha lealdade a você. Eu é que estou me preocupando com a sua lealdade em relação a mim depois de ouvir o que tenho a dizer.

— Ouvir o quê? — disse ele, sentando-se. — Por favor!

— Há cerca de três semanas, eu estava no mercado perto do aeroporto quando chegaram alguns turistas. Tinham de esperar mais tempo do que pensavam, e alguém no aeroporto sugeriu que aproveitassem para ter uma idéia da cultura local e os enviou para as lojas.

— Você encontrou então um deles.

Yasmine assentiu.

— Elle Lindquist. Cerca de 60 anos, penso eu. Casada, embora o marido não estivesse com ela. São missionários para os Emirados Árabes Unidos. Ele estava esperando ali por ela que voltara aos Estados Unidos para visitar a família.

— Que tipo de missionários? CIA, petróleo, católicos, ou o quê?

— Ela se apresentou como cristã evangélica.

— Você conversou com ela o suficiente para saber isso?

— Foi uma das primeiras coisas que disse, Abdullah. Era maravilhosa e doce, mas eu não sabia o que pensar. No geral, quando um estranho se aproxima de você em público, quer pedir alguma coisa. Dinheiro. O seu tempo. Algo.

— O que ela queria?

— Elle só queria me conhecer. Disse que se sentiu atraída para mim e estava curiosa sobre a nossa vida, e os EAU (Emirados Árabes Unidos) pareciam fasciná-la.

— Continue.

— Quase na mesma hora, depois de determinar cortesmente que eu tinha tempo para conversar — e tenho de dizer, Abdullah, que senti, inexplicavelmente, um elo com ela de imediato — Elle me perguntou sobre a minha religião, dizendo: "Suponho que é muçulmana".

— Respondi: "Tem razão".

— Disse a seguir que havia estudado a nossa religião e se eu poderia confirmar algumas coisas para ela. Fez perguntas sobre a mesquita, os rituais e as orações, e eu lhe disse que aparentemente aprendera em boas fontes. Depois indagou quais os benefícios que eu recebia do Islã.

Yasmine olhou diretamente para Abdullah, com uma expressão intencional. Aquela era justamente a questão sobre a qual eles haviam conversado havia alguns anos.

— O que você respondeu?

— Não sabia o que dizer, Abdullah. O que poderia ter dito? Planejei uma mentira. Queria dizer que me sentia satisfeita, realizada e obediente e que esperava recompensas eternas um dia.

— E então?

— Não consegui falar. Cada vez que abria a boca, tinha de reter as lágrimas.

— Suas lágrimas?

— Elle olhava para mim com tal curiosidade, amor e simpatia que me senti vencida pela necessidade de dizer-lhe a verdade. Não compreendia aquilo, Abdullah; fazia só alguns minutos que a conhecera e ali me achava em público, tentando falar e só conseguindo chorar.

— O que ela fez?

— Tocou em mim. Você sabe como isso é raro aqui. Levoume até um pequeno café, onde nos sentamos do lado de fora. Desculpou-se por perturbar-me e me disse que eu não tinha de responder, que poderia me recompor enquanto ela falava por algum tempo caso não me importasse. Eu não apenas consenti, como fiquei novamente impressionada com a sua sensibilidade. Era justamente o que eu queria e precisava. Fiz um aceno com a cabeça. Enquanto tomávamos um café, ela me falou sobre si mesma.

— Os americanos são engraçados, não é? — disse Abdullah. — Rayford Steele fala comigo sobre coisas que não conta à esposa e tem feito isso desde o dia em que nos conhecemos.

— Ela me contou a história da sua vida, sobre crescer como filha de missionários para a América do Sul e depois voltar para os Estados Unidos quando adolescente, conhecer o marido na faculdade bíblica, e os dois se sentirem chamados por Deus para serem missionários nesta parte do mundo.

— Chamados por Deus?

— Foi o que ela disse. Eu finalmente me acalmara e encontrei minha voz, dizendo: "E o que Deus a chamou para fazer aqui?".

— Ela respondeu: "Contar a verdade sobre Ele às pessoas. Que Ele as ama e se importa com elas, desejando conhecê-las e que elas O conheçam".

— Esse é um Deus diferente daquele que conheço — afirmou Abdullah.

— Foi exatamente o que pensei. Elle olhou para o relógio e disse que precisava voltar ao aeroporto, perguntando se poderia falar rapidamente algumas coisas mais comigo. Respondi que me sentiria honrada, e ela foi falando enquanto caminhávamos. Disse que servia a um Deus de amor que não exigia rituais e obrigações e não procurava motivos para castigar Seus filhos. Chamou a si mesma de filha Dele, Abdullah. Você já se sentiu alguma vez como filho de Deus?

Abdullah sacudiu a cabeça. Que rumo a conversa tomaria? Uma coisa era ser um muçulmano preguiçoso, outra, muito diferente, passar para outra religião.

— Eu também nunca senti isso — disse Yasmine. — Elle perguntou se poderia orar por mim, e, quando consenti, ela curvou a cabeça na mesma hora e falou com Deus. Fiquei muito embaraçada; todavia, ela conversou com Ele como se O conhecesse, como se fosse seu amigo, como se simplesmente aceitasse que Ele a amava e se importava com ela. Senti-me profundamente comovida.

— E continua assim, posso ver.

— Ela teve de partir então, Abdullah, mas eu não estava disposta a deixá-la. Fui com ela até o aeroporto, e Elle continuou falando por todo o trajeto. Eu estava faminta, sedenta de algo que ela possuía. Prometeu então me enviar *e-mails* e manter-se em contato. E tem feito isso. Nós nos comunicamos todos os dias; em geral, várias vezes por dia. Ela está me ensinando, mostrando-me coisas da Bíblia, apontando para o Deus único e verdadeiro que ama a todos, mesmo aos pecadores.

— Você pecou, Yasmine? É isso que está me dizendo?

— Estou aprendendo que todos somos pecadores. Todos estamos separados de Deus. Mas Ele providenciou um caminho de volta. Vai perdoar-nos e lavar os nossos pecados. É a história de amor mais bela que já ouvi.

— O que então a perturba tanto?

— A sua reação.

— Minha reação a quê? Você está se convertendo?

— Quero me converter de todo o coração, Abdullah. Mas não sei o que isso vai significar para você, para nós. Ver sua esposa, mãe de seus filhos, voltando as costas para a religião de sua infância, trazendo desgraça para ambos os lados da família, fazendo muitos pensarem que mereço a morte... não seria uma decisão fácil.

— Mas que tipo de decisão é? O que seria exigido de você? Como as pessoas vão saber?

Yasmine ficou em pé e foi até a janela. Depois voltou e encarou o marido.

— O cristão secreto não existe. Não poderia fingir que sou algo que não sou, como você e eu temos praticado o islamismo há anos. Parte de tornar-se cristão é despir-se da vida antiga e vestir-se de outra completamente nova. Eu não poderia tornar-me crente em Cristo sem contar às pessoas.

— Os muçulmanos crêem em Cristo! Você pode ser as duas coisas!

TRINTA E NOVE

Todos na *Global Weekly* estavam chamando Cameron de Buck havia semanas. Ele ficou então surpreso quando Steve Plank telefonou, dizendo:

— Cameron, você tem um momento?

Buck espantou-se também ao encontrar Juan Ortiz no escritório de Plank, com cara de quem gostaria de estar em outro lugar, menos ali. Ortiz era chefe do departamento de política internacional da GW.

Ortiz foi quem falou primeiro.

— Não se trata de eu ter alguma coisa pessoal contra você, Williams.

— Espere um pouco — disse Plank. — Juan veio aqui com uma preocupação, Buck, e você conhece o meu estilo. Ele estava questionando minha decisão de promovê-lo de escritor da equipe para escritor sênior, e pensei que, se uma pessoa da projeção dele tem um problema com você, deveria falar-lhe diretamente.

— Não é um problema com ele, Steve — declarou Juan. — Na verdade, o problema é com a sua decisão.

— A minha decisão tem a ver com o Buck, e, agora que ele é um escritor sênior, quero que você faça uso dele nas matérias. Se tiver um problema com ele, vamos colocá-lo na mesa.

— Não se trata sequer da sua idade, Cameron — disse Ortiz. — Já trabalhei com jovens.

— Ouvi dizer que você também já foi jovem — disse Buck.

Plank riu.

Ortiz não acompanhou o riso dele.

— Eu era jovem e inexperiente como você. Você é um ótimo escritor. Não é necessário ser um gênio para perceber isso. As histórias internacionais são, porém, complexas, e um escritor precisa de muita experiência e conhecimento antes que sequer tente...

— Tenho bastante experiência com pessoas, sr. Ortiz. Centenas de histórias, entrevistas, perfis, artigos.

— Sobre assuntos internacionais?

— Pessoas são pessoas, senhor. As histórias delas não são universais?

— Claro, mas há diferenças de cultura, ambiente, protocolo, e outras.

— Certo. Onde vou conseguir essa experiência?

— Não aqui. Antes de entrar na *Global Weekly*, você deveria ter tido bastante experiência em temas globais; faria então conosco uma espécie de aprendizado, viajando com um escritor veterano e fazendo reportagens para ele ou ela.

— Como você fez.

— Exatamente.

— Estou disposto a isso.

— Está?

— Claro. Eu me sentiria honrado em colaborar com o senhor. No que está trabalhando agora que eu possa ajudá-lo?

Juan ficou claramente embaraçado.

— Você não se importa com o fato de eu não me achar tão impressionado com você quanto o chefe parece estar? Por pensar que a sua promoção foi muito rápida?

— Eu provavelmente pensaria o mesmo se estivesse aqui há tanto tempo quanto o senhor. Sou apenas uns dois anos mais jovem do que o senhor quando era um escritor sênior, certo?

— Acho que é verdade.

— De fato, não foi o mais jovem antes de mim?

— Tem razão novamente.

— É esse o problema, Juan? — disse Plank.

— De modo nenhum. Comecei logo que saí da faculdade como mensageiro e progredi às minhas próprias custas.

Steve voltou sua atenção para Buck.

— O Juan tem memória seletiva. Ele não lembra, como eu lembro, ter recebido a mesma pressão que você quando Stanton Bailey, que ocupava meu cargo naquela época, fez dele um escritor sênior bem jovem.

— Bem jovem, mas bastante experiente

— disse Juan.

— Está então disposto a me tomar sob suas asas, sr. Ortiz? Se o Steve concordar?

Juan cruzou as pernas e recostou-se na cadeira.

— Você diria que está disposto a aprender?

— Essa era a minha idéia, não é?

— A minha também — disse Steve sorrindo. — Estava para fazer justamente esta sugestão.

— Você não se reportará a mim — disse Juan. — Mas espero que aceite orientação e instruções da minha parte.

— Certo. Fico honrado.

— Não será fácil.

— Não esperava que fosse.

— E deixe de concordar comigo em tudo.

— Desculpe-me, não quis fazer isso.

Abdullah "Smith" Ababneh teve dificuldade em dormir. Sua mente estava um caos. Uma coisa era certa: fora ele o causador de tudo. Era culpado. Yasmine se achava prestes a abandonar a sua religião e converter-se ao cristianismo. Não conseguira persuadi-la a simplesmente respeitar Jesus nos limites de sua própria fé. Para ela, o entendimento islâmico de Jesus era inadequado. Eles não O colocavam no mesmo plano, nem mesmo no de Maomé, e certamente não O consideravam igual a Alá.

Para Yasmine, Jesus era o Filho de Deus, era Deus, divino, transcendente, e o Salvador da humanidade. Abdullah poderia ter aceitado isso — especialmente em vista da frouxidão de sua própria prática religiosa — exceto pelo fato de que não havia um meio fácil para ela resolver o impasse. Em sua mente, conforme ele compreendeu, a verdadeira conversão significava algo público. Ela não poderia ser ao mesmo tempo muçulmana e cristã, e ser cristã significava que a estrutura da sua fé incluía compartilhar isso com outras pessoas.

Abdullah viu-se caminhando de lá para cá noite após noite.

Por mais estranho que pareça, uma parte dele invejava Yasmine. De um lado, ela possuía uma amiga, alguém em quem confiar, que se importava realmente com ela e sua alma. Elle Lindquist se correspondia com Yasmine todos os dias, com freqüência várias vezes por dia, e chegava até a telefonar ocasionalmente para a sua mulher.

— Você não se sente pressionada? — perguntou Abdullah.

— Nem um pouco — respondeu Yasmine. — Sinto-me amada. Estou aprendendo tanto, e isso se reflete em mim, Abdullah. É como se eu tivesse encontrado o que estive procurando durante toda a minha vida sem sequer me dar conta disso.

Depois de vários dias de tormento, Abdullah orou a Alá sobre o assunto. Ele nunca orara a respeito de algo específico, com exceção de quando se achava em perigo. No geral, suas orações sempre consistiam apenas em louvores a Alá e Maomé. Ele praticara a rotina de orações cinco vezes por dia antes de se tornar negligente. De um momento para o outro, descobriu-se dedicado. Se alguma coisa poderia colocá-lo em problemas com um deus que ele ainda não tinha certeza se existia, era perder a esposa para o outro lado.

E Alá, ele agora acreditava firmemente, respondeu-lhe. Bem no fundo do coração e da alma, Abdullah convenceu-se de que tinha a resposta para Yasmine. O problema é que demorou muito para dizer isso a ela. Ruminou sobre o assunto alguns dias, tentando moldar as palavras da maneira mais persuasiva. Na noite em que ganhou coragem para tratar do assunto, a esposa se adiantou a ele.

— Tenho notícias — disse Yasmine, deitada a seu lado na cama. — Tomei finalmente a minha decisão. Fiz a oração que a sra. Lindquist me ensinou, disse a Deus que sabia estar separada Dele pelo pecado e que precisava de perdão. Necessitava de um Salvador. Recebi Seu Filho, Jesus Cristo. A sra. Lindquist disse que agora nasci de novo.

Abdullah fechou os olhos e esfregou o rosto com as mãos.

— Você fez isso sem falar comigo?

— Eu já havia dito a você, Abdullah. Temos conversado sobre isso há bastante tempo, e agora aconteceu, e eu lhe contei.

— Mas você não me consultou, não pediu minha permissão.

— Sua *permissão*? Você me considera uma criança? Uma propriedade?

— De certo modo, você é mesmo uma propriedade minha. E preciso dizer-lhe que não vou permitir tal coisa.

Yasmine falou quase sussurrando.

— Não quero desafiá-lo, Abdullah, mas esta não é uma decisão sem importância. É a minha vida. E é desse modo que quero criar nossos filhos.

Abdullah ouvira muitas vezes a expressão sobre o sangue da pessoa ficar gelado nas veias. Agora sabia o que ela significava.

Estremeceu, e uma resolução formou-se dentro dele. A culpa o dominou por ser um muçulmano tão infiel e inconsistente que estava prestes a perder a esposa. Mas os filhos também? Não poderia permitir isso. Simplesmente não poderia. Não conseguiria mais viver consigo mesmo.

— Meus filhos são muçulmanos, Yasmine. Vão ser criados no islamismo.

Yasmine levantou-se, colocou o roupão e saiu do quarto. Ele a seguiu, e os dois ficaram sentados frente à frente na sala de estar.

— Minha maior oração é que não discutamos sobre este assunto, Abdullah. Você não é mais muçulmano do que Elle Lindquist e seu marido. Esta se tornou uma religião de conveniência para você, pois não acredita em Alá, não acredita em Maomé. Se acreditasse, cumpriria seus deveres e obrigações com eles, e não só quando outros estão observando.

Cometi erros — disse ele — e lamento muito o que fiz. Fui um mau exemplo para você, um marido relapso. Isso, porém, me despertou. Vou voltar à minha religião com todas as forças. Creio que não há outro deus além de Alá e que Maomé é o seu profeta. Jesus é compatível com isso. Ele pode ser encontrado em nossos escritos sagrados.

— Jesus precede os seus escritos sagrados — disse Yasmine. — E Ele mesmo disse ser o caminho, a verdade e a vida e que ninguém pode ir a Deus senão por meio Dele. Se não crer nisso, não diga que é compatível com o islamismo.

Por mais esperto e tecnicamente astuto que fosse, Abdullah nunca acreditara igualar-se à inteligência da mulher. Não conseguia argumentar com ela, persuadi-la.

— Iria conversar com você justamente esta noite — afirmou ele. — Iria pedir-lhe que me desculpasse pelo exemplo que tenho dado e que me desse tempo para voltar aos trilhos. Suspenda sua decisão e volte às disciplinas da nossa religião. Vai encontrar nela a verdade, a felicidade e o contentamento.

Yasmine baixou os olhos e balançou a cabeça.

— O que foi? — perguntou ele.

— Nós dois passamos por períodos de devoção — disse ela. — Houve épocas em nossa vida em que ninguém poderia ter questionado a nossa fé. Ela, entretanto, nos trouxe contentamento? Felicidade? — Yasmine não esperou uma resposta. — Isso se deu também comigo. Abdulllah, encontrei o que precisava. Aproximei-me realmente de Deus. Não tenho de ganhar o favor Dele. Não posso, e isso é bom.

— Você não tem de fazer nada se for cristã? Não precisa orar, adorar e fazer o bem?

— Claro que sim. Mas não para ganhar o favor de Deus; apenas como uma resposta aos dons que recebi.

— Os dons?

— Perdão. Vida eterna.

— Você não teme a ira de Alá?

Yasmine suspirou.

— Se eu temesse Alá, teria permanecido uma escrava das exigências do Islã. E você também. Por que agora o teme?

Esta era a eterna pergunta. Abdullah *temia* realmente Alá. Temia que o seu deus existisse e se importasse, e o visse agora como um réprobo, um infiel, um fracasso.

Pior ainda — caso pudesse haver algo pior — Abdullah considerava uma ameaça à sua própria virilidade o fato de sua esposa não ser mais razoável. Ela nunca fora atrevida, obstinada, teimosa, resoluta contra o marido. E agora se opunha a tudo que ele dizia.

Abdullah queria ser razoável, ouvir, discutir essas coisas profundas. Poderia tolerar, porém, tal rebelião por parte da esposa? Não tinha influência, poder sobre ela? Poderia competir com esse pretendente divino? E como ela avançara para o que admitia ser uma decisão importante sem sequer consultá-lo ou adverti-lo?

É claro que haviam discutido, mas, de alguma forma, Abdullah não percebera que Yasmine estava ficando tão plenamente convencida. A atração de uma mulher mais velha — segura em sua vida e em sua fé — havia aparentemente sido irresistível para ela.

Poderiam sentar-se e discutir até de madrugada, mas a verdade é que Abdullah não conseguia se conformar. Não podia aceitar. Nem permitir.

— Você precisa dizer à sra. Lindquist que agiu precipitadamente. Que mudou de idéia. Que, ao orar e conversar com seu marido, compreendeu o seu erro. Vai permanecer muçulmana, praticando o islamismo. Não pode fazer isso com o seu marido e filhos. Não vai ser cristã.

QUARENTA

Nicolae Carpathia transformou-se num político, diplomata, estadista e comunicador internacional. Ele encontrou razões para viajar, estabelecendo alianças com chefes de Estado que não teriam concedido uma audiência a alguém da Câmara dos Comuns da Romênia, exceto pelo fato de ele ser tão persuasivo. Nicolae se tornara também conhecido como o homem mais popular em seu país, admirado, respeitado, aclamado até pelos seus oponentes.

Era um homem de paz. Uma verdadeira pomba. A favor do desarmamento. Isso impressionava seus colegas na Europa e na maior parte do mundo. Não visitara ainda os Estados Unidos, mas estava certamente se tornando conhecido em todos os demais lugares. Sua mente brilhante, seu discernimento para os negócios e suas realizações pareciam de alguma forma conhecidos de todos, sem que ele tivesse de fazer propaganda pessoal. Seu jeito de evitar os elogios resultava em que fossem ainda mais despejados sobre a sua pessoa.

Quanto mais os recebia, mais necessitava deles, e com freqüência sentia todo o seu corpo vibrar após uma aparição pública.

Nicolae nunca aprendeu a arte da humildade. Ou pelo menos de parecer humilde.

Seu objetivo era ignorar a Câmara Alta e candidatar-se à presidência da Romênia quando seu segundo mandato expirasse. Os formadores de opinião já o consideravam favorito.

Irene se preocupava com Raymie; entusiasmado com a sua fé, ele talvez não obtivesse tudo que precisava, a não ser que mudassem para a Igreja Nova Esperança. Rayford permaneceu inflexível contra a idéia, e Chloe continuava ameaçando deixar completamente a igreja.

Irene começou a reescrever tudo que estava aprendendo de Jackie, traduzindo em linguagem acessível para Raymie. Isso tinha um duplo benefício: não só derramava ensino bíblico sólido sobre Raymie, como também aumentava o ensino dela. Qualquer coisa que deixasse Irene em dúvida, que ela pudesse ter aprendido superficialmente no passado, tentava aclarar agora com Jackie. Seu desejo era compreender tudo completamente, a fim de poder ensinar outros.

O que a entristecia era a crescente sensibilidade de Raymie ao problema do pai e da irmã. O menino orava por eles todos os dias, perguntando muitas vezes a Irene o que é que não entendiam.

— É tão fácil — tudo que quero para eles é que tenham o que nós temos.

Cameron "Buck" Williams acreditava que quase convencera Juan Ortiz. Ele ainda percebia algum ressentimento, alguma irritação, e sem dúvida certa divisão entre eles. Juan tinha uma família, e, embora sua ética de trabalho parecesse boa durante um dia normal, ele naturalmente encontrava razões para voltar para casa em horários razoáveis. Buck achava que Juan jamais gostara de seu ofício como ele, o que justificava sua constante desaprovação do empenho de Buck em trabalhar dezesseis horas por dia.

Viajar internacionalmente era uma nova experiência para Buck, e ele também apreciava visitar os vários escritórios da *Global Weekly* nos Estados Unidos e conhecer os chefes de departamento. Entre seus favoritos, estava Lucinda Washington, matrona afro-americana que comandava o escritório de Chicago. Designado para escrever uma história ali, Buck passou três dias entrando e saindo desse escritório, e sentiu que Lucinda interessou-se realmente por ele.

— Não vou chamar você por esse apelido medonho — disse ela. — Precisa saber disso.

— Mesmo? Por quê? Acabei gostando dele.

— *Buck? Buck?* Essa não é uma palavra bonita na minha comunidade, você compreende.

— Nunca pensei nisso. Perdão.

— Eu sei de onde ela surgiu no seu caso. Pessoas de Nova York me contaram que você está sempre se opondo à tradição. Deixe-me dizer-lhe algo: concordo com você. Se eu também não me opusesse à tradição, estaria ainda na seção de despachos. Mantenha-se respeitoso, faça o seu trabalho, e as pessoas lhe darão atenção, mesmo que você contrarie as regras algumas vezes. As pessoas que me aborrecem são aquelas que estão sempre se queixando e dizem que sua idéia é melhor, mas não trabalham. Faça como quiser, mas faça; é isso que eu digo.

— Eu também — disse Buck. — E você pode me chamar como quiser.

— Farei isso, Cameron.

Algum dia, Buck teria de perguntar a Lucinda sobre todos os objetos em seu escritório. Ela possuía um retrato de Jesus entre uma foto sua com o marido e as fotos de seus filhos. Na parede, um coração dourado, todo enfeitado, dizia "Deus É Amor".

Ele havia conhecido pessoas de fé, como aprendera a chamá-las. A maioria, porém, se mostrava quase sempre reservada e discreta a respeito de sua crença. Era como se soubessem que estavam em minoria e não quisessem parecer esquisitos. Lucinda Washington não era nada esquisita, apesar de sua convicção ou devoção religiosa. Tinha uma reputação como repórter e escritora competente, e as pessoas gostavam de trabalhar para ela. Lutara contra Nova York pela sua equipe e pelo seu espaço na revista, e a cúpula não obstante continuava a respeitá-la.

Buck gostava da maneira que Lucinda olhava para ele, como se pudesse enxergar sua alma. Ela o via como uma mãe veria um filho, pensava ele, e sua apreciação e expectativa pareciam extrair o que nele havia de melhor.

Quando Chloe Steele cursava o ensino médio, foi tão bem no vestibular que começou a receber cartas de universidades de todo o país. Ela iria terminar entre as cinco melhores, e fora escolhida como oradora da turma.

Irene ficou feliz e orgulhosa, mas sua alegria foi temperada pela mudança que viu na filha. Chloe tinha todas as melhores características de Rayford; isso era ótimo. Mas possuía também as piores.

Do lado positivo, ela era inquisitiva, estudiosa, trabalhadora e — é claro — brilhante. Poderia fazer as tarefas de casa a caminho da escola e obter notas B. Chloe, porém, se esmerava.

Separava um tempo todas as noites para fazer os trabalhos escolares, e Irene podia até acertar o relógio de acordo com o período que Chloe ficava estudando.

A garota premiava ou castigava a si mesma ao regular suas diversões. Se terminasse o que deveria fazer até a hora prescrita, saía com os amigos. Se não, ficava em casa terminando o trabalho. Irene sentia-se grata porque ela e Rayford nunca mais tiveram outro incidente com Chloe bebendo ou chegando tarde em casa. Nesse aspecto, ela se tornara uma filha modelo.

Do lado negativo, entretanto, na opinião de Chloe o mundo girava em torno dela, não tinha de prestar contas a ninguém e sabia mais do que qualquer um — especialmente sua mãe. Acreditava apenas no que podia ver e tocar. Para ela, Deus era legal como um conceito, mas certamente não existia como pessoa.

— Se você quiser tratá-lo como uma verdadeira pessoa, adorá-lo, viver para Ele, e tudo mais, faça isso — disse Chloe a Irene certa noite. — Porém, para mim, isso não cola. Devo insistir em que me trate como um agente moral em pleno funcionamento neste mundo e deixe de me obrigar a ir aonde não quero e ficar ali sentada sendo amável quando não aceito uma palavra de tudo aquilo.

— Você não acredita em Deus?

— Não quero dizer isso dessa forma, mãe. Sou, na melhor das hipóteses, agnóstica. Sou suficientemente sincera para dizer que simplesmente não sei. Eu me inclino para o ateísmo, mas não vou me matar por isso. Pretender adorar, estudar e ouvir quando isso tem menos a ver com a minha vida do que qualquer disciplina, não seria intelectualmente honesto.

— Mesmo assim, eu gostaria que atendesse aos meus desejos e, até que fosse para a faculdade...

— Mamãe, não comece com essa cantilena de novo. Não vou à igreja com você. Isto é, irei se o Raymie participar de algum programa, mas é tudo.

— Chloe, você não está na idade de me dizer o que vai ou não fazer.

— Mamãe, sente-se e ouça. Estou falando sério.

Irene sentou-se, apesar de aborrecida. Pelo menos Chloe mostrava-se civilizada.

— A verdade é esta: *estou* numa idade em que posso lhe dizer o que *não* vou fazer. Qual será a sua atitude se eu recusar?

— Posso pedir a seu pai que a obrigue a ir.

— Não seja tola. Ele vai me carregar até o carro e levar-me até a igreja?

— Posso castigá-la, tomar seu carro.

— Mãe, gosto de usar o carro, mas, se você o tirar de mim, vou arrumar outro jeito.

— Não pagaremos a faculdade para você.

— Mãe! Onde você está com a cabeça? Você não leu nenhuma das cartas que recebi? Ofereceram-me bolsas de estudo integrais. E dos lugares que me interessam.

— Você vai ficar na Midwest, não é?

— Nem pensar. Meu alvo é Stanford.

— Você não vai para uma faculdade a três mil e duzentos quilômetros de distância.

— Na verdade, acho que vou.

— Falaremos sobre isso quando seu pai chegar.

— Ele está do meu lado, mãe. Desista.

Nicolae percebeu certa manhã que os desafios e tarefas de sua vida como magnata empresarial se tornaram rotina e, pior ainda, tediosos. O que o motivava antes e o fazia vibrar, agora o levava a dizer "A mesma coisa de novo!".

Ele poderia ter-se facilmente afastado dos negócios, permitido que alguém o substituísse no comando. Se Leon não era um executivo, poderia certamente encontrar outro. Dentro de alguns dias, porém, após compreender que não estava tão entusiasmado quanto antes, Nicolae descobriu essa emoção multiplicando-se. Os negócios o enfadavam. Eram um obstáculo em seu caminho. Ficava impaciente com eles.

Queria prosseguir com a sua vida. Estava na hora de mudar, de expandir, de tomar posse do que acreditava ser seu de direito. Ele dobrara o joelho, adorara seu senhor e mestre em troca dos reinos do mundo. Algo mais era requerido da sua pessoa? Ele era o homem mais esperto, mais culto, articulado, multilíngüe que conhecia.

Estava na hora de Nicolae Carpathia emergir.

Nicolae passou mais da metade do dia em seu escritório, examinando revistas e vendo as notícias internacionais. Sabia tudo sobre tudo e sobre todos. Se ficasse na mesma sala com o mais obscuro potentado de um emirado, Nicolae saberia conversar com o homem como se fosse seu melhor amigo. Ele sabia o nome da esposa ou esposas do homem, de seus filhos e de suas filhas. Seu escritório. Seus conselheiros. Seus inimigos. Suas forças e fraquezas, seus temores e sonhos. Nicolae acreditava ser um estudioso do mundo mais do que qualquer mortal

Ele e Leon tinham discutido uma estratégia para ignorar a eleição para o Senado e ir direto para o prêmio principal — logo após os dois mandatos na Câmara de Deputados. Esse não seria um feito insignificante, e, não obstante os planos concebidos, para ele nada na verdade era muito seguro. Não podia deixar coisa alguma ao acaso. Sua inclinação para o pacifismo tinha sido perfeitamente oportuna, e sua reputação e aprovação estavam nas alturas. Agora só lhe faltava descobrir a *pièce de résistance.*

No espaço de um ano ou mais, Rayford Steele compreendeu que sua vida e sua carreira haviam alcançado tanto o zênite quanto o nadir ao mesmo tempo. Não havia mais o que conquistar na Pan-Con Airlines, a não ser a gerência. Isso não o atraía.

Ele estava pilotando os principais aviões, podia escolher as rotas e virtualmente fazia sua própria escala. Rayford havia mediado a última escaramuça entre Irene e Chloe, o que resultara em Chloe ter abandonado definitivamente a igreja e a Escola Bíblica Dominical. Com isso, Irene se tornou mais distante do que nunca.

Rayford não sabia qual era o problema dela com Chloe. Não poderiam ter desejado uma filha melhor. Ela era uma jóia, uma guardiã, é o que as amigas diriam. Havia recentemente confirmado sua intenção de aceitar uma bolsa de estudos integral em Stanford, e, embora não pudesse a princípio imaginar que a filha fosse afastar-se tanto, quando parecia que não passava de uma menininha um mês atrás, sentira-se tão orgulhoso dela que mal podia suportar.

Ele tinha as mesmas esperanças em relação a Raymie, mas se preocupava com o menino. Estaria ele se tornando um filhinho da mamãe? Não havia nada de efeminado no garoto, exceto seu excessivo interesse pela religião de Irene. Isso não era bom. Que outro menino dessa idade — e especialmente mais velho — continuava tão apegado à igreja? Alguma coisa teria de mudar. Chloe conseguira fugir da obrigação de ir à igreja todo o tempo, mas Rayford precisava lidar tanto com a insistência de Irene quanto com as súplicas de Raymie. Rayford estava achando cada vez mais difícil encontrar desculpas para não ir, muito menos fazer promessas que pudesse cumprir para compensar.

A única coisa interessante no horizonte de Rayford continuava sendo Hattie Durham. Ela fora finalmente promovida para trabalhar em vôos internacionais e ocasionalmente fazia parte da equipe dele nas viagens para a Inglaterra e outros pontos do leste. Seu objetivo era tornar-se atendente sênior e alcançar tempo de serviço suficiente para escolher suas rotas. Hattie tornou claro que iria escolher os vôos dele, caso Rayford concordasse.

Rayford demonstrou que esse também era o seu desejo.

Isso era irônico, porque, por mais que a idéia o agradasse, nunca houvera nada entre eles. Sempre fora solícito. Esperava que sua aparência, seus gestos e tom de voz influenciassem, mas Hattie era quem tomava maiores intimidades no relacionamento. Ela pousava gentilmente a mão em seu ombro, ao passar por ele. Descansava a mão em suas costas ao levar café para a cabine. Tocava a mão dele quando lhe falava num jantar ocasional, ou quando agradecia as caronas freqüentes para casa. Ele jamais tocara nela.

Rayford nunca estivera no apartamento de Hattie, e eles raramente ficavam a sós. Contudo, com a sua vida do jeito que estava e a crise da meia-idade chegando, Rayford começou a pensar nas possibilidades. Ele disse a si mesmo que, se alguma coisa desse errado, no caso de ser convidado para voar para a *Força Aérea Um* ou *Dois*, ou se fosse publicamente elogiado pela CIA ou pelo Departamento de Defesa pela sua consultoria clandestina, mas admitidamente limitada, isso talvez o fizesse voltar aos trilhos.

Poderia deixar de fantasiar sobre a linda e jovem comissária de bordo e concentrar-se de alguma forma em sua monótona vida de casado.

QUARENTA E UM

Abdullah "Smith" Ababneh cometera o maior erro da sua vida e estava prestes a piorar a situação. Tentara enganar Yasmine ameaçando tirar-lhe os filhos se ela continuasse insistindo na sua conversão ao cristianismo. Ela levara os filhos, abandonara-o e declarara publicamente a sua nova fé.

Para escapar da humilhação, Abdullah pediu o divórcio, mas, quando entrou com a petição para a custódia das crianças, a vida dele começou a desmoronar. Deixou de pagar a casa e perdeu-a. Foi morar na base aérea, abandonou completamente qualquer tipo de lealdade ao Islã, e até começou a beber.

Sua vida moral também decaiu, e, quando Yasmine pôde provar que ele havia cometido adultério antes do final do divórcio, ela quase não teve dificuldade em obter a custódia legal dos filhos. Abdullah fez força para manter seu emprego na Força Aérea Real Jordaniana, mas seu desempenho era quase suicida.

Fazia o possível para atravessar o dia, em razão do remorso e da solidão. Em sua ira e depressão, escrevia cartas ferinas para Yasmine, ameaçando seqüestrar os filhos — reconhecendo, porém, que ela era a melhor protetora para eles, caso tivessem de ficar apenas com um dos pais.

Yasmine, em seu estilo firme, mas amoroso, escrevia a Abdullah cartas longas e sinceras explicando a sua fé e o plano da salvação. As duas primeiras vezes em que ela fez isso, Abdullah rasgou tudo em pedacinhos e devolveu-os a ela. Na vez seguinte, guardou a carta em uma caixa de lembranças. Ela lhe escreveu mais meia dúzia de vezes, suplicando que lesse a Bíblia, procurasse aconselhamento, orasse e se voltasse para Cristo. Ele deixou de responder-lhe, mas guardou as cartas. Foi bom que tivesse feito isso, porque, aparentemente cansada de não obter respostas, Yasmine deixou de escrever-lhe.

Nicolae Carpathia parecia perceber coisas que as outras pessoas não viam, exceto Leon Fortunato.

Coisa estranha: Nicolae não se importava muito com Leon além daquilo que o homem podia fazer por ele. Leon não era o que Nicolae chamava de amigo. Um confidente talvez, mas não um amigo. Não havia companheirismo entre eles fora do trabalho. Da parte de Leon, parecia evidente que ele queria isso. Nicolae, porém, o achava pegajoso e, embora gostasse de ser bajulado até certo ponto, seu intento era a aprovação das massas, e não de um único homem.

Leon, entretanto, ocasionalmente surpreendia e agradava Nicolae. Como daquela vez em que os dois receberam a mesma mensagem do mundo dos espíritos. Nicolae lera um artigo obscuro sobre um botânico israelense, um homem idoso chamado Chaim Rosenzweig, que estava trabalhando em um preparado que acreditava faria as areias do deserto desabrocharem como em uma estufa.

Nicolae leu de relance o artigo pela primeira vez, mas examinou-o com mais interesse na segunda. Esqueceu-se dele em seguida. O item aflorou mais tarde em sua mente e começou a espicaçar sua consciência. As pessoas tinham idéias estranhas o tempo todo, poucas chegando a dar fruto. Mas aquilo... se tivesse qualquer legitimidade, fosse válido de qualquer forma, poderia ser algo maior do que o botânico jamais sonhara.

E se fosse verdade? E se o homem conseguisse? O país do Oriente Médio que obtivesse tal milagre dominaria a região, ficaria rico e forte, e todo o restante do poder perderia o prumo. Imagine o que algo assim poderia fazer pela Romênia.

Nicolae começou a ficar obcecado com a idéia. Por que o homem, um velho professor, anunciaria o seu trabalho? Não tinha medo da competição? E se mentes mais jovens, mais aguçadas, mais brilhantes — talvez alguns que estivessem trabalhando na mesma linha havia anos — se adiantassem a ele?

Nicolae concentrou-se no problema. O que seria necessário? Do que iria precisar? Certa noite, ele conversou com o seu espírito-guia enquanto caminhava e orava.

Algumas vezes, essas ligações com o mundo dos espíritos pareciam conversas normais. Naquela noite, entretanto, sentiu que se comunicara com um espírito irado. A mente de Nicolae encheu-se de ruídos. Silvos. Raiva. Nas profundezas de seu ser, Nicolae sentiu o espírito dizer: — Olhe para o Norte, de onde vêm o poder e a força que emanam de mim!

— Mas esse botânico — Nicolae insistiu —, ele descobriu algo? Trata-se de alguma coisa que devo investigar?

— Até o fim.

— Não compreendo.

— Ele é um inimigo, pertence ao povo escolhido. Digno de ódio.

— Estou disposto a odiá-lo, mas não deveria roubar sua idéia?

— Tarde demais. — Mais ruídos e silvos, como se Nicolae tivesse lembrado seu espírito-guia de algo tão desagradável que ele nem sequer queria pensar a respeito.

— Tarde demais? Realmente?

— Vença com o seu charme.

— Não compreendo.

— Tome-o, ou irei tomá-lo à força com meus servos do Norte.

— Então estou certo? Essa é uma busca que vale a pena?

— Inestimável.

Nicolae ficava sempre frustrado quando não podia fazer o espírito continuar a conversa. Sua ligação com o mundo dos espíritos ficou muda, e ele quase enlouqueceu. Voltou correndo para o escritório e fez anotações. O nome do botânico. Sua universidade. Sua cidade natal. Idéias sobre como entrar em contato com ele. Mandaria Leon investigar no dia seguinte.

Ele não teve de esperar nem mesmo um dia.

Viv Ivins telefonou.

— Leon quer falar com você.

— O que ele quer? Estou ocupado.

— Quer vir e ver você.

— Esta noite?

— Agora.

— Diga que venha.

Leon chegou dentro de vinte minutos com uma revista enrolada na mão. Abriu-a na frente de Nicolae.

— Isto me chamou a atenção — disse ele. — Creio que é algo que você deve saber.

Era uma história sobre Chaim Rosenzweig e sua fórmula em potencial.

— Já tive informações a esse respeito — disse Nicolae.

— O meu espírito me disse que estamos atrasados demais para pirateá-la — disse Leon. — A diplomacia é a nossa única esperança.

Nicolae confiava nos instintos dele, ou pelo menos em seu acesso aos espíritos. Especialmente quando confirmavam os seus instintos.

Buck Williams trabalhava na *Global Weekly* havia quase quatro anos. Ele já escrevera mais de trinta matérias de capa, inclusive três artigos sobre o Homem do Ano da Mídia. Ele queria conseguir o quarto, de modo que foi para a reunião da equipe com o seu escolhido em mente: dr. Chaim Rosenzweig, de Israel, o humilde engenheiro químico que preferia chamar-se de botânico.

Buck tinha certeza de que seus colegas queriam um americano, uma estrela *pop* ou algum tipo de político. Rosenzweig, porém, era a única escolha lógica, pelo menos para Buck. Foi um alívio quando Steve Plank abriu a reunião, dizendo:

— Alguém quer designar um simplório, como o vencedor do Prêmio Nobel de Química?

Ninguém disse nada, mas Buck não iria perder a sua oportunidade.

— Steve — disse ele — não estou atrás disso, mas você sabe que conheço o sujeito, e ele confia em mim. —

Seguiram-se as reclamações costumeiras, com todos os outros interessados em serem o autor, criticando Steve por sempre favorecer Buck, e Steve lembrando a eles que a decisão era sua. No final, o aceno foi para Buck. Ele, com efeito, é quem escrevera a história quando Rosenzweig ganhara o Prêmio Nobel.

Em Israel, Buck foi instalado em um conjunto militar e encontrou-se com Rosenzweig no mesmo *kibutz* na periferia de Haifa, onde o entrevistara um ano antes. O homenzinho rijo, com seu cabelo à moda Einstein, achava-se protegido por sistemas de segurança tão complexos quanto aqueles proporcionados aos chefes de Estado. Ali estava um homem cordial, sorridente, de aspecto sincero, respeitado em todo o mundo e reverenciado como realeza em seu próprio país.

Rosenzweig era fascinante, é claro, mas fora a sua fórmula que revolucionara Israel e mudara a face do Oriente Médio. A irrigação não era novidade. No entanto, como dissera o professor aposentado, tudo que ela fazia "era molhar a areia". Sua fórmula, acrescentada à água, fertilizava a areia. Buck não era cientista, mas ele sabia que a fórmula de Rosenzweig tornara Israel a nação mais rica da Terra quase da noite para o dia. Cada centímetro de solo disponível desabrochava em flores e grãos, inclusive produtos nunca antes concebidos em Israel. Nadando em dinheiro e recursos, a nação fez paz com os vizinhos. O comércio e a passagem livres permitiam que todos os que amavam o país tivessem acesso a ele. Não tinham acesso, porém, à fórmula. Líderes globais procuraram Rosenzweig. Apenas dez dias antes da visita de Buck, uma delegação russa o visitara, imaginando claramente o que uma licença da fórmula poderia fazer caso fosse posta em prática na sua vasta tundra.

A Rússia se tornara um grande e sombrio gigante com uma economia devastada e uma tecnologia ultrapassada. A nação inteira possuía poder militar, cada recurso extra investido em armamentos.

— Deixe-me dizer-lhe algo, meu amigo — falou Rosenzweig a Buck. — Os russos não foram embora felizes com a minha resposta. Eu não recusei totalmente. Apenas disse a eles que os direitos da fórmula pertenciam tecnicamente ao Estado de Israel e que eu não tentaria influenciar o governo na sua decisão do que fazer com eles. As autoridades é que vão decidir e podem resolver não compartilhar a fórmula com ninguém.

— Os russos me disseram que já haviam tentado canais diplomáticos para fazer uma oferta pela patente e que só me procuraram quando isso falhou. Desculpei-me com eles por terem perdido tanto tempo e feito gastos com a pessoa errada.

— Quem mais o visitou? — disse Buck.

— Muitos. Confesso que acima de tudo tem sido uma alegria ouvir os cumprimentos, os elogios. Esse foi um dos aspectos mais interessantes. Não apreciei, no entanto, a visita do vice-presidente dos Estados Unidos. Ele queria me honrar, levar-me ao presidente, fazer um desfile, conferir-me um diploma, tudo isso. De maneira diplomática, não disse nada sobre minha dívida para com ele em troca, mas eu ficaria devendo tudo a ele, não é? Foi dito muito sobre como os Estados Unidos têm sido amigos de Israel há décadas. Isso é verdade. Como poderia eu discutir?

— Fiz de conta que os prêmios e favorecimentos eram todos em meu benefício e, humildemente, recusei-os. Veja bem, jovem, *sou* bastante humilde, você não acha? — O ancião riu e contou outras histórias de dignitários que o visitaram e tentaram influenciá-lo.

— *Alguém* foi sincero? Alguém o impressionou?— disse Buck.

— Sim! Do canto mais estranho e surpreendente do mundo — da Romênia. Eu não sei se ele foi enviado ou veio por conta própria, mas suspeito desta última porque creio que ele foi a autoridade de menor patente que recebi depois do prêmio. Esta foi uma das razões por que desejei vê-lo. Ele solicitou pessoalmente a audiência. Não se serviu dos canais políticos ou dos protocolos típicos.

— E era ....?

— Nicolae Carpathia.

— Carpathia como .....

— Como os montes Cárpatos. Um nome melódico, deve admitir. Eu o achei agradável e humilde. Parecido comigo!

— Nunca ouvi falar dele.

— Você vai! Você vai.

— Porque ele é ....

— Impressionante, é tudo que posso dizer.

Mais tarde, na entrevista, Rosenzweig falou sobre Carpathia:

— Creio que o objetivo dele é o desarmamento global, no que nós, israelitas, não acreditamos. É claro que ele terá primeiro de introduzir o desarmamento em seu próprio país. A propósito, esse homem tem mais ou menos a sua idade. É louro e de olhos azuis como os romenos originais que vieram de Roma, antes que os mongóis afetassem a sua raça.

— O que nele mais o impressionou?

— Deixe-me contar — disse Rosenzweig. — Ele conhecia o meu idioma tão bem quanto o seu próprio. Fala inglês fluentemente. Outros idiomas também, ao que estou sabendo. Culto, mas também autodidata. Gostei dele como pessoa. Muito inteligente. Muito sincero. Muito aberto.

— O que ele queria de você?

— Foi disso que gostei mais. Por tê-lo achado tão aberto e sincero, fiz esta pergunta diretamente. Ele insistiu em que o chamasse de Nicolae, portanto eu disse:

— Nicolae, o que você quer de mim?

— Sabe o que ele respondeu, meu jovem? Disse: "Dr. Rosenzweig, quero apenas a sua boa vontade".

— O que eu poderia responder? Falei apenas: você a tem.

— Eu sou um pouco pacifista, você sabe. Não de maneira irreal. Não disse isso a ele. Afirmei simplesmente que tinha a minha boa vontade. A propósito, você também a tem.

— Suspeito que não conceda tal coisa com facilidade.

— É por isso que gosto de você, e é por isso que você a tem. Um dia, vai conhecer Carpathia. Vão gostar um do outro. Seus alvos e sonhos talvez nunca se concretizem mesmo em seu próprio país, mas ele é um homem de ideais elevados. Se emergir, vai ouvir falar dele. E, à medida que você emergir na sua própria órbita, ele provavelmente ouvirá sobre você, ou de você; estou certo?

— Espero que sim.

QUARENTA E DOIS

Chloe se apaixonara por um sênior em Stanford e acreditava ser amor verdadeiro. Ricky era alto, antiga estrela do basquete da escola de ensino médio e tentara entrar na equipe de Stanford, mas falhara. Ele se destacara na faculdade, tinha diploma em administração e era ótimo orador.

Formou-se cedo, passou três meses viajando pela Europa, enviou a Chloe um presente barato da Suíça, e desapareceu da vida dela. Suas cartas ficaram sem resposta. Ela sentiu-se profundamente desolada quando uma de suas conhecidas voltou do casamento de Ricky com fotos e gritinhos de entusiasmo em relação à noiva dele e quanto Chloe iria gostar da amiga se apenas se encontrassem.

A desilusão teve um efeito interessante em Chloe. Ela entregou-se à tarefa de ser a melhor estudante que poderia ser e desistiu de confiar nas pessoas, especialmente nos homens. Seu pai era o único homem a quem respeitava, mas mesmo ele tinha pouco a oferecer além de simpatia pela sua desilusão no amor.

— Não vou tentar fazer que, com isso, se sinta melhor, Chloe — disse Rayford durante o jantar em uma de suas quatro visitas naquele primeiro ano. — Só quero que saiba que eu daria um bom soco no Ricky se ele estivesse aqui.

Chloe fez o pai prometer que jamais daria ao Ricky a satisfação de pensar que a afetara tanto emocionalmente.

— Ele claramente não gostava de mim como eu gostava dele, e prefiro que não saiba quanto a sua atitude me abalou — disse ela.

O assunto ficou então encerrado. Exceto pela maneira como ajudou a forjar o caráter e o futuro de Chloe.

Saturado de seu negócio, aborrecido com a política e sentindo-se um fracasso na sua tentativa de ser favorecido por Chaim Rosenzweig, Nicolae Carpathia descontou suas frustrações em todos ao seu redor. Mostrou-se seco e sarcástico, especialmente com Viv e Leon. Era rude com o seu pessoal, gritando com os subordinados por qualquer coisa.

Caminhava pela propriedade, berrando com os seguranças primeiro para dar-lhe espaço e depois para não deixá-lo afastar-se tanto deles. Enfurecia-se com seu espírito-guia, exigindo saber quando seria sua próxima designação e quando tomaria seu lugar de direito na liderança do mundo.

Se o mundo dos espíritos se calava, Nicolae tinha acessos de fúria por ter de se virar sozinho. Pensou em desenvolver uma estratégia para o seqüestro mais sofisticado da História e exigir a fórmula do fertilizante como pagamento do resgate de Rosenzweig.

Sua atitude incongruente chamou finalmente a atenção dos espíritos.

— Paciência, escolhido — foi-lhe dito. — A retribuição já está programada.

Buck Williams tivera uma refeição demorada e agradável com Chaim Rosenzweig a dois quilômetros do *kibutz* e do complexo militar onde Buck ficaria antes de sua viagem de madrugada de retorno aos Estados Unidos.

O ancião estava exausto, seu sotaque cada vez mais difícil de ser entendido, enquanto ele bebia vinho e suas pálpebras se fechavam.

— Preciso deixar que descanse um pouco — disse Buck.

— Suponho que esteja certo, mas isso tem sido deveras revigorante. Você deve vir visitar-me um dia quando não tivermos negócios a fazer.

— Quando será isso? — perguntou Buck rindo. — Estou sempre ocupado, e, embora você tenha duas vezes a minha idade, é ainda mais ocupado do que eu.

— Vamos abrir um espaço e programar essa visita. Apenas um período de descanso e refrigério.

Buck não podia sequer imaginar uma coisa dessas, mas nenhuma companhia poderia ser mais agradável.

O motorista de Rosenzweig deixou Buck no complexo militar, onde ele atravessou o centro de comando em direção a seus aposentos mais do que confortáveis. Já passava da meia-noite, e ele ficou fascinado com a atenção que o pessoal da sala de estratégias dava às telas brilhantes dos computadores. Mais cedo naquela semana, ele tivera um encontro com os líderes, e lhe concederam pleno acesso aos técnicos que mantinham os olhos no céu noturno.

Israel parecia desfrutar tamanho favorecimento de todos os vizinhos que nenhuma ameaça séria pairava no horizonte. Mesmo assim, aqueles orgulhosos soldados falavam com eloqüência sobre a sua missão de defender e proteger o país. Muitos acenaram quando Buck passou, e dois dentre o pessoal do comando o chamaram pelo nome.

Homem de planejamento e sistemas, Buck raramente dormia bem quando era preciso levantar-se cedo. Sentia-se, porém, ansioso para voltar para casa e preparou tudo a fim de poder apenas levantar, tomar banho, barbear-se e sair. Viajando sempre com pouca bagagem, arrumou cuidadosamente a mala de couro e preparou as roupas para o dia seguinte.

Antes de despir-se para dormir, foi até a janela e olhou para o céu estrelado. Sentia-se alerta, e não sonolento. Sabia que iria ser difícil dormir. Era nessas ocasiões que desejava gostar de vinho como Rosenzweig. Isso o ajudaria a apagar.

Talvez uma leitura ajudasse. No momento em que se afastou da janela para procurar um livro ou revista na mala, o som rouco de sirenes sacudiu o lugar. Um incêndio? Algum defeito? Buck supunha que os alto-falantes iriam avisar as pessoas sobre o que fazer e para onde ir. Alegrou-se por estar ainda vestido. Vestiu a jaqueta de couro, e foi então atraído para a janela por algo novo no céu.

Parecia que mísseis terra-ar tinham sido lançados. Israel estaria sendo atacado? Será? Sons vindos do ar sobrepujaram até as sirenes ruidosas. Quando o céu se iluminou como se fosse meio-dia, Buck soube que aquilo era real — uma verdadeira batalha aérea. Mas com quem? E por quê?

Saiu correndo do quarto pelo corredor em direção ao centro de comando.

— Fiquem em seus aposentos civis! — ouviu mais de uma vez, enquanto voava como uma flecha entre homens com o rosto pálido e mulheres em vários estágios de desalinho. Muitos saíram de seus quartos colocando uniformes e quepes.

A sala de estratégias já estava caótica, e aquela crise tinha menos de um minuto. Os comandantes se agrupavam ao redor das telas, dando ordens rápidas aos técnicos. Um homem usando fones de ouvido incrivelmente grandes gritou:

— Um de nossos bombardeiros identificou aviões de combate MiG russos.

De outro canto, alguém bradou: — ICBMs!

Buck não conseguia acreditar. Mísseis balísticos intercontinentais? Contra o pequeno Israel? Enviados pelos russos?

De repente, ninguém mais ficou sentado. Até os especialistas se puseram em pé junto a seus teclados como se estivessem olhando algo que não queriam ver. Todas as telas se iluminaram e se encheram de pontos de luz.

— É como Pearl Harbor!

— Vamos ser aniquilados!

— Centenas de MiGs quase em cima de nossas cabeças!

— Eles são muito mais numerosos do que nós!

As explosões começaram. Partes do prédio e também algumas telas ficaram às escuras. As bombas soavam como se tivessem caído bem perto das janelas. Aquela não era uma peça grandiosa destinada a fazer Israel ajoelhar-se. Não havia mensagem para as vítimas. Por não receber explicação para as máquinas de guerra cruzando suas fronteiras e descendo sobre elas, Israel foi forçado a defender-se, sabendo muito bem que a primeira saraivada traria seu desaparecimento virtual da face da Terra.

O céu estava iluminado com bolas de fogo alaranjadas e amarelas que pouco fariam no sentido de adiar a ofensiva russa para a qual não poderia haver defesa. Buck tinha a impressão de que cada comandante esperava ser eliminado em segundos quando a fuzilaria chegasse ao solo e cobrisse a nação.

Buck sabia que o fim estava próximo. Não havia possibilidade de fuga. Alguns chegaram a deixar seus postos aos gritos, e os comandantes não tentaram detê-los. Até oficiais seniores se esconderam debaixo dos vários equipamentos e cobriram as orelhas.

À medida que a noite brilhava como o dia e as terríveis e ensurdecedoras explosões continuavam, o prédio estremecia, estalava e gemia.

Os primeiros mísseis israelenses haviam atingido bombardeiros russos e fizeram os ICBMs explodirem bem no alto, só causando danos por causa do fogo no solo. Os aviões de guerra russos se arrebentaram no chão, abrindo crateras e fazendo voar fragmentos em brasa. O radar, porém, mostrou que os russos tinham enviado praticamente todos os seus aviões, não deixando quase nada na reserva. Milhares de aviões precipitaram-se sobre as cidades mais populosas do pequeno país.

O instinto de sobrevivência de Buck estava a todo vapor. Ele escondeu-se debaixo de uma mesa, surpreso com a sua vontade de chorar. Aquilo não era absolutamente o que ele esperava de uma guerra. Buck se imaginara espiando a ação de um lugar seguro, registrando o drama em sua mente.

Cameron Williams não tinha a mínima dúvida de que iria morrer e ficou pensando por que nunca se casara. Se haveria restos de seu corpo para seu pai e o irmão identificarem. Havia um Deus? A morte seria o fim?

EPÍLOGO

Porquanto o Senhor mesmo, dada a sua palavra de ordem, ouvida a voz do arcanjo, e ressoada a trombeta de Deus, descerá dos céus, e os mortos em Cristo ressuscitarão primeiro; depois, nós, os vivos, os que ficarmos, seremos arrebatados juntamente com eles, entre nuvens, para o encontro do Senhor nos ares, e, assim, estaremos para sempre com o Senhor.

1Tessalonicenses 4.16,17

SOBRE OS AUTORES

Jerry B. Jenkins (www.jerryjenkins.com) é autor da série *Deixados para Trás*. É proprietário da Jerry B. Jenkins Christians Writers Guild (www.ChristianWritersGuild.com), uma organização dedicada a orientar novos autores, bem como da Jenkins Entertainment, uma companhia cinematográfica (www.Jenkins-Entertainment.com). Ex vice-presidente de publicações do Instituto Bíblico Moody, de Chicago, trabalhou também muitos anos como editor da revista *Moody,* sendo agora escritor independente da organização Moody.

Seus escritos apareceram em publicações variadas, como a revista *Time, Seleções, Parade, Guideposts,* revistas de bordo e dezenas de outros periódicos. As biografias de Jenkins incluem livros sobre Billy Graham, Hank Aaron, Bill Gaither, Luis Palau, Walter Payton, Orel Hershiser e Nolan Ryan, além de muitos outros. Seus livros aparecem regularmente no *New York Times, USA Today, Wall Street Journal,* e *Publishers Weekly* nas listas dos mais vendidos.

Jenkins possui dois doutorados honorários, um do Bethel College (Indiana) e um da Trinity International University. Jerry e sua esposa, Dianna, moram no Colorado e têm três filhos adultos e três netos.

O dr. Tim LaHaye (www.timlahaye.com), que concebeu a idéia de tornar ficção um relato do arrebatamento e da tribulação, é autor renomado, ministro e orador sobre profecia bíblica nacionalmente reconhecido. É fundador do Tim La-Haye Ministries e do Pré-Trib Research Center.

É co-fundador da Tim LaHaye School of Prophecy, na Liberty University. O dr. LaHaye faz palestras em muitas das principais conferências sobre profecia bíblica nos Estados Unidos e Canadá, onde seus livros proféticos são muito populares.

O dr. LaHaye recebeu diploma de doutorado em ministério pelo Western Theological Seminary e diploma de doutorado em literatura pela Liberty University. Durante vinte e cinco anos, pastoreou uma das mais importantes igrejas em San Diego, que se expandiu para três locais. Nesse período de tempo, fundou duas escolas secundárias cristãs, um sistema cristão de dez escolas e o Chistian Heritage College.

Existem quase treze milhões de exemplares dos cinqüenta livros de não-ficção do dr. LaHaye publicados em mais de trinta e sete idiomas. Ele escreveu livros sobre grande variedade de temas, como vida familiar, temperamentos e profecia bíblica. Suas obras ficcionais mais recentes, a série *Deixados para Trás*, escritas com Jerry B. Jenkins, continuam a fazer parte das listas de *best-sellers* da Associação Cristã de Livreiros, *Publishers Weekly, Wall Street Journal, USA Today* e *New York Times*. A segunda série ficcional de romances proféticos de LaHaye consiste nos seguintes volumes: *Babylon Rising* (*Ascensão da Babilônia*) e *The Secret on Ararat* (*O segredo de Ararate*), que entraram na lista dos mais vendidos do *New York Times* e serão brevemente seguidos por *Europa challenge* (*Desafio europeu*).

Esta série de quatro suspenses de ação, ao contrário da série *Deixados para Trás*, não começa com o arrebatamento, mas pode aplicar-se ao dia de hoje e prosseguir até o arrebatamento.

O dr. LaHaye tem quatro filhos adultos e nove netos. Entre suas atividades nas horas vagas, estão: esquiar, esqui aquático, andar de motocicleta, jogar golfe, viagens com a família e caminhadas.

Sua opinião é importante para nós. Por gentileza envie seus comentários pelo e-mail editorial@hagnos.com.br

Esta obra foi impressa na imprensa da Fé.
São Paulo, Brasil.
Primavera de 2011

UNITED PRESS
Visite nosso site: www.hagnos.com.br